KB268885

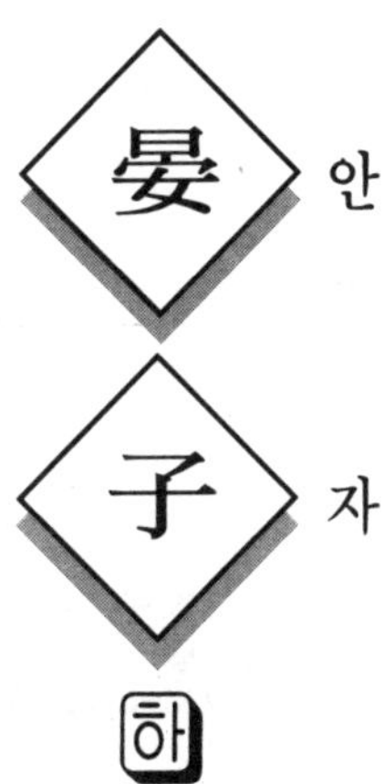

晏 안
子 자
하

This book is originally published in Japanese under the title,
ANSHI, I–III / Masamitsu Miyagitani,
by SHINCHO SHA, Tokyo, Japan.

原書名 / 晏子 I–III
著　者 / 宮城谷昌光
發行社 / 新潮社

Copyright ⓒ 1994 by Masamitsu Miyagitani

Korean Translation Copyright ⓒ 1995 by The Korea Economic Daily
This edition published by arrangement with Masamitsu Miyagitani through Orion Literary
Agency, Tokyo / DRT International, Seoul.

이 책의 한국어판 저작권은 Orion Literary Agency와 DRT를 통한
저자와의 독점계약으로 한국경제신문사에 있습니다.
저작권법에 의해 한국내에서 보호를 받는 저작물이므로 본사의 허락없이 임의로
이 책의 일부 혹은 전체를 복사하거나 전재하는 등의
저작권 침해행위를 금합니다.

안자 해
차 례

장공의 원정

1

제나라의 장공은 어린이가 장난에 열중해 있듯이 공상에 빠져 있었다.

—— 진(晋)나라를 공략하겠다.

다행인지 불행인지, 그 공상을 실현시킬 수 있을 것 같은 빌미를 진나라가 제공해 주었던 것이다.

진나라로부터 사자가 왔다.

"우리나라의 공주를 오(吳)나라에 시집보내려고 합니다."

그 소식을 전하려고 왔던 것이다.

진나라 공실의 딸이 오나라 군주인 제번(諸樊)에게 시집간 다고 하는 것이다. 그때 진나라의 군주인 평공(平公)은 재위 8년째였지만 아직 젊다고 해도 무방한 나이였고, 딸이 있다 고 하더라도 어렸을 것이므로 오나라에 시집보내는 공주라면 평공의 여동생이거나 누이일 것이 틀림없었다.

중화(中華)의 패권을 손아귀에 넣고 있는 진나라가 가장 신경써서 동향을 지켜보고 있는 나라는 남방을 넓디넓게 점유하고 있는 초(楚)나라였다. 오나라는 초나라의 동쪽에 위치한 국가로서 초나라와는 사이가 좋지 않았다. 진나라로서는 오나라와의 우의를 깊게 하는 것이 초나라의 움직임을 견제하는데 가장 효과가 있었다.

오나라의 수도는 지금의 소주시(蘇州市) 가까이에 있었다. 소주시 동쪽에 상해시(上海市)가 있지만 춘추시대의 상해시 부근은 바다였다. 장강(長江:楊子江)의 물결에 오랫동안 밀려온 흙과 모래가 하구에 쌓이고 쌓여서 바다로 튀어 나와 중국의 국토를 넓혀 놓은 것이다.

진나라 사자가 제나라 조정에 통지한 내용을 알게 된 장공은 마음 속에서 반짝하는 것을 느꼈다.

"진나라 사자를 만나 보겠다."

장공의 그 말은 측근들을 당황하게 했다.

―― 진나라 공주가 오나라로 시집가겠다는 것이 아닌가, 우리나라와 무슨 관계가 있나.

측근들은 이렇게 생각했으나, 막 돌아가려고 하는 진나라의 사신을 불러 세웠다.

"제나라 주군께서 직접 말씀을 하신다……."

사자는 이맛살을 찌푸렸다. 축사라도 해주려는 것일까 하는 생각도 들었지만 어딘가 모르게 불안했다.

진나라와 제나라의 관계는 아직 파탄에 이르지는 않았다. 그러나 진나라에서 반역자라고 불리고 있는 난영(欒盈)이 제나라에 있다는 것을 모르는 진나라 신하들은 없었다.

"언젠가는 일이 벌어질 것이다."

전운을 예상하는 사람들이 많았고, 이 사자만 하더라도 제나라에 반감을 품고 있었기 때문에 크게 경계하고 있었다.

—— 시집을 보내는 일로 해서 제나라로부터 트집을 잡힌다면 곤란하다.

그러기에 제나라 조정에 혼례 사실만을 전달하고 곧 귀국 길에 오를 생각이었다. 그런데 그렇게 되지는 않았다.

그는 조심조심 장공을 배알했다.

"경사로다."

밝고 높은 목소리가 울렸다. 갑자기 큰 소리를 지른 장공은 매우 기분이 좋아 보였다. 사자는 마음이 놓였다.

"맹주의 경사를 가만히 앉아서 보고만 있을 수는 없을 터. 우리 공실에서 잉첩(媵妾)을 보내겠소. 그렇게 진나라 군주에게 전해 주기 바라오."

"예……."

예상과 동떨어진 장공의 호의에 사자는 질린 듯이 대답했다.

잉첩은 공주가 시집갈 때 수행하는 여자를 가리키며 보통 여동생이나 조카딸 등이 그 역할을 한다. 잉(媵)은 시녀라는 뜻도 있으나, 이 무렵 공실 사이의 결혼은 한 명의 남자에 대해 두 명의 여자가 아내가 되는 일이 흔히 있었다. 한 명이 정부인이고 다른 한 명은 부부인이라고 하면 될까? 정부인이 된 공주가 부인으로서의 역할을 수행할 수 없을 경우를 생각해서 제2부인에 어울리는 처녀를 골라서 딸려 보내는 것이다. 그 처녀가 잉첩이다.

예컨대 정부인이 병약하거나 아이를 못 낳는 경우가 있으면 잉첩이 대신해 부인의 역할을 해야 한다. 그 여자들은 시집간 집안의 완전한 한 가족이 되기 전에 두 집안의 우의를 성립시키고 지속시키는 역할을 떠맡고 있다는 점에서 외교관과 비슷한 일을 했다.

따라서 잉첩은 같은 성의 사람 가운데서 뽑지 않으면 안되는데 진나라와 같은 성이 아닌 장공이,

"우리 공실에서 잉첩을 ——."

하고 말한 것을 보면 시녀로서 써 주기를 바란다는 저자세가 되어 진나라 공실을 섬기는 모양이 되는 것이다. 사자는 그런 뜻으로 받아들였다.

제나라의 공주를 잉첩으로 거느리고 진나라의 공주가 오나라로 시집가게 되면 진나라 평공의 위광은 더욱 화려해질 것이다.

—— 이것은 나의 공적이 된다.

사자는 내심 손뼉을 쳤다.

"우리 주군께서는 크게 기뻐하실 것입니다. 틀림없이 전해 드리겠습니다."

사자는 자신의 기쁨을 억누르면서 말했다.

"시간이 없을 것 같으니 잉첩을 곧 출발시키도록 하겠소. 그 에 관한 배려도 부탁하오."

"황공합니다. 재빨리 수도에 도착할 수 있도록 가는 도중에 있는 읍의 관리들에게 일러두겠습니다."

사자는 나는 듯이 돌아갔다.

"호호……."

장공은 입을 다문 채로 웃으며 손뼉을 쳤다. 그리고 근신 여구영(閭丘嬰)을 불러 명령했다.

"오늘 밤 난영과 중대한 일을 의논하겠다. 얘기가 밖으로 새나가지 않을 만한 자리를 만들어라."

그날 밤 장공과 난영의 밀회가 열렸다.

"어떤가, 이 계획은."

장공은 자랑스러운 듯이 말했다. 그의 입에서 나온 말은 난영의 진나라 잠입 계획이었다.

장공이 보내는 잉첩의 마차에 난영과 그의 부하가 몰래 숨어서 진나라 안으로 들어간다는 것이다.

"우리 공실의 여자를 진나라 공실로 보낸다는 것은 거짓말이 아니오. 따라서 진나라 수도까지 수상쩍게 여겨질 일은 절대로 없소."

"그렇습니까?"

난영은 생각에 잠겼다.

귀국한다는 것은 약간의 어려움이 수반되지만 오히려 귀국한 뒤부터가 어려움이 클 것이다. 단 한 가지 분명한 것은 자신을 추방한 사개를 죽이고 오명을 씻지 않으면 진정으로 귀국한 것이 되지 않는다. 그러기 위해서는 병사가 필요하다. 그러나 제나라를 출발하는 마차에 숨길 수 있는 신하는 기껏해야 30여 명일 것이다. 그런 적은 병력으로는 아무 일도 못한다.

난영의 옛 영지는 곡옥(曲沃)이다. 곡옥에 남아 있는 가신들을 규합하여 군사를 일으키고 싶지만, 과연 어느 정도의 가신들이 옛 주인을 잊지 않고 있을 것인가. 또 지금 곡옥은 서씨(胥氏)의 지배 밑에 있고 서씨가 난영의 계획에 어떻게 대응할지도 알 수가 없다. 게다가 곡옥의 병사가 수도를 향해

가는 동안에 사개가 알아차리게 되면 수도의 성문은 닫히고 만다. 이 계획이 성공을 거두기 위해서는 수도 안에서 손을 잡고 이끌어줄 세력이 필요한 것이다. 그러한 난관들을 하나 하나 넘긴 뒤에야 사개가 있다.

——내 복수의 칼이 사개에게까지 가 닿을 수 있을까.

난영은 자기의 상상을 확인했다.

이 기습은 한번밖에 할 수 없고, 성사되느냐 안되느냐 하는 것뿐이며, 성사된다는 희망적인 관측은 포기하기로 했다. 실패하면 죽는다. 그만한 각오를 하고서 착수하지 않으면 이 거사는 성공을 할 수가 없다.

생각 끝에 난영은 장공에게 부탁을 했다.

"하루만 여유를 주십시오."

"아아, 하루건 이틀이건 생각해 보시오. 하지만 사흘 뒤에는 잉첩을 출발시키겠소."

장공은 말하고 나자 곧 밀회 장소를 떠났다.

난영은 신중을 기하기 위해 여기까지 자신을 따라와 준 신하들을 모아 계획을 털어놓았다. 장공의 계획에 편승하면 쉽게 국경을 넘을 수 있고, 곤란의 전단계는 염려할 것 없이 넘어간다. 난영으로서는 해볼 만하다는 생각은 있었지만 그 생각이 너무 강하면 일의 한 단면밖에 보지 못하게 된다는 것도 알고 있는 사람이었다.

신하들 사이에서는 활력이 용솟음쳤다. 그들은 사개를 공격하기 이전에 우선 진나라로 돌아간다는 것이 기쁜 듯했다. 난영은 경솔해지기 시작한 신하들의 활력에 저도 모르게 물들어 갈 듯한 자신을 타이르듯이 그 기습의 요점을 지적하고 그들에게 확인시켰다. 그들과 함께 사개에게 육박하기까지의 과정을 반대로 되짚어 생각해 보기로 했다.

"수도 강(絳:新田)까지 들어갈 수 있을까?"

난영은 다짐을 주듯이 말했다. 단신이 아니다. 여럿이 쳐 들어가는 것이다. 그렇게 말한 뒤 난영은 마음 속으로 단언했다.

—— 수도 안에는 위서(魏舒)가 있다. 위씨는 틀림없이 나를 도와 줄 것이다.

난영은 진나라의 3군 가운데 하군(下軍)의 좌장(佐將)을 맡고 있었다. 그때까지 자신의 상사에 해당되는 장수는 위강(魏絳)이었고 위서의 아버지였다. 즉 진나라의 하군은 위씨와 난씨 집안 사람들에 의해 성립되어 있었다고 해도 과언이 아니었다. 그 대집단 속에 있던 사람들은 싸움터에서 생사를 같이 해 왔으므로 당연히 사이가 좋았다. 난영과 위서는 서로 우정이 통했다. 위강이 죽었고 위서가 위씨라는 크나큰 세력을 이끌고 있는 것은 난영에게는 유리한 일이었다.

"위씨는 그렇다 치고, 조씨(趙氏), 한씨(韓氏), 중행씨(中行氏) 등의 귀추는 어떨까? 과연 사씨에게 협력할까?"

신하들은 무릎을 맞대고 머리를 모아 검토하기 시작했다.

다음날 난영은 장공을 알현했다.

"후의에 매달리기로 결정했습니다."

난영은 군대를 일으킬 순서를 늘어놓았다.

"그것은 경하할 일이오. 이것으로 진나라에서 원흉은 사라지게 되오. 당신이 국정을 맡아보게 되면 진나라와 제나라 사이에는 참된 우정이 싹틀 거요."

장공이 웃자 그의 번들번들한 얼굴의 피부가 번쩍였다. 난영이 물러나자 장공은 곧 가거(賈擧)를 불렀다.

"석귀(析歸)를……."

장공은 어깨 언저리에 조급함을 나타내며 명령했다.

── 사개는 석씨와 친하다.

그 석씨가 잉첩을 수행한다는 것을 알면 사개는 의심하지 않을 것이다. 장공으로서는 한껏 지혜를 짜낸 것이었다. 석귀가 나타나자 장공은 함축성 있게 말을 했다.

"진나라 공실에 잉첩을 데려다 주고 오시오. 수레에 포장을 쳐서 속을 은폐하고, 절대로 진나라 사람이 들여다보게 해서는 안되오. 안에는 호위 무사를 넣지만, 그 이상의 일은 불문이오."

"알겠습니다."

부질없이 캐묻지 말라는 말을 들은 이상, 석귀로서는 잠자코 일어설 수밖에 없었다.

이 석귀라는 사람은 석귀보(析歸父)라고도 불리며, 신하들 가운데서는 원로 격인 듯했다. 더욱 생각해 보면, 이 시점에서 계산하여 5년 전인 평음(平陰)의 싸움에서 적장인 사개의 통보를 받고 비어 있는 수도가 노나라나 거나라 군대의 습격을 받는다고 영공에게 진언한 자가(子家)라는 대부와 동일인일 수도 있다. 자가는 자(字)라고 할 수도 있고, 죽은 뒤에 석문자(析文子)라고 불리었기 때문이다. 만일 석귀와 자가가 같은 인물이라고 한다면, 사개에 속은 자가를 써서 이번에는 사개를 속이겠다는 장공의 익살이 여기에 있다고 보아야 할 것이다.

제나라 사람의 사상 가운데 대등(對等)이라는 의식이 널리 퍼져 있었고 이 경우에도 상대가 한 일을 되돌려 준다고 하는 뜻이 있었다고 해서 이상할 것은 없다. 예절이나 원한도 같은 의식 위에 놓여 있었던 것이다.

장공은 자신의 상상을 즐기는 듯 몸을 흔들다가 측근의 그림자를 보자 음란한 웃음을 띠며 말했다.

"오늘 저녁 최저의 집에 가겠다."

장공의 방문을 통고받은 최저는 집으로 돌아오자 무더위에 시달리는 듯한 얼굴로 혼자 생각에 잠겼다.

촛불도 켜지 않고 어깨가 축 늘어지고, 구부정하게 등을 구부리고 고개를 떨구고 있는 외로운 모습은 깊은 고뇌 바로 그것이어서 언제나 최저 가까이 있던 신하도 감히 접근하기 어려웠다.

"여보."

얼어붙은 듯한 고요를 깬 것은 동곽강(東郭姜)이었다.

이 미인도 장공에 의해 행복의 절정에서 불행의 심연으로 떨어진 한 사람이다. 생각해 보면, 최저의 고뇌보다 더욱 격심한 슬픔으로 온몸이 젖어 있는 것은 동곽강이었을 것이 틀림없다.

동곽강은 장공의 품에 안겼다. 아니 그보다는 범해졌다.

장공은 큼직한 몸매를 하고 있었으나 상상도 할 수 없을 정도로 애무의 손길이 부드러웠다. 그러나 그 부드러운 손길은 서로 마음으로 통하고 있는 부부 사이를 무참히 찢어 놓았던 것이다.

―― 어찌하여 이런 꼴이……

동곽강이 정신을 잃어가려고 할 때, 장공의 무게는 몸에서 사라지고 발치에 최저가 서 있었다.

눈동자를 이글거리며 어깨로 거친 숨을 쉬면서 최저는 한동안 동곽강을 내려다보고 있었으나, 동곽강이 속옷에 손을 대자, 최저의 발이 여자의 몸을 밀치듯이 걷어찼다.

동곽강은 신음 소리를 냈다.

여자의 나신이 마루 위를 뒹굴었다.

"당신은 간부(姦婦)였나. 당공의 아내이면서 우리 주군과 내통하고 또 그 음란한 짓을 감추고는 내게 시집을 왔어."

최저의 말에 동곽강은 눈물이 글썽해지며 격렬하게 고개를 내저었다.

"간음하는 자는 사람이 아니야. 사람이 입는 옷을 걸치면 안돼. 그대로 우리 집에서 나가."

"여보."

동곽강은 마루를 기어 최저의 다리에 매달렸다.

"주군의 말을 믿으십니까, 제말을 믿으십니까?"

필사적인 목소리였다. 거기에는 최저의 문책을 받고 발뺌하려는 경박함이 아니라, 오히려 무엇인가를 내팽개친 뒤 여자의 마음 밑바닥에서 솟구치는 안간힘이 있었다.

최저는 아무 말 없이 고개를 떨구었다. 동곽강의 눈이 호소하는 것을 그의 눈이 읽어낸 것이다.

그 순간 최저의 가슴에 통렬한 부끄러움이 일었다.

—— 나는 아내를 빼앗아가는 것을 막지 못했다.

"용서하자."

최저는 속옷을 들어 그것으로 동곽강을 감싸고 껴안았다.

동곽강은 몸을 떨며 울기 시작했다.

그러나 이 부부의 불행은 이것으로 끝난 것이 아니었다.

장공이 다시 놀러 오는 것이다.

최저는 눈 앞에 앉아 있는 동곽강에게 음산한 목소리로 말했다.

"당신 몸에 붙어 있는 악령을 물리칠 생각을 하고 있소."

"물리칠 수 있을까요?"

"물리쳐! 물리치지 않으면 안돼. 오늘밤이든가, 그 다음이든가……."

"예."

대답하는 동곽강의 눈 속에 요염한 빛이 떠올랐다.

2

장공을 문 앞에서 맞은 최저는 일단 자기 방으로 돌아와 앉았다.

거기에 동곽언이 있었다.

그는 최저의 근신으로서 주인의 고뇌를 속속들이 알고 있었다.

최저는 한쪽 무릎을 꿇고 동곽언의 귀로 입을 가져가 속삭였다.

"죽일 수 있을까?"

물론 장공을 두고 하는 말이었다.

동곽언은 조금도 표정을 바꾸지 않으며 대담한 목소리로

말을 꺼냈다.

"무리입니다. 주군과 측근을 떼어 놓지 않으면 일을 성취할 수 없습니다."

"으음……."

동곽언의 말대로일 것이다. 장공 가까이에는 장사와 괴력의 용사들이 줄지어 대기하고 있다. 장공을 확실히 죽이기 위해서는 그들을 격리시킬 필요가 있다. 장공은 측근을 10명 이상 거느리고 오므로, 1명에 몇 사람씩을 할당하여 신하들을 저택 안에 무장시켜 숨겨두지 않으면 안된다.

—— 수상하다.

하고 그들이 의심을 품게 되면 반대로 그들에게 즉살당할지도 모른다. 눈치 채이는 것도 난처하다. 그들 자신이 조심하게 되는 것은 말할 것도 없고,

"최저의 집에는 흉악한 무리들이 매복해 있다."

하고 장공에게 호소하면 최저의 실각으로 이어진다.

결행하는 한 반드시 장공을 죽이지 않으면 최저 자신이 파멸된다. 장공과 측근의 의심을 사지 않고 장공을 혼자 있게 하기 위해서는 어떻게 하면 좋은지 잘 생각해 보지 않으면 안된다. 그러나 그 방법이 발견되지 않으면 그만큼 최저와 동곽강의 고뇌가 오래 계속되는 것이다.

최저는 동곽강에게 일러두었다.

"오늘밤에는 연회석에 나오지 않아도 되오. 방에서 자고 있으시오."

최저는 곧 장공을 모시러 갔다.

연회석에서의 장공은 그 이상 명랑한 모습은 없다고 할 정

도의 모습이었다.

"최자, 좋은 소식이 있소. 얼마 안 있으면 난영이 진나라로 출발하오. 그 뒤 진나라에서는 대란이 일어나게 되고 그 때 나는 출병할 것이오. 진나라 안이 평정되지 않은 상태에서는 밖으로의 대비가 있을 리 없을 테니 우리 군대는 진나라를 쉽게 굴복시킬 수가 있소. 가을이 기대되오."

장공은 난영이 수립한 계획의 대강과 가을에 대군을 출발시킨다는 사실을 최저에게 말했다.

──교활한 방법이다.

최저의 생각이었다. 장공은 난영을 돕는 척하면서, 난영에게는 아무 것도 주지 않은 채 이용하고 마지막으로 난영의 체면을 깔아뭉개려고 한다. 난영을 도와 정의를 세웠다고 하더라도 진나라를 쓰러뜨리면 그 시점에서 먼저 세운 정의는 쓰러진다.

진정으로 난영을 동정하는 것이라면 난영이 반역자가 아니라는 것을 진나라 평공에게 설득하고 재조사를 간청하여, 난영의 오욕을 벗겨준 뒤에 복권의 약속을 받고 귀국시키면 되는 것이다. 그렇게 함으로써 비로소 정의가 서는 것이 아닌가.

그러는 쪽이 진나라 사람도 기뻐하고 제후가 장공에게 보내는 신뢰도 증진되리라. 덕을 쌓는다는 것은 그런 것이다.

최저는 거기까지 생각했으나 조언을 하기에는 어이가 없을 정도로 장공의 의기가 높았으므로 말은 씁쓸한 맛을 품은 채 최저의 가슴에 묻혀 버렸다.

"무슨 일이오, 최자. 어두운 얼굴이군."

"예, 집사람이 몸이 좋지 않아 누워 있습니다."

"집 사람……, 동곽강 말이오?"

장공의 기색이 갑자기 달라졌다.

"오늘밤은 동곽강을 못 만나는 것인가. 음, 최자 그대의 관을 내게 주시오."

"관을……."

"괜찮으니 어서 주시오."

장공은 손을 내밀었다. 최저는 끈을 풀고 관을 벗었다. 장공은 자기의 관을 측근에게 맡기고 최저의 관을 쓰자 느닷없이 큰소리로 말하고 일어섰다.

"동곽강을 문병하겠다."

장공은 최저의 말리는 손이 닿을 겨를도 없이 빠른 속도로 걷기 시작했다. 장공은 측근을 거느리고, 동곽강은 어디 있느냐 하고 큰소리를 지르면서 저택 안을 거칠게 돌아다녔다.

그 소리를 들은 동곽강은 침구에 몸을 숨기며 시녀에게 일렀다.

"촛불을 꺼라."

시녀가 촛대를 들고 방에서 나가는 것을 장공이 발견했다.

"여기냐?"

장공은 시녀의 촛대를 빼앗자, 스스로 촛대를 들고 동곽강의 방으로 들어갔다.

"아니, 일어나지 않아도 좋아. 그 때문에 최자로부터 관을 빌렸으니까. 나는 지금만은 군주가 아니야. 하지만 섭생을 해서 병이 낫게 되면 다시 오겠다."

장공은 뜻밖의 다정한 배려를 보였다. 군주의 문병을 받은 사람은 병상에서 맞을 수 없는 법이었다.

장공은 연회석으로 돌아가지 않고 최저의 저택을 나섰다. 마차가 움직이기 시작하자 배승(陪乘)한 종멸(麗蔑)이 말을 건넸다.

"관을 바꾸시기를."

"아, 이것 말이냐?"

장공은 최저의 관을 벗어서 종멸에게 건네주었다.

"내일 최자에게 돌려주겠습니다."

"상관없어 받아둬라. 내일 최자는 다른 관을 쓰고 올 것이다."

"그러하옵니까."

감촉이 좋은 관이었다.

"사슴 가죽인가?"

종멸이 횃불에 관을 가까이 대고 바라보려고 할 때, 마부 가거(賈擧)가 충고했다.

"한 나라 재상의 관입니다. 신분에 걸맞지 않는 것을 손에 넣는 것은 화의 근원이 됩니다."

"뭐라고."

종멸은 발끈했다. 그보다 더 빨리 장공이 가거의 손에서 채찍을 빼앗아 들었다.

"닥쳐라. 최자의 관이라 해서 다른 관과 다를 바 없다."

장공은 노여워하며 채찍으로 가거를 후려쳤다. 가거의 피부는 피를 뿜었다.

"앞으로 부질없는 말을 하면 이 정도로 끝나지는 않을 것이다."

장공은 수레 안에 쓰러진 가거의 머리를 신발로 짓밟고 힘껏 비틀었다. 가거의 입에서 다시 피가 흘러 나왔다. 종멸은,

— 꼴 좋다.

라고 말하는 듯한 눈길로, 킬킬거리며 웃었다.

최저의 집에서 돌아가는 장공은 공연히 화가 났다. 그러나 가거라는 시인(寺人)의 머리를 짓밟는 순간, 자기의 무덤을 스스로 파게 되었다는 것을 전연 상상할 수 없었던 것이 틀림 없다.

— 어떻게 진나라를 공략할까.

다음날의 장공은 자기의 상상력을 한 가지 일에만 집중하고 다른 일은 깨끗이 잊고 있었다.

난영이 임치를 출발한 정확한 날짜는 알 수 없다. 3월 중순이었을까? 4월에 난영은 곡옥성 안에 잠입해 있었다. 4월은 초여름이다. 장공은 측근들을 모아 지도를 들여다보며 진격을 위한 도정을 검토하기 시작했다.

황하 북쪽은 겨울이 되면 눈에 덮히므로 제나라 군대로서는 여름 동안에 출발하여, 초가을에 진나라를 쳐들어가고 눈이 내리기 전에 귀국길에 오르는 것이 무난하다.

"난영이 진나라를 크게 혼란에 빠뜨려 주었으면 좋겠습니다."

측근 노포규(盧蒲癸)가 말하자, 장공은 만족스러운 듯이 고개를 끄덕였다.

장공의 못된 기대를 짊어진 꼴이 된 난영은 그러나 한편으로는 자기의 복수를 위해, 다른 한편으로는 진나라의 정도를 회복시키기 위해, 라는 정당성을 자신에게 일깨워주고 있었

다. 그는 진나라 6경의 한 사람이었을 때, 인재를 좋아하고 천한 신하나 직급이 낮은 관리에게도 눈길을 보내어 덕망을 쌓았다는 생각이었다. 그 덕망은 자기에 대한 과신이 아니었다는 증거로 난영을 경모하던 사람들은 목숨을 아끼지 않고 사씨(士氏)의 병사와 싸워서 죽어갔던 것이다. 그렇게 해서 죽은 사람의 수는 난영의 신하보다 다른 집안의 자제 쪽이 더 많았다.

신하의 태반은 옛 영지인 곡옥에 온존되어 있다. 그들은 옛 주인의 귀국을 알게 되면, 환호하며 일어서 줄 것이리라. 그것이 망상이 아니기를 빌면서 곡옥으로 들어선 난영은 망설이는 일 없이 이 읍의 통치자의 집으로 향했다.

—— 서오(胥午)를 설득하자.

임치를 나설 때부터 마음먹고 있었던 것이다.

곡옥의 주인이 되어 있는 서오라는 대부와는 전부터 알고 지내는 사이로서 그는 도리를 아는 사람이고 난영의 진정과 행동에 이해심을 나타내 줄 것이다. 서오의 동정을 얻을 수 없을 때에는 이번 거사를 단념하는 수밖에 없다. 큰일이 성사되느냐 마느냐 하는 것은 서오에게 달려 있다고 단언해도 좋았다.

난영은 두 명의 신하만을 데리고 밤길을 달려서 서오의 집 문앞에 이르렀다.

눈에 띄지 않을 정도의 불을 밝힌 서오는 난영의 계획을 듣자 훈계의 말을 했다.

"안될 일입니다. 하늘이 버린 사람을 누가 다시 일어서게 할 수 있습니까? 당신만은 다르다고 할 수는 없습니다. 내가 죽음이 두려워서 하는 말이 아닙니다. 성공하지 못할 것이라고 알기 때문에 당신에게 말해 주는 것입니다."

—— 하늘이 버렸다.

이 말은 난영의 과거를 돌이켜본 서오의 실감이었다.

사개는 틀림없이 진나라 안에서 평판이 나쁘다. 그것에 비해서 난영의 평판은 좋았다. 사람들이 우러러보는 그 덕망이라는 보이지 않는 힘을 두려워했기 때문에, 사개는 책모를 꾸며서 난영을 함정에 빠뜨린 꼴로 추방하고, 그 일당을 박멸했다. 그 때 큰 세력을 가진 6경 가운데서 다른 4경은 어떤 태도를 취했는가? 중행씨는 사씨와 교의가 두텁고, 사개가 벌인 숙청을 후원하는 쪽에 서 있었다. 조씨와 한씨는 상군을 형성하는 집안이고 이 두 집안은 약속이라도 한 듯이 방관자의 입장을 취했다. 남은 위씨도 난영을 위해 병사들을 내놓은 것이 아니며 변호도 하지 않았다.

만일 하늘의 뜻이 난영을 따랐다면, 어떠한 하늘의 도움이 있었을 것이 아닌가?

그 때 난영을 위해 싸운 사람들은 중급 이하의 귀족들뿐이었다.

눈을 현재로 돌린다면 사개에 속아서 골탕을 먹었다고 하여 이 쪽도 속여서 앙갚음을 한다는 것은 귀족으로서의 예의에 어긋난다. 바꾸어 말하면, 곡옥의 병사를 이끌고 수도로 쳐들어간다고 하더라도 역시 다른 4경의 태도에 변화가 있을 리가 없다. 그 상태로는 이겨서 난씨 집안을 재건할 수 있다는 확신이 서지 않았다.

서오가 여기까지 말하자 난영은 말을 가로막고 힘주어 말했다.

"아니, 위서(魏舒)는 틀림없이 도와 줄 것이야."

그러나 서오는 난영의 열기에 말려 들지 않았다.

"위서의 아버지 위장자(魏莊子:魏絳)는 선조인 도공(悼公)의 혜택에 의해 경으로 발탁되었습니다. 그 은혜가 위씨 집안에 배어 있어요. 그 집안은 공실의 뜻대로 행동할 것입니다. 부탁하는 것은 위험하리라고 여겨집니다."

"자네가 위서를 모르고 하는 소리야. 그는 그런 사람이 아니야."

난영은 희미한 웃음을 띠고 말했다.

서오는 같은 정도의 웃음을 마음 속에서 띠었다.

―― 당신은 자신을 모른다.

말할 나위도 없이 난영은 덕망이 높았다. 그러나 개인이라는 것은 집안의 얼굴도 함께 가지고 있다. 아버지와 할아버지의 유풍도 가지고 있다는 말이다. 난영의 아버지 난염은 어떠했는가? 할아버지 난서는 어떠했는가? 난서는 명문 의식이 극히 강한 사람으로서 서민에게 위세와 은혜를 두루 베풀면서 다스렸고 다른 집안의 번성을 싫어했으며 조씨의 몰락에 협조하고, 극씨를 멸망시켰으며, 게다가 군주를 암살했다. 그 아들인 난염은 오만불손을 그림으로 그린 듯한 사람으로서 당시의 원수 중행언의 명령을 따르지 않고 서둘러 싸움터를 떠난 적도 있었다.

말하자면 조씨나 중행씨의 원한을 난영은 아버지와 할아버지 대신에 이어받고 있는 것이다. 난영은 그러한 자신도 있다는 사실을 깨닫지 못하고 있는 것이다.

그러나 서오는 그것에 관해서는 말하지 않고, 묵묵히 난영을 바라보고 있었다.

난영은 갑자기 어깨에서 힘을 뺐다.

"위서는 제쳐두고 당신의 조력을 얻을 수만 있다면 죽어도 후회는 없소. 그렇게 되면 정말이지 내가 하늘로부터 버림을 받았다는 사실 때문에 당신에게 하늘의 책망이 내린다고는 여겨지지 않소."

난영은 가슴 속을 열어보이듯 한결같은 어조로 말했다.

—— 이 사람은 죽을 것이다.

죽은 영혼에 의존하는 나도 죽는 것일까 하고 서오는 생각했다. 그렇게 느낀 시점에서 그는 난영이 품은 그윽한 원한의 기운에 물들어 있었다고 할 수 있으리라.

"좋습니다. 후회 없는 싸움을 하십시오."

서오는 다음날 주연을 빙자해 곡옥의 신하들을 모이게 했다. 음악이 시작되자, 서오는 그들을 향해 차분하게 말을 걸었다.

"여기에 난영이 있다면 어떨까?"

사람들의 표정은 일제히 가라앉았다. 이윽고 한 사람이 고개를 들고 격정이 끓어올라 말을 꺼냈다.

"주군이 돌아와서, 그 주군을 위해 죽는 것이라고 한다면, 죽은 것이 되지 않겠지요."

난영이 나라 밖으로 사라진 이후, 쌓이고 쌓인 울분을 풀고 싶어서 견딜 수가 없다는 목소리였다.

"그래."

울부짖듯이 다른 한 명이 말을 꺼내자 탄성을 지르는 사람, 통곡을 하는 사람이 속출했다.

서오 혼자만이 냉정한 눈으로 그들을 관찰하고 있었다. 술잔이 한차례 돌았다.

"난영이 있다면 말이야……."

또 다시 말을 꺼냈다.

"난 주인이 이 자리에 계시다면, 다시는 떨어지는 일이 없을 것입니다."

그 목소리가 또한 만장일치로 일었다.

환술(幻術)과 같은 것이었다. 그들의 목소리가 난영을 출현하게 했다. 그러나 그 옛 주인의 감동으로 넘치는 모습은 환상이 아니었다. 난영은 신하가 있는 곳으로 달려나왔다.

"고맙게 생각한다."

난영은 한 사람 한 사람에게 절을 하면서 돌았다.

이것으로 감격하지 않을 사람은 없었다.

"가증스런 사개놈. 그놈을 주군 측근에서 없애자."

신하들의 목소리가 불꽃같이 높고 커져 갔다.

아침을 맞은 그들은 놀라울 정도의 빠른 속도로 갑옷을 입고 무기를 들었다.

"서자, 고맙소. 좋은 소식을 기다려 주시오."

난영은 전투수레에 뛰어오르자, 수도를 향해 떠났다. 재빨리 신하를 위서에게 보낸 것은 말할 나위도 없었다.

"난영이 온다고?"

위서는 옛 친구의 힘이 될 군사들을 모았다.

사개의 귀에 들어간 급보보다 난영의 행동 쪽이 빨랐다. 곡옥의 병사를 저지하는 것은 아무것도 없었다. 그 병사들을 맞아들이기 위해 위씨의 병사들이 성문을 확보했다. 따라서 사개는 곡옥의 병사가 수도 안으로 침공할 때까지 이변을 전연 깨닫지 못했다.

3

　―― 난씨가 당도하다.

난영의 소식이 사개에게 들어갔을 때, 뜰로 내려서려고 하던 사개는 두려운 나머지 발을 헛디뎠다.

사개 가까이에 한 사내가 있었다.

악왕부(樂王鮒)라고 한다.

이 사람은 평공에게 교묘하게 아첨하는 한편, 사개의 지혜 주머니임을 자인하고 있을 만큼 자신의 지혜를 자랑하는 아니꼬움을 보였으므로, 결백하고 올바른 숙향(叔向)의 말을 빌자면,

　―― 악왕부는 단지 주군의 의향을 거슬리지 않는 사람일 뿐이다.

하고 그의 간신다운 태도에 대해 매서운 말을 하고 있다.

그러나 이 권력자에 밀착된 사나이가 여기서는 적절한 조언을 하여 사개를 침착하게 만들었다.

　―― 주군을 잡아라.

악왕부의 권유였다. 주군을 품에 넣어 버리면 공실을 중시하고 있는 위씨를 끌어들일 수 있다. 그렇게 되면 난씨에 편드는 큰 세력은 없어지게 된다.

"우리 주군을 모시고 고궁(固宮)으로 달려 들어가면 위해
는 미치지 않을 것입니다."

악왕부의 말이었다.

고궁이라고 하는 것은 공궁(公宮) 가운데서도 가장 방비가
견고한 궁실을 가리키며, 악왕부는 거기에 있으면 난영의 공
격을 피할 수 있다고 내다보았다.

"좋아, 그렇게 하겠다."

안도의 한숨을 내쉬며 이렇게 말한 사개였으나, 그의 발은
움직이지 않았다. 주군을 손에 넣고 싶어도 지금 평공은 인척
의 거상을 입고 있으므로 함부로 접근할 수가 없다.

"뭘요, 우려하실 것은 전혀 없습니다."

악왕부는 편안한 낯빛을 보였다. 여인들의 상복을 가지고
오게 하여, 그것을 사개에게 입히고 마차에 장막을 치게 했
다. 두 사람은 여자 차림을 하고 평공에게 가서 위급함을 알
렸다. 그런 뒤에 두 사람은 평공을 모시고 고궁으로 향했던
것이다.

그 동안 사개의 아들 사앙은 위서를 설득하기 위해 찾아갔
다. 위서의 병사가 곡옥의 병사와 합류해 있다면 사앙의 사명
은 수행할 수 없게 된다. 그러나 위기일발, 시간에 댈 수 있
었다.

"아, 저것이다."

사앙이 손가락으로 가리킨 쪽에 위씨의 병사가 보였다. 위
서가 타고 있는 전투수레가 막 움직이려고 하고 있었다. 사앙
은 마차를 급히 달리게 하여 마차에서 뛰어내리자, 병사들을
헤치고 앞으로 나아가 큰소리를 질렀다.

"난씨가 도적들을 거느리고 쳐들어왔소. 우리 아버님과 다른 대부들이 주군 곁에 있고, 당신을 맞이하라고 명령하셨습니다. 부디 태워 주십시오."

사앙에게는 담대함이 있었다.

위서의 대답을 기다릴 것도 없이,

—— 초승(超乘)하다.

라고 《춘추좌씨전(春秋左氏傳)》에 적혀 있으므로, 뛰어올랐던 것이리라. 위서 곁에 서자마자 그는 왼손으로 위서의 허리띠를 잡고, 오른손으로 칼자루를 어루만졌다. 위서가 반항하면,

"베어 죽이겠다."

는 무언의 위협인 것이다. 눈깜짝할 사이에 주군을 인질로 잡힌 마부는 사앙이 명령하는 대로 마차를 움직이지 않을 수 없게 되었다.

"주군님 계신 곳으로 가라."

사앙의 목소리에 따라서 말머리는 돌려졌다.

고궁에 도착할 때까지 위서는 망설이고 망설였을 것이리라. 그러나 사앙의 손을 뿌리치지는 않았다. 고궁으로 들어가서 계단까지 마중나와 준 사개를 보았을 때, 위서의 몸 안에서는 투지가 사라졌다.

—— 난영에게 미안하다.

이런 생각보다 무엇인가 거역하기 어려운 운명 같은 것을 느꼈다는 것이 이 때의 위서의 심정에 어울릴 것이다.

사개는 여느 때의 거만한 태도를 누그러뜨리고 곧 위서의 손을 잡자 그 손을 어루만지며 기색을 살폈다.

"잘 오셨소. 이것으로 당신의 식읍(食邑)에 곡옥이 더해질 것이오."

위서는 빙긋 웃지는 않았으나, 그 내려진 상을 거절하지 않음으로써, 난영의 운명은 결정되었다고 할 수 있었다.

뒷날, 위씨의 가운이 영원한 안녕을 누린 것을 생각하면, 이날이 위씨에게 있어서 번영과 쇠퇴의 갈림길이었는지도 모른다. 이 날 위서가 난영을 도와서 적대했다면 어떻게 되었을까. 사씨는 멸망되고 진나라의 정권은 위씨와 난씨의 손에 떨어졌을까. 아니면 위씨는 난씨와 함께 멸망의 길을 걸었을까. 역사 속의 힘의 싸움은 미묘한 미지의 모습을 함께 간직한 채 귀결을 향해 갈 때가 있다.

사개는 위서의 얼굴을 보고 우선 한숨을 돌렸으나, 이것으로 이겼다는 확신을 얻기까지 이른 것이었다. 조씨나 한씨 등의 세력가는 사씨와 난씨의 사움을,

―― 그것은 사적인 싸움이다.

라고 보고 중립적인 자세를 풀지 않았고 다른 대부들도 거의 그것에 준하고 있었다. 요컨대 사씨는 혼자의 힘으로 난씨의 병사를 격퇴하고 승리의 흐름을 만들지 않는다면, 다른 세력들도 그것에 편승해 주지 않는다.

"궁문을 닫아라."

사개는 신하에게 명령했다. 그러나 이미 곡옥의 병사 선두가 궁문에 도달하고 그 병력은 적지만 밀어낼 수는 없다고 했다. 이어서 달려 돌아온 신하는 목을 움츠리며 보고했다.

"무엇보다 궁문에는 독융(督戎)이 있어서……."

독융은 난영의 신하로서 그 비할 바 없는 큰 힘을 두려워

하지 않는 사람이 없었다.

"독융 한 사람에게 떨고 있다니, 한심스럽구나."

사개는 격앙되었다. 그러나 실전의 소용돌이 속에 있는 사람으로서는 함부로 자기의 목을 독융에게 내줄 수는 없다. 따라서 사씨의 병사들은 궁문으로 접근하지 못했다. 곡옥 병사들의 주력이 궁문을 통과하자 사씨의 패색이 짙어졌다.

"어떻게 하든지 해봐라."

사개가 거듭 질타하는 소리를 연발했을 때 생각지도 않은 곳에서 굵직한 목소리가 들려왔다.

비표(斐豹).

그는 노예종이었다.

범죄자는 형벌을 받은 뒤에 공실의 노예가 되어 잡역을 맡아 한다. 비표는 그런 사람 가운데 한 사람이었다. 말하자면 관노인데, 그들의 성명과 죄명은 붉은 글씨로 기록되어 있다. 그 기록서를 단서(丹書)라고 한다.

비표는 멀리서 사개를 향해 호언했다.

"단서를 태워만 주신다면 반드시 독융을 죽여 드리겠습니다."

단서가 소실되면 그의 죄과는 사라지고 노예의 신분에서 벗어날 수가 있다.

비표의 몸집은 괴안(魁岸)이라고 부를 정도의 크기는 아니었으나 짐승과 같은 민첩성을 간직하고 있는 듯했다. 사개는 비표의 대담성을 보고 이 노예종의 간청을 받아들였다.

"좋다. 네가 독융을 죽인다면 반드시 단서를 태워 버리겠다. 하늘의 해에 맹세한다."

비표는 한바탕 으르렁거리더니 일어섰다.

곧 궁문으로 가더니 사씨 병사의 선두에 서서 갑자기 독융에게 덤벼들었다.

창과 창이 날카로운 소리를 내고 불꽃이 튕겼다.

"허어, 사씨의 약한 병사 가운데에도 얼마쯤은 제대로 된 놈이 있었나 보군."

독융은 희미한 웃음을 입에서 질질 흘리고 비표를 산산조각으로 만들 만한 힘으로 창을 휘둘렀다. 그 창이 한번 번쩍하면 주위의 공기가 떨리는 듯한 소리를 냈다. 비표는 날렵하게 몸을 놀려서 그 창을 피하고 때로는 웃고 때로는 욕설을 퍼부었다.

"그 생떼 쓰는 입을 막아주겠다."

독융의 눈매가 벌개졌다.

그것을 본 비표는 도망쳤다. 도망치면서 욕을 했다.

"이놈, 놓치지 않겠다."

독융은 쫓아갔다. 이 사나이가 달리면 땅울림이 울릴 것만 같다. 독융에게 쫓긴 사씨의 병사는 와르르 무너졌다. 그것을 거들떠보지도 않고 독융은 비표의 그림자만을 노렸다.

앞쪽에 낮은 장벽이 있었다.

거기에 한 손을 건 비표는 뛰어올라 가볍게 넘었다.

"어디를……."

독융이 양손을 걸고 올라가고 창을 잡고 뛰어 내려서 두세 걸음 걸었을 때 배후에서 기습이 가해졌다. 숨어 있던 비표는 마치 표범과 같이 달려들어 그의 창이 독융의 뒷머리를 쪼갰다.

"독융을 쳐 죽였다."

이 소리에 사씨의 병사들은 분기하고 궁문으로 몰려들어서 마침내 문을 닫았다.

바로 그 뒤에 곡옥 병사의 주력이 궁문에 이르렀다.

사씨의 병사들은 높은 망루에 방패를 나란히 세우고 거기서 화살을 빗발처럼 퍼부었다. 곡옥의 병사도 지지 않고 활을 쏘았다. 무서운 화살 싸움이 되었다.

사개는 아들 사앙에게 호통쳤다.

"적의 화살이 주군님이 계신 방에까지 떨어지지 않았느냐. 죽을 각오로 싸워라."

사앙은 이전에 난영의 숙부 난침(欒鍼)과 같이 진(秦)나라 군대에 돌격해 들어간 사람이다. 담력이 있었다.

—— 어차피 한번은 죽을 목숨이다.

생각을 이렇게 하면 마음이 편해진다.

"문을 열어라. 치고 나가겠다."

사앙은 병사들을 거느리고 자신을 예봉(銳鋒)으로 하여 곡옥의 병사 한복판으로 돌진했다. 곡옥의 병사도 살아 남을 것을 전연 생각하지 않았다. 이 격돌은 바로 죽음의 싸움 그것이었다. 어느 병사나 살이 잘려 나가면 뼈로 싸우고 뼈가 깨지면 혼백으로 맞섰다.

이처럼 처참한 싸움이 되자 승패의 갈림길은 어디에 있는지 알 수가 없었다.

칼을 휘두르고 격려의 고함 소리를 끊임없이 지르며 전진만을 생각하고 있던 사앙만 하더라도 힘이 붙어 있는 한 눈앞의 적병을 계속 쓰러뜨린 것에 지나지 않았다. 정신을 차리자 곡옥의 병사가 후퇴를 시작하고 있었다. 그때가 되어서야 비로소 사앙은 전투수레에 올라탔다.

"추격하라."

사앙이 소리를 질렀을 때 분명히 사씨 쪽이 우위에 있었다. 그렇게 되자 전황을 지켜보고 있던 대부분의 병사도 사씨의 병사에 가담하여 추격군은 불어나기 시작했다.

난씨 쪽에서는 장수의 한 사람인 난악(欒樂)이 사앙을 만나서 죽고 난방(欒魴)은 중상을 입었다.

—— 하늘은 나를 버렸는가.

장수 난영은 쓸쓸하게 하늘을 우러러보았다.

실제로 그는 자기가 패장이 되었다는 사실을 믿을 수가 없었다. 틀림없이 이 전투에서는 위씨의 조력을 얻지 못했다. 그러나 사개도 위씨의 병사를 쓰지 않았다. 위서를 싸움터에 보내면 배신당하는 일이 있을 것을 두려워했기 때문이다. 처음부터 사씨에게 편을 든 대부의 병사는 많지 않았으므로 피차의 병력은 백중지세였다고 해도 된다. 오히려 사개를 불시에 기습한 곡옥의 병력 쪽이 우세했다. 그럼에도 난영은 패배했다.

양자의 단 한 가지 차이점은 사개 뒤에는 군주가 있었고 난영에게는 없었다는 점이다.

—— 한 사람의 차이일까.

그것이 하늘이라고 하는 것이다.

난영은 수도를 나오자 서오가 있는 곡옥으로 후퇴했다.

물론 이 패전 소식이 제나라에 곧 전해질 리는 없었다. 그러나 장공은 측근에게 말했다.

"슬슬 원정군을 출발시켜도 좋겠지."

장공으로서는 난영이 대승이나 대패도 해주지 않는 쪽이 좋다. 말하자면 진나라의 내란이 오래 가면 오래 갈수록 제나라 군대에게는 형편이 좋다.

장공은 안보융(晏父戎)을 불러들여 밀령을 내렸다.

"그대가 내 차우(車右)다."

이 결정에 측근들은 선망인지 불만인지 알 수 없는 목소리를 냈다. 군주의 수레에 배승하고 군주의 오른쪽에 설 수 있는 사람은 그 나라를 대표하는 용사가 아니면 안된다. 제나라 유일의 용사임을 자인하는 사람들에 있어서 그 임명은 뜻밖이었다. 곁들여 말하자면, 장공의 수레 마부는 조개(曹開)라는 사람으로 정해졌다.

—— 이렇게 되었는데, 안자. 또 간언을 하겠소.

안보융은 안영의 집으로 갔다.

이 초로의 용사는 안씨 집안의 당주가 안약(晏弱)이었을 때에는 별로 이 집안에 가까이 가지 않았으나 대가 바뀌어서 안영이 되자 종종 발길을 보냈다. 마음이 맞는 것이다.

"그것은 크게 경사스러운 일이라고 우선 말해 두지요."

안영은 빙그레 웃는 기색도 없이 말했다.

"당신에게는 첫 출전이 되는군요."

"이기면 불길, 지면 길한 싸움입니다. 나는 운이 나빠요."

안영은 자신을 향해 하는 말도 신랄했다.

"아니, 운은 좋아요."

상대가 말한 것을 호락호락 받아들이지 않는 것은 안보융도 마찬가지였다. 그러한 배짱도 이 두 사람은 닮았다.

"당신이 주군님께 한 고언, 간언의 회수는 한두 번이 아닙니다. 그때마다 주군님은 몹시 노여워했다는 말이 있소. 그런데 주군님 측근에 있는 사람을 포함해서 이상하다 하고 수군거리는 사람들이 많다는 것을 아시오?"

꼼짝 않고 앉아 있던 안보융은 안영을 똑바로 쳐다보았다. 역전의 용사다운 풍모를 자아내고 있었다.

"이상하다?…… 그런데 무엇이 이상하다는 말입니까?"

"안자는 어찌하여 주살당하지 않느냐. 그것 말이오."

안보융은 한차례 웃고 그 웃음에 의해 두 사람 사이에 도사리고 있던 기분이 일소되었다.

안영의 눈에 웃음이 떠올랐다.

"주군님의 관용 탓이겠지요."

안영의 말에 안보융은 웃음을 거두었다.

"주군님은 태자 때부터 기성이 거칠고 관용이 결여되어 있었소. 그것은 태자 가까이에 있었던 내가 가장 잘 알고 있지요. 하지만 주군님은 부하를 사랑하는 일에 이만저만이 아닌 배려를 보여주는 것도 사실이오."

안보융은 말에 힘을 주었다.

"음."

"그런데 안자, 간언이란 어떠한 것인가를 곰곰이 생각해주시오."

안보융의 말투에는 어딘가 모르게 애정이 깃들어 있었다.

"당신이 주군님을 위하고, 나라를 위하고, 백성을 위하는 생각에서 주군님의 귀에 아픈 말을 진언하고 있다는 것은 나도 뼈저리게 알고 있소."

안영의 눈에 부드러운 빛이 떠올랐다.

"하지만 참된 간언이라는 것은 주군으로부터 신뢰를 받고 총애를 받고 있는 사람이 해야 하는 것이 아니겠소. 그렇지 않고서는 그 간언의 참뜻은 군공에게 먹혀들지 않는다. 이렇게 생각되는데 어떻소."

이 말에는 장공과 안영을 동시해 생각해 주는 다정함이 들어 있었다. 안보융으로서는 장공과 안영 사이에 친교가 생기고 장공이 안영에게 국정을 맡기는 때가 오는 것이 이상적이라고 생각했다. 그렇게 되면 장공의 결단력의 강력함이나 애정의 깊이가 안영에 의해 뒤틀림이 바로잡히고 선정의 모습으로 나타나게 되는 것이 아닐까. 그러기 위해서 안영은 언제나 냉엄한 비판자에 머무르지 않고 장공에게 접근하는 노력을 해주었으면 하고 생각했던 것이다.

물론 안영도 안보융의 말뜻을 이해했다.

"보융님, 당신은 시대의 혜택을 받고 살아왔습니다. 그 시대는 병들어 있지 않았지요. 하지만 지금은 다릅니다. 약이 필요합니다. 그리고 약은 쓰다라고 정해져 있지요."

안영은 말을 마치고 서로의 입끝에 남아 있는 씁쓸함을 없애기 위해서인지 가재에게 식사를 준비시켰다.

"변변치 않은 음식이지만 들고 가시오."

이 말을 들은 안보융은 처음으로 본 안씨 집안의 밥상이 빈약한 것에 놀랐다. 안영은 안씨 집안의 총수이다. 귀족 중에서도 상급이다. 그런 귀인이 먹는 저녁 식사가 돼지고기가 조금 있을 뿐이지 나머지는 콩과 조뿐이라는 그야말로 변변치 않은 음식이었다.

그러나 안보융은 그것을 즐겁게 먹고 나중에 가재에게,

"잘 먹었네."

하고 말하자, 가재는 작은 목소리로,

"저희야말로 고맙게 생각합니다. 앞으로는 부디 저녁때 자주 방문해 주시기 바랍니다. 저도 돼지고기를 먹어볼 수 있으니까요,"

하며 한쪽 눈을 꿈벅 했다.

—— 돼지고기조차 좀처럼 상에 오르지 않는가.

안보융은 더욱 놀랐다.

안영은 온 집안의 식사 내용에 차별을 두는 것을 싫어해서 종들과 똑같은 것을 먹고 있다는 것이었다.

그것을 안보융의 입을 통해 듣게 된 사 신분의 사람들은 빠짐없이 안영의 집을 찾아가서 간청을 했다.

"신하 끝자리에 끼워 주십시오."

4

"우선 위(衛)나라를 공격한다."

장공의 명령 하에 제나라 군대는 출발했다.

진나라를 공격하려면 위나라를 돌파해 가는 것이 가장 짧은 거리였다.

—— 역시 왔구나.

위나라 군주와 신하들은 조만간 제나라가 진나라와 싸울 것을 예상하고 있었고, 제나라 군대의 목적이 자기 나라 정벌에 있는 것이 아니라 황하 건너쪽 나라에 있다는 것을 알고 있었으므로 들판에서 맞아 싸우는 어리석음을 피했다.

"각 읍의 수비를 단단히 하라. 그러면 제나라 군대는 지나쳐 갈 것이다."

따라서 제나라 군대는 이렇다 할 저항을 받지 않고 황하 기슭에 이르렀다.

여기서 난영의 패배 소식을 듣게 되었다.

"수도 공략은 실패하고 곡옥으로 후퇴했구나."

장공은 눈을 들어 하늘을 보았다.

맑게 갠 하늘이었다. 교전의 피비린내 나는 상황을 반영하고 있는 듯한 구름은 한 조각도 없었다. 그러나 현실은 그 맑게 갠 하늘 아래에서 전쟁이 계속되고 있었다. 난영은 곡옥으로 돌아온 뒤 바로 장공 앞으로 급보를 알리는 사자를 보내지 않았다. 사자를 보낼 생각이 든 것은 고전의 정도가 심해졌기 때문이었다.

"난영을 지원해야 한다."

군사회의 자리에서 장공은 이렇게 말했다. 이 자리에 있던 안영은 여전히 기탄없이 말했다.

"주군께서는 용감한 힘만을 믿고 맹주를 치려고 하십니다. 성공하지 않는 것이 나라를 위해 다행이라고 할 수 있습니다. 덕이 없는데 공을 세우면 반드시 군주에게 우환이 미칩니다."

장공은 독물을 마신 듯한 얼굴이 되었다. 중신들이 있는 자리에서 군주를 보고,

── 덕이 없다.

하고 태연스럽게 말하는 꿍꿍잇속을 알 길이 없었다. 한번쯤은 이 영리한 체하는 사나이에게 호통을 치지 않으면 안되겠다고 장공이 생각하기 시작했을 때 가까이 있던 최저 또한 보기 드물게 강경한 말을 했다.

"그만 두시는 것이 좋을 듯합니다."

작은 나라가 큰 나라가 깨진 틈을 타서 쳐들어가면 반드시 허물을 덮어쓴다는 말을 들었습니다. 부디 생각을 돌리시기를, 하고 말했다. 말은 공손했지만 그 목소리는 차가웠다.

진수무(陳須無)는 약간 미간을 접고 고개를 돌려 최저를 바라보았다. 최저는 장공을 보지 않고 장공도 최저를 보지 않았다. 어색한 분위기가 감돌았으나 그것도 한때이고 장공의 비위를 맞추는 듯한 용감한 논의가 잇따라 일어났다.

제나라 군대는 황하를 건너기로 결정했다.

군사회의 뒤, 진수무는 최저의 생각을 확인했다.

"주군님을 어떻게 할 셈이오?"

이 물음은 미묘한 함축성을 지니고 있었다. 물론 최저는 그 함축성을 알아차리고 있었다.

"우리에게 위급함이 닥쳐오면 주군의 일 따위에 마음을 쓰고 있을 수는 없겠지요. 당신도 당분간은 주군님의 일을 안심하고 있는 것이 좋겠소."

최저는 공자 저구(杵臼)에게 접근함으로써 진수무와도 가깝게 사귈 수가 있게 되었다는 거리낌 없는 생각에서 마음 속에 있는 것을 털어놓았으나, 진수무는 복잡한 성격의 소유자인 듯 좀처럼 본심을 내보이려 하지 않고 여기서도 최저의 생각을 듣기만 했을 뿐 그것에 대한 의견은 삼가고 최저와 헤어

졌다. 헤어지자 곧 시종에게,

"최저는 머지 않아 죽을 것이다."

하고 말했다. 군주를 비판하면서도 자기가 하려고 하는 것은 그 이상으로 지독하다. 군주를 얕보는 짓은 비록 그것이 의(義)에 맞는 것이라고 할지라도 억제해야 한다. 하물며 군주의 악을 막는데 악으로 해서 좋을 리가 있겠는가. 진수무의 소감은 참으로 엄정했다. 최저를 비난하는 동시에 의(義)에서 장공을 능멸한 안영도 나무라고 있다. 그러나 이 사나이의 목소리는 최저의 그것보다 온도가 낮은 것 같았다.

황하를 건너면 조가(朝歌)라는 읍이다.

이 읍은 상(商)나라 왕조 말기에 만들어지고, 읍의 주인인 주왕(紂王)이 아침부터 노래를 부르게 했으므로 그렇게 불리게 되었다. 상나라 왕조의 부도읍이었으나 주나라 왕조 시대가 되자 위나라의 수도가 되었다.

그 뒤 위나라는 황하 동쪽으로 천도했기 때문에 진나라의 한 읍이 되었다.

장공은 그 읍을 공격했다.

진나라의 읍은 위나라와는 달라서 쉽게 함락되지는 않았다. 그러나 장공은 맹렬한 공격을 가하여 조가를 함락시켰다. 진나라 병사의 전사자는 상당한 수에 이르렀다.

조가에 들어간 장공은 여기서도 군사회의를 열었다. 장수들의 의견을 듣는다기보다는 자기의 전략을 피력하고 싶었기 때문이었다.

군대를 둘로 나누어 북로와 남로를 진군하여 진나라 수도에 육박하겠다는 것이다. 북로는 태행(太行)산맥의 줄기이고

남로는 태행산맥의 남단을 돌아서 소수(少水)라는 강을 따라
가는 길이다.

"진나라 대부들은 곡옥을 공격하고 있다. 우리 군대를 방
해하는 것이 있다고 하더라도 대수롭지 않다."

군사회의는 장공의 낙관으로 시종되었다고 해도 좋았다.

안영은 집안의 병사를 거느리고 북로를 가기로 되었다.

"이 길은 틀림없이 춘부장께서 단도(斷道)의 모임에 가실
때에 선택하신 길일 것입니다."

안리의 말이었다. 그는 안영의 아버지 안약을 보좌한 적도
있어서 전술에 뛰어나고, 싸움에 익숙하지 못한 안영을 보좌
하고 있었다.

"그런가. 그렇다면 아버님의 가호를 받을 수 있겠군."

아버지의 길을 아들이 지나간다고 하는 기묘함을 안리는
느꼈을 것이지만 안영 자신도 그것은 마찬가지였다. 진로를
미리 지나가 부정을 깨끗이 씻어내는 것을 제도(除道)라고 하
는데, 그것이 되어 있으면 위험을 만나지 않는다는 생각이 고
대에 있었으므로,

―― 이 길을 가는 한 내가 죽는 일은 없다.

하고 안영은 느꼈다.

"아들은 아버지를 닮는 법이라고 한다면 나도 포로가 될까
요?"

안영은 어떤 것이라도 명확하게 말한다.

안리는 쓴웃음을 지었다.

"불길한 말씀을 하시는군요."

"아니, 아버님은 포로가 되었던 것을 반대로 활용했습니

다. 대흉(大凶)을 대길(大吉)로 바꾼 분이시지요. 그렇게 생각하면, 큰 위험은 크나큰 행복으로 가는 문이라고 할 수 있겠지요."

"과연, 춘부장께서는 그 말을 어디선가 기쁘게 듣고 계실 것입니다."

안리의 말투는 명랑해졌다.

남북의 제나라 군대는 진나라의 수도를 향해 나아갔다. 북로는 험하고 비좁았으나 강력한 적병이 기다리고 있을 리는 없었다. 남로는 험한 비탈길이 적은 대신에 큰 읍이 있고 그 읍에서 진나라 군대가 치고 나와 제나라 군대의 진군을 둔하게 했다.

남로의 제나라 군대는 장공이 단련시킨 병사가 주력이 되어 있어서,

"쳐서 몰아내자."

하고 장공이 명령하면 그 목소리의 기세가 병사에게 전해져 틀림없이 진나라 병사를 격파하여 사방으로 흩어지게 했다. 제나라 병사가 진나라 병사와 싸워서 이처럼 용맹성을 보인 것은 이 진격이 처음이자 마지막일지도 모른다.

"시체를 날라라."

장공은 진나라 병사의 시체를 수송용 수레에 싣게 하고 형정(熒庭)으로 향했다. 형정은 수도 동쪽에 있는 땅으로 그곳이 집합 장소였다. 제나라 군대는 용맹스럽게 나아갔다. 싸움에서 이길 때마다 기세가 더해져서 사졸들은 자신감을 가졌다.

당해낼 수 없는 기세란 제나라 군대를 가리키는 것으로,

진나라로서는 제나라 군대의 앞길을 병사로서 막는 것을 단념했다. 또한,

—— 제나라 군대는 수도를 공격할 것인가. 곡옥의 난영을 지원할 것인가.

예측할 수 없는 문제도 있어서 읍내에 병사를 놓아두고 제나라 군대의 움직임을 지켜보았다.

그러나 며칠 차로 장공의 계획은 무너졌다. 형정에 도착할 무렵 곡옥이 함락되고 난영이 서오와 함께 죽었던 것이다. 곡옥을 공격하고 있던 군대가 고스란히 제나라 군대를 향해 오게 되었다.

그것을 알게 된 장공은 북로의 군사를 기다리는 동안에 진나라 병사의 시체를 높이 쌓아올려서 언덕을 만들었다. 그것은 승리의 기념이라고 할 수 있는 것으로서 개선문의 원형이라고도 할 수 있다. 동시에 그것은 형정에 진을 친 제나라 군대의 군문도 되었다. 북로의 군대를 만난 장공은,

"수도를 공격한다."

하고 말하지 않았다. 난영이 죽었다면 정의를 내세울 폭이 좁아지고, 전략적으로도 불리하게 되었다는 분별은 있었다.

"철수한다."

장공이 말한 시점에서 가까스로 남로의 군대와 합류하게 된 북로의 군대는 자연히 전체 군대의 뒤쪽 부분에서 나아가게 되었다.

안리의 눈빛이 달라졌다.

"쫓기는 형국이 되어 위험합니다."

안리는 안영에게 주의를 촉구했다.

　장공은 태자 때부터 수많은 싸움터를 밟아 왔으므로 싸움의 호흡을 터득하고 있었고 철수한다고 하면 그 속도는 진나라 군대의 예상을 웃돌고 있었다.

　여유를 가진 장공은 소수 강가에서 행진을 멈추고 명령했다.

　"뒤에서 오는 진나라 군사에게 시체 둑을 보여줘라."

　쌓다가 남아서 흩어져 있는 진나라 병사의 시체를 보았기 때문이었다. 그 작업을 하고 나도 진나라 군사의 그림자는 시계에 들어오지 않았다.

　황하에 가까이 온 장공은 과연 호랑이 굴에서 벗어난 것 같은 느낌이 들었으리라, 가을 하늘을 향해 큰 소리로 웃어제꼈다.

　그러나 적군이 있었다.

　황하 서안 옹유(雍楡)라는 땅에 제나라 군대의 도강을 방해하기 위한 노나라 군대가 진을 치고 있었던 것이다. 장수는 대신 숙손표(叔孫豹)였다.

　조가(朝歌)를 지난 장공은 그것을 알고,

　"진나라에 대한 충성의 표시인가."

하며 극히 대수롭지 않게 노나라 군대 쪽으로 병마를 돌렸다.

　단번에 노나라 군대는 패주할 것이라고 깔보았으나, 노나라 군대는 생각과는 달리 완강하여 제나라 군대는 적진을 돌파할 수 없었다. 장공은 안색이 달라졌다.

　"노나라 군대 따위에 애를 먹다니."

　장공은 제나라 병사를 질타하면서 중군을 전진시켰다.

　그때 후방에서 진나라의 대군이 일어났다. 중앙으로부터

의 추격군이 아니었다. 태행산맥의 동쪽 기슭에 있는 병사들을 긁어모은 조승(趙勝)이 자기 영지 한단(邯鄲)의 병사를 합쳐 제나라 군대의 후미를 덮쳤다. 조승은 용맹스런 장수였다. 그 공격은 무서운 것이었다.

"보기 좋게 협공당했습니다."

안리가 전방을 응시하면서 마음을 단단히 먹고 안영에게 말하자 안영은 태연히 고개를 끄덕였다.

"진을 칩시다."

안영이 선선히 말했으므로 안리는 그 믿음직스러움을 내심 기뻐했다. 대오를 흩뜨리고 도망치면 오히려 피해가 커진다. 싸우면서 후퇴하는 수밖에 없다. 안씨의 병사는 제나라 군대 후미에 있으면서 방향을 바꾸어 조승의 군사를 요격하는 포진과 기백을 보였다. 그것을 안 조승은,

"안씨의 군사인가. 적으로 부족함이 없다."

하고 기쁜 듯이 말하고 전군에게 돌격을 명령했다.

전투가 시작되었다.

조씨와 안씨는 말을 다루는 것에 뛰어나서 그 전투수레의 싸움은 아름다움을 느끼게 할 만큼 멋진 전개를 보여 안영의 지휘에 따르고 있는 사졸들은 눈으로 말을 나누면서 계속 창을 휘둘렀다.

"우리 주군님은 대단한 분이 아닌가."

그동안 장공은 전진(戰陣)을 벗어날 수가 있었다. 노나라 군대가 후퇴했던 것이다.

"달아나십시오."

수레 위의 안리는 제나라 군대의 이동 속도에 변화가 생긴

것을 느끼고 안영을 보고 동쪽을 가리켰다. 지금이라면 황하로 가는 길이 열려 있다. 여기서 안영은 처음으로 망설임이 일었다. 자신이 달아나는 것은 좋지만 안리가 뒤따라올 것 같지 않은 예감을 느꼈다. 안리는 안영을 도망치게 하기 위한 방패막이가 되어서 여기에 머물러 있으려는 것은 아닐까. 그렇다면 안리를 내버려 두게 된다. 이 망설임이 마부에게 전해졌는지 마부는 뒤를 돌아다보았다. 순간 안리의 노성이 마부에게 날아왔다.

"주군을 죽게 하면 너의 책임이다."

이 목소리에 냅다 들이받친 듯이 마부는 말머리를 동쪽으로 돌리고 채찍을 휘둘렀다. 안영이 타고 있는 전투수레는 질주하기 시작했다.

안영은 뒤를 돌아다보았다.

안리의 전투수레가 멀어져 갔다.

── 안리는 죽을 작정이다.

그렇게 생각했을 때 격심하게 뜨거운 것이 목을 타고 올라와서 외침으로 바뀌었다.

"아버님, 안리에게 가호를……."

멀어지는 전진 속에서 안리의 부하들은 조승의 군대에 삼켜진 듯이 보였다.

고뇌의 그림자

1

병사의 사기는 한번 높아지면 좀처럼 가라앉지 않는 듯하다.

안씨 병사의 분투에 의해 조승 군대의 추격을 떨쳐버린 제나라 군대는, 별로 손해도 입지 않고 황하를 건넜다.

맞은편 쪽은 위나라였다.

위나라 군대는 출격해 오는 기미가 없었다.

한숨 돌린 장공은 본영으로 안영을 초대하여 칭찬했다.

"멋진 후미의 항거였소."

장공이라는 군주의 신기함은 싸움터에서 그 정도의 눈대중이 가능하다는 점이었다. 그러나 내정에 이르면 그 민활한 눈이 멀게 된다.

칭찬의 말을 받은 안영이지만 전연 기뻐하는 빛을 보이지 않고 씁쓸한 듯이 대답했다.

"추한 이름을 하나 더 늘린 것에 지나지 않습니다. 안리를 잃었습니다."

"안자, 낙심하지 마시오. 아직 죽었다고 단언할 수는 없소. 포로가 되었다면 되찾을 수가 있소. 진나라는 용사를 존중하지. 그것만은 나와 같아."

이 날의 장공은 안영에게 전혀 다른 표정을 보였다.

── 이러한 다정함도 있구나.

안영은 장공의 다른 면모를 처음으로 본 듯했다.

안영이 물러나기 전에, 장공은 이런 것을 하문했다.

── 당대를 위압하여 천하를 정복하는 것은, 때〔時〕인가.

지금의 세상에서 무력의 위세를 떨치어 천하를 정복한다고 하더라도, 때를 타고 나지 않으면 불가능한 일인가, 하고 물은 것이었다.

장공으로서는 이처럼 빨리 난영의 세력이 무너지고, 진나라에 내란의 불이 꺼지고 만 것이 뜻밖이었으리라. 제나라의 위력을 천하에 알리기에 적당한 때의 흐름을 느끼고 있었는데, 그 흐름이 갑자기 멎고 역류조차 하기 시작했다. 그러한 불리한 흐름이 다시 유리한 방향으로 바뀔 때까지 기다리지 않으면 안되는가. 그 인내의 안타까움도,

"때인가."

이런 뜻이 그 말 속에 들어 있었을 것이다.

그 질문에 대해서 안영은 대답했다.

"행하는 것입니다."

"무엇을 행하는가."

장공의 눈은 안영의 의견을 들을 여유가 있었다.

장공이 천하를 정복하는 길을 걷고 싶다면, 방법은 무력뿐이 아니다. 오히려 무력을 염두에서 떨구어 버리고, 우선 제

나라의 백성을 사랑하는 것에서부터 시작해야 한다. 다음에는 백성과 신하가 필사적인 노력을 하고 있는 것을 존중한다. 그리고 재판을 공평하게 하고, 현신을 발탁하여 국정에 임하게 한다. 다른 나라 군주는 무력을 두려워하기보다 그 쪽을 더 두려워하므로, 제나라의 선정이야말로 제후를 위압하게 된다.

언제나 사람을 생각하고, 사람의 길을 벗어나지 않는 곳에 있으면, 그것이 그대로 천하를 정복하는 길이 된다.

안영은 몸을 꼼짝도 하지 않고 말했다.

—— 비록 지금은 알지 못한다고 하더라도 얼마 안 가서 알게 될 것이다.

이런 희망을 담은 진언이었다.

"음."

장공의 미간이 어두워지고, 눈가에 싫증과 지루함이 나타났다.

—— 물러가라.

그런 뜻일 것이다. 그러나 안영은 몸을 일으키지 않았다. 장공의 갑옷 가슴께를 바라보고 있었다. 장공의 표정 어딘가에 슬픔이 스쳐간 듯한 느낌이 들었다. 단적으로 말하면, 장공은 수레 위에서밖에 사고하지 못한다. 바꾸어 말하면, 싸움터에서는 생기가 넘쳐 흐르는데, 정사를 듣는 자리에서는 죽은 사람이 되어버린다. 싸움을 계속하면서 천명을 다 누릴 수는 없다. 싸우는 사람은 조만간 패배하고 죽는다. 장공은 그 예감을 어렴풋이 느끼고, 자신도 느끼지 못하는 사이에 그 표정을 안영에게 보였다고 할 수 있다.

—— 이 사람은 어찌하여 물러가지 않는가.

장공의 눈은 그렇게 말하고 있었다.

이윽고 저녁 어둠이 그의 눈에 내려왔다. 그러자 안영은 장공의 눈 앞에서 사라졌다.

제나라 군대는 귀국길에 올랐다.

누구나 다 그렇게 생각하고 있었으나, 임치가 가까워졌을 때, 장공은 갑자기 명령했다.

"거나라를 공격한다."

거나라는 임치 남쪽에 있는 작은 나라로서, 직선 거리로 3백 7십리에 있다.

장공의 발언은 곧 명령으로 바뀌었다. 제나라 군사는 임치로 들어가지 않고, 동을 향했다가 다시 남하하게 되었다. 이때의 장공의 거나라 공략만큼 이해하기 어려운 것은 없다.

거나라는 진나라의 동맹 하에 있는 나라이므로, 진나라를 공격한 제나라에게는 틀림없이 적국이다.

—— 적국을 공격하는데 무엇이 나쁜가.

그렇게 말한다면 그럴 수도 있는 일이지만, 제나라의 귀로를 막은 것은 노나라 군대이고, 장공이 울분을 터뜨린다고 하면 노나라를 공격해야 하는 것이리라. 노나라는 거나라보다 큰 나라이므로 공격하기 어렵다는 것일까. 혹은 진나라를 정복하지 못한 장공의 원한의 배출구로서 거나라가 선택된 것일까. 그렇다면 이것은 마구잡이 분풀이에 가깝다.

어쩌면 거나라 군대의 일부가 노나라 군대와 행동을 같이 했는지도 모른다. 그렇다면 장공의 분노가 거나라로 향했다고 해도 이상할 것이 없다.

그것은 그렇다 치고, 제나라의 남하는 사족(蛇足)이라고 불러도 무방한 싸움이 되었다.

거나라의 수도 북쪽에 차우(且于)라고 하는 험하고 좁은 땅이 있었다. 기습할 생각으로 그 곳으로 진군한 제나라 군대는 기다리고 있던 거나라 군대에게 오히려 기습당하고, 장공은 다리 가랑이에 화살 상처까지 입고 물러났다.

거나라 군대를 군주가 스스로 이끌고 왔다는 것을 알게 된 장공은, 화살 상처 치료를 받으면서 좌우에 말했다.

"내일 수서(壽舒)읍에서 만나자고 거나라 군주에게 알리고 오너라."

만난다는 것은 물론 싸운다는 것으로, 길을 벗어나서 수서를 공격하겠다고 선고한 것이다. 군대의 사자가 거나라 군주를 향해 떠난 것과 동시에, 은밀히 행동을 개시한 사람이 있었다. 기식(杞殖)과 화환(華還)이라는 두 대부였다.

"거나라 군주가 수서 방어로 나서면, 차우의 굴 길은 비우게 된다. 밤중에 차우를 빠져나가, 거나라의 변두리로 가자."

그들은 이렇게 말을 주고 받으며 부하를 거느리고 차우의 좁은 길을 걸어갔다. 그러나 거나라 군주도 싸움에 뛰어나서, 군대를 수서에 머물러 있게 하지 않고, 수도까지 철수하려고 했다.

거나라 공실의 성씨는 영(嬴)이다. 영이 성인 나라는 서쪽에 진(秦)나라가 있다. 노나라의 수도가 있는 곡부(曲阜)근처에, 예전에는 엄(奄)이라고 하는 나라가 있었고, 그것이 영이라는 성이었다. 엄나라는 주나라 왕조가 생겼을 무렵 왕조의 3공(公) 가운데 한 사람인 소공(召公)의 군사에 정벌되었다. 살아 남은 사람들이 동쪽으로 달려가서 정주하고, 거나라를 세웠다고 상상할 수도 있다.

거나라는 작은 나라이긴 하지만 무력의 위세가 한창인 나라로서, 제나라의 장공을 격퇴한 거나라 군주는 여비공(犁比公 : 이름은 密州)이라고 하며 이 사람도 용맹스럽다. 정사를 듣는 일에 별로 열심이 아니었던 것도 장공과 비슷하다. 곁들여 말하면, 이 해부터 계산해서 8년 뒤에, 실정을 거듭함에 따라서 신하와 백성들의 원망을 사고, 여비공은 자기의 아들 전여(展輿)에게 살해당한다.

그러나 전술 안목은 있었다.

차우에서 물러나면, 반드시 제나라 군대의 일부가 돌출해 올 것이라고 보았다.

예상대로 포후씨(蒲侯氏)라는 약간 특이한 이름의 읍을 나왔을 때, 기식과 화환이 거느리고 있는 제나라 병사를 목격했다. 거나라 군주가 생각한 것은, 그 두 사람을 장공과의 화의의 중재인으로 삼겠다는 것이었다. 그리하여 사자에게 뇌물을 들려서 두 사람에게 보냈다. 그러나 거절당했다.

—— 하는 수 없군.

거나라 군주는 진을 치고, 제나라 군대를 격파하자, 두 사람을 추격하여 기식을 죽였다. 곧 그 시체를 장공에게 전해 주고, 동시에 화의를 제의했다.

이 훌륭한 솜씨에 전의를 잃은 장공은,

"화의는 하지 않겠다."

하고 말은 했으나, 거나라를 공격하겠다고는 하지 않고, 분한 듯이 귀국 명령을 내렸다.

제나라 군대가 임치 교외에 도착했을 때, 남편의 관을 마중나온 기식의 아내는 장공을 만났다.

"조사(弔辭)를 하고 오는 것이 좋겠다."

장공은 근신을 보냈다. 그러나 기식의 아내는 현명한 부인으로, 장공의 사자에 대해 슬픈 말투이기는 하지만, 분명한 거절의 말을 했다.

"남편에게 죄가 있었다면 이곳에서 조사를 받아들여야 하겠지만, 남편에게 죄가 없었다면 선조의 누옥이 있으므로, 저로서는 교외에서 조문을 받을 수가 없습니다."

장공은 그것을 알아듣고 감탄했다.

—— 훌륭한 아내로다.

"기씨 선조의 집으로 내가 가겠다."

장공은 기식의 집에 조문을 갔다. 기식은 남보다 앞질러 공명을 세우려고 조급하게 굴다가 죽은 것이지만, 장공이라는 군주는 그것도 무용 때문이라고 인정하고, 명예로운 말을 해주었다. 그것을 신하에 대한 깊은 애정의 표현이라고 볼 수도 있으나, 실제로 장공이 보기에 두 신하는 자신에게 두터운 경모를 바쳤다.

그러나 다른나라 사람의 냉정한 눈으로 장공을 보면, 이익 우선의 야박함만이 비쳐서 예컨대 이 해 겨울에 노나라를 뛰쳐나와 제나라에 망명한 장흘(臧紇)이라는 대신은, 장공을 알현했을 때에,

"주군은 쥐를 닮으셨다."

하고 깎아내렸다.

—— 쥐는 낮에는 가만히 있다가 밤에 움직인다.

장흘의 혀는 독한 말을 계속 입 밖으로 날렸다. 쥐는 낮에는 꼼짝도 하지 않고 있으나, 밤 동안에 활동을 한다. 침실이나 묘당(廟堂)에 구멍을 뚫지 않는 것은 사람을 두려워하기 때문이다. 장공을 보면, 진나라에 내란이 있다고 알게 되면 병사를 일으키고, 내란이 가라앉았다고 알게 되면 병사를 거두고 진나라를 섬기려고 한다. 그 진퇴의 모습이야말로 쥐가 아니고 무엇이겠는가.

노나라 사람은 관념적인 국민이어서, 실리적인 제나라 사람을 언제나 비판하고 있었다. 여기에서의 장흘도 그러했다.

장흘은 노나라 귀족 가운데서 상위에 있던 사람이므로, 장공은 그것을 존중하여 영지를 주려던 생각이었다 그러나 그런 말을 듣게 되자 기분이 좋을 리가 없었고, 노골적으로 언짢은 얼굴을 하고 장흘에게 영지는커녕 영접의 말조차 해주지 않았다.

제나라는 고립되어, 새해를 맞았다.

그러나 장공이 팔짱을 끼고 있었던 것은 아니었다. 진나라의 속을 떠 보았다. 사람을 보내서 제안했다.

"포로를 교환하고 싶다."

그 사자가 진나라에서 어떻게 다루어지는가 하는 것에 따라서 진나라의 감정을 알 수 있다. 교환이 아니라 배상에 의해 포로를 돌려 주겠다는 말을 듣는 경우에도, 그것이 터무니없는 것이 아닌 한, 따를 생각으로 있었다. 장흘이,

"진나라를 섬기려고 한다."

하고 말한 것은 그 점을 헤아려 알았기 때문이리라. 그것은 장공이 해가 바뀌기 전에 진나라와의 관계 악화를 완화시키

기 위해 손을 썼다고 상상할 수 있게 한다.

사자가 돌아왔다.

"포로 반환에는 응한다."

진나라의 첫번째 대답이었다. 그것이 진나라로서는 유일하게 유연한 대답이었고, 그 다음은 경직이라는 말 그대로의 태도로, 사자를 몰아냈다고 했다.

궁전 안팎은 봄꽃으로 넘쳐 흐르는데, 사자의 말투는 겨울철의 추위를 자아내고 있었다.

"진나라는 북국이야. 눈이 녹아내릴 것 같지는 않아."

장공은 진나라의 경화가 풀리지 않을 것임을 알고, 다른 방향으로 생각을 돌리려고 했다.

그런데 진나라에서 건네준 명단 속에 안리의 이름이 들어 있었다.

안씨의 병사를 만난 조승은, 몸을 던져서 장공이나 안영을 위해 퇴각 시간을 벌게 한 안리를 칭찬하고 그를 사로잡기는 했으나 죽이지는 않았던 것이다.

진나라로부터 귀환하는 사람의 이름이 공표되었을 때, 조정의 게시를 흘끗 본 안영은,

—— 아버님께서 안리를 지켜 주셨다.

라고 통감하고, 집으로 돌아가자 곧 사당에 가서 감사하는 뜻을 바쳤다. 안씨 일문에 안도하는 공기가 흘렀다.

그러나 안리가 돌아올 무렵에는, 진나라 군대를 주력으로 하는 여러 나라의 군대가 제나라를 침범할 것이 예상되었다. 한가하게 안심하고 있을 수는 없다. 제나라로서는 혼자의 힘으로 연합군을 격퇴하는 것이 불가능하다고 생각되어 초나라

의 군사력을 빌리기로 했다. 초나라와 동맹을 맺는다는 것이 었다.

"그러나 초나라와 동맹을 맺으면, 우리나라 백성을 초나라의 싸움에 동원하게 됩니다."

최저는 다짐을 주었다.

진나라의 공격을 받았을 때, 초나라의 지원을 받는 것은 좋지만, 초나라가 중원에 병사를 넣었을 때, 제나라 군대는 초나라 군대를 지원해야만 한다. 동맹을 맺는다는 것은 그런 것이다.

"알고 있다."

장공은 귀찮다는 듯이 말하고, 사자를 초나라 강왕(康王)에게 보냈다.

사자가 초나라 수도에 도착한 것은 여름이었다.

"허어, 제나라와 동맹 체결 ……."

강왕은 쾌히 응락했다.

초나라는 전면에 진나라, 측면에 오나라라는 적이 있다. 바람직하지 않게도 진나라나 오나라도 국력이 강대해지기만 했다. 진나라와 오나라는 동맹 관계에 있으므로, 초나라는 진(秦)나라와 손을 잡고, 북쪽과 동쪽에서 오는 위협에 대비하고 있었다. 그러나 그 사실을 강왕의 말을 빌자면,

── 우리나라의 무위(武威)는 떨치지 못하게 되었다.

라는 것이 된다.

초나라의 국력이 현상 유지임에도, 진나라와 오나라의 국력이 증진되면, 초나라의 국력은 감소한 것이 된다. 그러나 제나라가 초나라와 보조를 맞추어 준다면, 진(秦)나라와 제

나라라고 하는 양 날개를 얻은 셈이 되어, 전략적으로 크게 비약할 수 있다.

"제나라 군주와 만나고 싶다."

그러나 강왕은 앞으로 오나라를 공격하지 않으면 안되고, 제나라와 동맹을 맺는 것은 가을 이후가 될 것이다. 강왕은 그 점을 사자에게 말하고, 회합의 날짜를 어떻게 잡을 것인지, 장공의 의향을 물어서 결정하기 위해 위계강(蓬啓彊)이라는 신하를 귀국하는 장공의 사자에게 대동시켜서 제나라로 보냈다.

가을, 위계강은 장공을 배알했다.

"왕은 오나라에서 돌아가면, 정나라를 공격하기 위해 군대를 북으로 돌립니다. 회합은 정나라 어느 곳인가로 하고, 겨울 날짜를 지시해 주십시오."

곧 강왕은 제나라 군대를 동반하여 북벌을 할 예정인 것이다.

장공은 싫은 체는 하지도 못했다.

"겨울 회합이라고 하면, 당장 군대를 일으키지 않으면 안되오. 우리 군대사가 어떠한 것인지 보여 줄 것이오."

장공은 제사관(祭祀官)에게 명령했다.

"사당에서 제사를 지내고, 무기를 사당에 바치도록 주선하라."

이것은 출진식에 해당되며, 장공은 위계강을 접대하면서, 대량으로 모은 무기와 병사를 초나라 빈객에게 사열시켰다. 그 때 장공의 자랑스러운 듯한 얼굴을 비스듬히 보고 있던 진수무는, 나중에 아들 진무우에게 예언했다.

"무기는 치워 두지 않으면 반드시 다른 무기를 불러일으킨다고 들었다. 제나라는 머지 않아 다른 나라 군대의 침략을 받을 것이다."

2

제나라 군사가 중원을 향해 출발하기 직전에 급보가 들어왔다.

"진나라 군대가 황하를 건너서 동진 중."

그 보고에 이어서 더욱 상세한 보고가 국경을 지키는 읍장으로부터 왔다.

"진나라 군대는 이의(夷儀)에 머물며 제후의 군대를 기다리는 듯함."

이의는 형(邢)이라는 작은 나라의 수도이다. 형은 황하 서안에 있던 나라인데, 북방 이민족의 공격을 받고 멸망할 것 같았으므로, 당시 중화의 패자이던 제나라 환공(桓公)이, 형나라 군주와 신하에게 천도를 설득하여 황하를 건너게 하고, 제나라 국경에 가까운 이의에 성을 쌓아서 나라를 존속시켰다는 역사가 있다.

"진나라 군대가 이의까지 와 있습니까."

얼마 안 있어 전쟁이 일어날 것을 알게 된 위계강은 신하를 곧 출발시켰다. 강왕은 오나라 공략을 마치고, 정나라를 공격하기 위해 군대를 북으로 향하고 있을 것이다. 그 강왕에게 진나라 군대의 위치를 알릴 필요가 있었다.

"이 쪽에서 정나라에 가기 전에, 초나라 군사가 제나라로
오게 되었다."

장공은 기색을 일변하고 말했다.

초나라를 위해 제나라 병사가 쓰이는 사태는 피하게 되었
다. 그뿐만 아니라, 제나라의 방어를 위해 초나라 군사를 쓰
게 될 것 같기도 했다. 장공의 기분이 갑자기 좋아진 것은 그
런 생각이 들었기 때문이었다.

"회합 날짜는 다음에 정하자고 하겠습니다."

위계강은 장공의 의향을 강왕에게 전하기 위해 임치를 출
발했다.

제나라에서 정나라로 가려면, 위나라를 지나서, 황하를 따
라 서쪽으로 가는 것이 보통이지만, 아마도 그 길은 진나라
군사나 제후들의 군대에 의해 막혀 있을 것이다. 도중에 남하
·하면 노나라로 들어가게 된다. 그곳도 적국이다. 멀리 돌아가
게 되지만, 거나라 근처를 지나서 송나라 남쪽을 가는 수밖에
없다. 그러나 거나라나 송나라도 진나라와 동맹 하에 있는 나
라여서 초나라 사자에게 위해를 가할지도 모른다.

"최자, 호위하라."

장공은 최저에게 군사를 맡겼다. 그리고 위계강과 동행하
는 사자로서는 진무우를 뽑았다.

과연 거나라는 제나라 군사의 통과를 묵인하지 않고, 국경
근처에 병사를 출현시켰다. 그것을 본 최저는 재빨리 거나라
병사에게 일격을 가하고, 패주하는 거나라 병사를 뒤쫓아서
개근(介根)이라는 읍까지 갔다.

거나라는 착각을 했다고 할 수도 있었다. 제나라 군대가

자기 나라를 다시 침략하려 한다고 관측한 것이리라. 개근에서 깨끗이 남하한 제나라 군대의 움직임과 그 규모를 보고, 거나라는 참견하기를 삼갔다. 거나라 군주는 이미 군사를 거느리고 이의에 있을 것이므로, 거나라 안에 병사가 적었다는 것과, 거나라 군주의 의중에는 여전히,

―― 제나라와 화목하고 싶다.

는 생각이 있었으므로, 그 의향을 받은 남아 있던 장수는 국내 수비에 임하고 있는 대부들에게 말했을지도 모른다.

"제나라 군대에 개의치 말아라."

더 나아가 최저가 은밀한 외교를 펴서,

"우리 군대에는 침략 의도가 없다. 우리를 잠자코 지나가게 해주는 것이 나중의 거나라의 이익과도 연결된다."

라는 전갈을 거나라 중앙에 보냈다고도 생각된다.

최저에게는 그 정도의 재치가 있었다.

이 쪽은 서두르고 있다.

―― 빨리 갔다 오고 싶다.

최저의 마음 속에 있는 조급함을 이해할 수 있는 신하는, 최저의 심복이 된 동곽언뿐이었다.

거나라를 지나서 송나라에 들어선 모양으로, 제나라 군대는 정나라에 이르렀다.

위계강과 진무우를 강왕에게 보낸 최저는, 강왕에 대한 알현도 하는 둥 마는 둥, 군사를 돌렸다. 최저의 마음 속에는 의심이 계속 솟구치고 있었다.

―― 경호 역할은 내가 아니라도 할 수 있었을 것이다.

장공의 신임이 두터운 경좌(慶佐)가 있다. 그러나 장공은

제나라 방위군의 지휘를 경씨 형제에게 맡기고, 최저를 잔심
부름과 같은 역할에 임명했다. 복명한 최저가 집으로 돌아가
서 가장 먼저 물은 것은,

"내가 없는 동안에 주군이 오지 않았는가?"
라고 하는 것이었다.

가족 중의 한 사람이 눈을 내리깔고 대답했다.

"오셨습니다."

그 대답이 뜻하고 있는 것은 한 가지였다. 최저는 발끈했
다. 노나라에서 온 장흘은 장공을 쥐라고 비유했는데, 이 때
의 최저도 똑같이 내뱉았다.

"주군은 쥐다."

궁중에는 수많은 미인이 있는데, 장공은 왜 동곽강을 탐내
는가. 한 여자를 공유함으로써 친밀감을 나타내려고 하는 것
이라면, 장공의 성정은 크게 뒤틀려 있다.

갑옷을 벗는 손가락의 떨림이 멎지 않는다.

그것을 바라보면서 조심스럽게 다가온 측근이 작은 목소
리로 말했다.

"주군께서 오셨을 때, 이런 일이 있었습니다."

장공의 시종 가운데 가거(賈擧)라는 사람이 있는데, 이 사
람이 다른 시종에게 말했다.

"적악(積惡)의 여앙(余殃)이라는 말이 있습니다. 이런 짓은
하시지 않는 것이 좋은데……."

운수 사납게도, 이 말의 내용이 곧장 장공의 귀에 들어가,
돌아가기 직전, 장공은 가거로 하여금 핏덩어리를 토해내게
했다.

"적악의 여앙이라고 말했겠다. 내 채찍으로 맞는 것도 네 선조의 악이 행한 벌〔殃〕이다."

"가거라 ……."

전부터 최저에게 호의를 가지고 있는 시종이었다. 그 이름을 들었을 때, 최저의 머리 속에 한 생각이 떠올랐다.

── 하지만.

조심하지 않으면 안된다. 가거는 장공을 원망할 것이라고 보는 것은 이쪽의 일방적인 관측이고, 군주에게 고언이나 간언을 하는 신하는 아첨을 하는 신하보다 더욱 충성심이 두텁다는 것을 잊어서는 안된다.

── 가거를 이용하고 싶지만.

이쪽의 속셈이 성공하거나 실패하는 것도, 가거의 마음 먹기 하나에 달려 있다.

최저는 동곽언을 불렀다.

"궁전의 쥐가, 내가 없는 동안에 우리 집의 고기를 먹었구나."

최저가 이렇게 말하자 동곽언의 얼굴빛이 달라졌다.

"인내에도 한계가 있다."

최저는 동곽언에게 하는 것 같기도 하고 자신에게 하는것 같기도 한 말투였다. 동곽언은 눈으로 끄덕여 보였다.

"가거라는 시종이 있다. 이 사람에 대해 조사해 주게."

이렇게 말한 뒤 최저는 동곽언과 무릎을 맞대고, 목소리를 낮추어, 정말로 가거가 장공을 원망하고 있다는 가정 하에 자신의 계획을 얹어서 말했다.

이러한 밀모가 생길 만큼 제나라는 조용했다고 할 수도 있다. 전시였다면 장공이거나 최저거나 여념이 없을 정도로 바빴을 것이다.

진나라와 제후 연합군은 이의에서 제나라 공략을 결정하긴 했으나, 진격을 할 수가 없었다.

홍수를 만났기 때문이었다.

이 홍수는 황하가 아니라 제수(濟水)의 범람일 것이다. 평야는 단번에 호수와 늪으로 변하고, 제나라로 가는 길은 망망한 물 밑에 가라앉았다.

"어떻게 할까."

장수들이 주저하고 있을 때에 정나라가 초나라 군사의 공격에 놓여 있다는 보고가 날아들었다. 보다 정확히 말하자면 정나라를 공격하고 있는 것은 초, 채(蔡), 진(陳), 허(許)나라의 연합군이다. 정나라 남쪽에 위치한 진(陳)나라는, 정나라와의 관계가 험악해져서, 정나라가 진나라의 무력을 빌렸으므로, 진나라도 초나라의 무력을 의지해 대항했다고 하는 것이 실정이었다.

제후들이 다시 이의에서 모임을 가져 결정을 내렸다.

"정나라를 지원한다."

그 무렵, 초나라 군대는 철수를 시작했다. 초나라 세력의 신장에 있어 발을 잡아당기는 것은 언제나 오나라였다. 초나라 동맹 하에 서구(舒鳩)라는 작은 나라가 있다. 오나라는 강수(江水:長江)를 건너 서구에 작용하여, 초나라로부터의 이반을 권유했다.

—— 서구가 배신했다.

이 사실을 알게 된 강왕은 정나라 공격을 중지하고 스스로

서구를 공격하려고 했던 것이다.

진나라는 중원과 북쪽에 있는 여러 나라를 총괄하는 대국이고, 초나라는 남쪽 여러 나라 가운데 주된 동맹국이다. 그런 만큼 안고 있는 문제와 터지는 사건은 여러 갈래에 걸쳐 있다. 대국이기 때문에 갖는 괴로움이라고 할 수 있을 것이다. 두 나라의 군주는 안녕을 욕심내고 있을 겨를이 없었다.

강왕은 제나라 사자 진무우를 극진히 대했다. 위계강에게 병사를 거느리게 하여, 진무우가 무사히 제나라로 돌아갈 수 있도록 호위하게 했다.

이 해는 큰 싸움이 터질 것같이 보였지만, 파란은 별로 없었다.

다음 해가 주나라 영왕(靈王) 24년(B.C. 548년)이다. 이 해는 제나라 장공이 즉위하고 8년째가 된다.

이 해야말로, 안영의 이름을 크게 떨치게 되는 대사건이 일어나는 것이다.

해가 바뀌자 장공은 곧 최저에게 명령을 내렸다.

"노나라를 공격하라."

노나라는 그때그때마다 제나라에 대항해 왔다. 진나라를 공격하고 철수하는 제나라 군대의 귀로를 방해한 것은 노나라 군대이고, 또한 노나라는 이의의 모임 이전에, 단독으로 싸움을 일으켜서, 진나라를 위해 제나라 국경을 침입했다.

—— 하는 짓이 얄밉다.

불쾌감을 계속 느껴온 장공은 초나라와 우호 관계를 수립할 수 있을 것 같다는 강한 마음의 도움도 있어서, 이웃 나라 정벌을 생각해 냈던 것이다.

── 또 나를 나라 밖으로 내보내려고 한다.

최저는 이렇게 생각했다.

갑옷을 입을 때 동곽언을 가까이 불러 밀명을 내렸다.

"그대는 무구(無咎)와 같이 여기 남아 있다가, 궁전에서 쥐가 나오면 고기를 숨겨라."

무구는 동곽강이 전 남편과의 사이에서 낳은 아들로, 말하자면 의붓자식이다. 이미 어른이 되어 있었고, 최저를 존경하는 마음이 두터우며, 최저도 밉지 않게 여기고 있었다.

── 무구와 언(偃)에게 우리 집안을 꾸려가게 하고 싶다.

최저는 이렇게 생각하고 있었다.

뒤돌아다볼 걱정 없이 출발하고 싶었던 것이다.

── 언제까지 그 자는 내 아내를 귀찮게 굴 것인가.

그것을 생각하면 우울하기 그지없었다. 동곽강을 그만큼 사랑하고 있다는 것이었다. 어쨌든 최저로서는 빨리 귀국하고 싶었다. 귀국하여 자기 집을 해치는 자를 제거한다. 최저는 그것만을 생각하며 노나라에 침입했다.

그러나 이상하게도, 장공과 최저의 사이가 잘 맞지 않고 있다는 사실은 노나라 쪽이 더 정확하게 파악하고 있었다.

제나라 군대의 침공을 알게 된 노나라 양공(襄公)은 진나라로 사자를 급히 보낸 뒤, 근심스런 얼굴을 하고 있었다. 그러자 맹공작(孟公綽)이라고 하는 신하가 군주의 근심을 덜어주려고 했다.

── 최자는 대지(大志)를 품으려 하고 있습니다.

"대지란……?"

양공은 당연히 물었을 것이다.

"스스로 제나라의 청정(聽政)에 임하려는 것입니다."

군주는 집무를 하지 않는다. 상신된 것에 승낙 여부만을 내린다. 즉 신하가 말하는 것을 듣고 허락하는 것이 청정이다. 그것을 행한다는 것은 군주가 된다는 것이며, 최저의 경우에는 군주가 될 수 없으므로, 자기의 뜻대로 할 수 있는 공자를 세워 국정을 제 마음대로 단행한다. 그러기 위해서는 지금의 군주를 제거하지 않으면 안된다. 추방하든가, 유폐하든가, 죽이든가 세 가지 중의 하나이다.

양공은 놀랐을 것이 틀림없다.

그러나 선례가 있었다.

위나라 재상 손임보(孫林父)는, 군주인 헌공(獻公)과의 관계가 악화되자, 헌공을 추방하고, 다른 공자를 군주에 앉혔다. 헌공은 제나라에 망명하고, 래라는 읍에서 계속 살고 있다. 위나라는 군주가 두 사람 있다는 기묘한 상태에 있으나, 진나라가 그 상태를 개선하지 않는 한, 다른 제후들로서는 이의를 제기할 수 없다. 손임보가 한 일은 도의적으로 악(惡)임에도 불구하고, 진나라가 손임보의 정당성을 인정하면 손임보의 전권은 흔들리지 않고, 그 악은 흐지부지 되고 만다. 결국 중화에서의 군주란 진나라의 군주만을 말하고, 제후라는 것은 그 진나라 군주를 섬기는 사람들이므로, 진나라 대신과 동렬로 간주되어, 그 권위는 존중되지 않게 되어 있다.

"음."

양공은 탄식했다.

제나라 장공을 군주 자리에서 끌어내린 최저가 손임보와 같이 진나라에 아첨하면, 어떠한 비난도 받지 않게 된다.

강 건너 불이 아니었다.

언제 어느 때 양공 자신이 위나라 헌공이나 제나라 장공과 같은 곤경에 처하게 될지 모르는 일이다.

맹공작은, 최저는 곧 돌아갈 것이다. 왜냐하면 노나라에 침입한 제나라 군대는 난폭이나 약탈을 저지르지 않았고, 최저는 제나라 병사를 혹사시키지 않고 있다. 그러한 점은 이제까지의 제나라 군대의 행태와는 다른 것이다.

이처럼 정확하게 지적한 맹공작의 관찰은 탁월했다고 해야 할 것이다.

그러나 양공의 근심은 더 깊어졌을지도 모른다.

3

최저가 노나라에서 군대를 철수시키려고 할 무렵, 안영에게 불행이 찾아왔다.

안영이 장공을 알현할 때면 반드시 라고 해도 좋을 만큼 장공의 예절 없음을 꾸짖고, 음폭(淫暴)함을 간했다.

―― 군주는 멸군(滅君)의 행동을 따르고 있다.

라고까지 했다.

멸군은 멸망한 군주를 가리키는 것이다. 장공이 파멸의 길을 걷고 있는데, 측근들은 말할 것도 없고, 공실 사람들조차 입을 다물고, 입을 열었을 때에는 장공의 환심을 사는 아첨의 말밖에 하지 않았다.

장공이 종종 최저의 집을 찾는 이유도, 소문이기는 했지만 알고 있었다.

신하의 아내와 하룻밤을 지내는 것은 음란하다는 비난을 면할 수 없는 일이다. 그 신하는 다름 아닌 재상인 것이다. 더욱 나쁜 것은 장공이 최저의 관 따위를 무단히 가지고 나와 근신에게 주었다는 것이다. 실제로 안영은 최저의 관을 쓰고 있는 측근을 보았다.

"아니, 그것은 주군께 드린 것이오."

최저는 이처럼 말하고 있는 듯했다.

그러나 그 표정은 궂은비 속에 있는 듯했다. 안영의 눈에는 그렇게 비쳤다.

그러나 장공이나 측근의 눈에는,

—— 최저가 얌전해졌다.

라고밖에 보이지 않는 모양으로, 측근들 가운데는 최저를 만나도 인사도 하지 않고, 종을 보는 듯한 눈으로 깔보고 있었다. 최저에 대한 장공의 심정이 그대로 측근들에게 물들었다고 할 수 있었다.

"각 나라의 경은 천왕(天王)에 의해 임명된 것이기도 합니다. 사적인 신하가 아닙니다. 존왕(尊王 : 천왕을 받들고 천왕 중심으로 생각함)의 마음이 두터운 제나라 공실의 주인으로서, 군주는 경을 존중하지 않으면 안됩니다."

안영은 장공에게 이렇게 진언한 적이 있었다.

그때 장공은 히죽히죽 웃으면서 말했다.

"최자는 태부(太傅)다. 태부는 아버지나 형과 같은 사람으로 말하자면 한 가족이다. 한 가족이라면, 하나의 물건을 서로 나누어 가지는 것이 의가 좋은 친애의 모습이라는 것일 게다.”

최저에게 딱딱한 예절을 갖추지 않는 것은 육친과 같은 사람으로 보고 있다는 말이었다. 장공은 이렇게 말하고 싶은 듯했지만, 그 말에는 딴 뜻이 들어 있다고 안영의 귀에는 들렸다.

“평민의 집에서도 아버지가 있고 형이 있는 사람은 부모에 효도하고 형제끼리 화목하는 길을 지킵니다. 하물며 군주는 신하와 백성들 위에 있는 몸이 아닙니까. 인신(人臣)의 모범이 되지 않으면 안됩니다.”

장공과 안영의 문답은 대강 그러한 것의 되풀이였다.

장공 가까이 있는 신하는 안영을 못마땅하게 바라보고, 때로는 노려보았다. 빨리 이 말 많은 대부를 물리쳤으면 좋겠다는 눈으로 장공을 우러르는 사람도 있었다.

장공의 귀에 들어가는 신하의 말은 거의 모두가 기분좋은 것이었다.

귀에 거슬리고 눈에 불쾌한 것은 안영의 말과 모습이었다.

참으로 이질적인 존재였다.

── 뭐야, 이 자는.

장공은 곰곰이 생각할 때가 있었다.

“안영은 군주에게 이로움을 가져다 주는 신하입니다.”

최저의 권유를 받고 안영을 가까이 있게 했으나 별볼일 없이 군주를 불쾌하게만 하는 신하이다. 지난 해 진나라로부터 철수할 때에 안씨의 병사는 멋진 방어를 보였다. 그것은 인정하지만, 평시의 안영에게는 이렇다 할 뛰어난 재능은 없는 것 같다.

안영을 보좌하여 분전한 안리는 진나라에서 돌아왔다. 안씨의 병사는 안리만 있으면 용맹성을 발휘하지 않는가. 그렇다면 안영이 무슨 쓸모가 있는가.

쓸모 없는 신하를 물리치는 것이 명군이다.

밤에 장공은 미인에게 노래를 부르게 하면서 술을 마시며, 문득 그런 생각을 했다. 그는 측근에게 취한 눈을 돌리고 명령했다.

"안영을 이리 불러오라."

측근은 순간 질문하려는 듯한 눈빛을 했다.

"흥취있는 일이다."

장공은 이렇게 말했을 뿐, 천천히 술을 들이켰다. 이윽고 악사에게,

"안영이 오면, 이런 노래를 불러라."

하고 노래를 가르쳐 주었다.

밤중에, 안영이 장공에게 간다는 것을 안 가재는 불안해했다.

"저도 같이 가게 해주십시오."

가재는 강한 어조로 말하며 허락이 없어도 마차에 올라타겠다는 듯한 표정을 지었다.

안영은 허락한다거나 허락하지 않는다고도 말하지 않고, 태도에 장중함을 보이며 마차에 탔다. 가재가 뒤따라 탔다.

"어둡구나."

궁문에 도착할 때까지 안영이 한 말은 이것뿐이었다.

문 앞에서 마차를 내린 안영에게 가재는 또렷한 목소리로 말했다.

"여기서 기다리고 있겠습니다."

궁중에서 이변이 생기면, 여기까지 도망쳐 나와 달라는 바람으로서 그렇게 말했던 것이었다. 그 목소리는 안영의 귀에 들어갔을 것이지만, 안영은 돌아보지도 않고, 문 안으로 사라졌다.

"안자가 왔습니다."

근신의 보고를 들은 장공은 악사 쪽으로 언뜻 얼굴을 돌렸다. 그것이 신호였다.

안영이 뜰에 나타났다.

악사의 합창이 시작되었다.

그만 둘거나
그만 둘거나
과인 기뻐할 일 주지 못한다
그대 어찌 왔느냐

이 합창을 들으면서, 계단을 올라와 자리에 앉은 안영은, 장공의 이상한 침묵이 딴 뜻이 있음을 알 수 있었다.

—— 악사의 노래를 잘 들어라.

하고 말하고 있는 듯했고, 그 노래 내용이야말로 과인의 진정이다, 하고 말하고 있는 듯도 했다.

그만 둘거나, 하는 것은 대부의 자리에서 물러나는 것이 어떤가, 하고 안영에게 권고하고 있는 셈이다. 군주는 자신을 가리켜 과인이라고 하며, 장공 자신은 안영의 존재를 기뻐할 수 없다고 한다. 그 안영이 무엇 때문에 여기에 왔는가. 여기에는 불쾌와 야유가 담겨 있었다.

이 노래가 3번 불리어졌다.

—— 나에 관한 말이군.

정신이 번쩍 든 안영은 애통과 같은 것을 가슴에서 느끼고, 날렵하게 계단을 내려와서 땅에 앉았다.

그것을 본 장공은 비로소 입을 열었다.

"안영, 그대는 대부가 아닌가. 대부의 자리에 앉는 게 좋다. 어찌하여 땅에 앉는가."

악사에게 안영을 비방하게 하고서도, 그것과는 반대의 말을 하는 장공의 태도는 악의 바로 그것이었다. 안영은 그 악의로 가득 찬 물음에 대해서 완강한 목소리로 대답했다.

"소송을 하는 자는 땅에 앉는다고 들었습니다. 저는 바야흐로 군주를 소송하려고 하므로, 땅에 앉을 수밖에 없습니다."

"나를 소송한다고 ——."

장공은 턱을 들고, 안영을 내려다보았다.

"많은 사람을 거느린 자가 사람의 도리인 의를 잃고, 강한 자에게 예절이 없고, 용감성만을 좋아하고 현명함을 미워하는 자에게는, 반드시 화가 그의 몸에 내린다고 합니다. 그것은 주군과 같은 사람을 말하는 것입니다. 소송하는 것은 바로 그것입니다."

땅이 차가웠다. 안영의 목소리는 조금 떨려 나왔다.

"내게 나를 재판하라고 하는 말인가."

"그렇습니다."

"안영, 그대는 소송의 한 가지도 모르는 모양이군."

장공은 여유를 가졌다. 이겨서 기세가 올랐다고 할 수도 있었다.

"소송에는 증인이 필요하다. 내게는 증인이 있고, 그대는 증인을 데리고 오는 것을 잊었다. 따라서 이 소송은 성립되지 않는다."

"증인은 있습니다."

안영은 의연하게 말했다.

"허어, 어디 있지?"

"저기……."

안영은 악사를 가리켰다. 악사들은 놀라 서로의 얼굴을 쳐다보았다.

장공은 껄껄거리고 웃었다. 안영은 눈썹을 찌푸렸다. 장공의 웃음에서 요기(妖氣)를 보았다. 음산한 배색을 한 요기로서, 죽음의 그늘도 가지고 있는 듯이 보였다.

── 죽을 상이 아닌가.

안영은 느꼈다. 요기는 떨어 버릴 수가 있다. 장공 스스로가 행동을 바로잡으면 요기는 사라진다. 고대에 그러한 사례가 있다. 그러나 안영은 그것에 관해서는 말하지 않고, 갑자기 노래를 부르기 시작했다.

그만 둘거나
그만 둘거나
백성 기뻐할 일 주지 못한다
그대 어찌 있느냐

장공에게 군주의 자리를 떠나는 것이 어떠냐고 권고하는
노래였다. 장공의 심신에 자리잡고 있는 요기를 떨구어 내는
노래였는지도 모른다.

장공은 곧 알아차리고 발끈했다.

"무례한 ——."

물러가라, 물러가라, 하고 장공의 좌우에서 요란한 목소리
가 일었다.

안영은 그 노성을 받으면서도 노래를 세 번 불렀다. 3은
신과 통하는 수라는 생각이 그렇게 하게 한 것이다.

안영은 장공에게 배례했다. 그리고 잰걸음으로 나갔다.

보기에 따라서는, 안영의 잰걸음과 더불어 장공의 운명도
도망쳐 간 것이다. 장공은 자신의 생명을 스스로의 손으로 몰
아냈다고 할 수도 있으리라.

안영의 퇴거와 엇갈리는 듯한 최저의 귀환은, 장공에게 있
어서 죽음의 때가 온 것을 말했다.

궁문 밖에서 주인의 안부를 걱정하고 있던 가재는 작은 그
림자를 보고 마음을 놓았다. 그러나 마차에 탄 안영으로부터,

"아침이 되면, 내 식읍(食邑)과 가산을 모두 공실에 반환한
다. 준비를 하라."

하는 말을 듣고, 나자빠질 것 같았다.

—— 역시.

하는 생각도 들었고, 장공에게 주살당하지 않고 끝난 것은 불
행 중 다행이라고 생각되지 않는 바도 아니지만, 안씨 집안이
파멸된 것은 틀림없고, 깜짝 놀랄 일이었다.

안영의 신하는 래(萊)나라에 있는 이유(夷維)읍의 사람들

을 포함하여 5백 명은 된다. 그들 모두가 하루 아침에 녹봉을 잃는 것이다.

"주인님은 어떻게 하시렵니까?"

가재는 놀라면서 물었다.

"나 말인가……."

어떻게 하겠다고 말할 방법이 없었다. 가산도 신하도 잃은 사람은 은자(隱者)가 될 뿐이다. 추방당한 것은 아니므로, 제나라 안에서 조용히 살면 된다.

"동해 바닷가에서 논밭이나 갈 뿐일세."

덧없이 중얼거린 안영은, 실제로 사유재산을 거의 남기지 않고, 공실에 반환해야 할 것들은 그 절차를 밟아서 창고째 반환하고, 자신의 것은 가재에게 맡겼다.

"저자에서 싸게 팔아 버리면 된다."

대부에게 필요한 것은 은자에게는 불필요한 것이었다.

"안씨 집안의 물건이 팔리고 있다."

소문은 시장에서 퍼지는 것이 가장 빠르다.

"무슨 일이야."

서민들은 싸게 파는 현장을 보고, 크고 작은 목소리로 물어보고, 이윽고 안영이 장공에 의해 배척당했다는 사실을 알게 되었다.

"세상에 이럴 수가!"

시장에서 그렇게 말하지 않은 사람은 집에 돌아가 가족들 앞에서 이렇게 말했다. 그들은 안영을 본 적도 없었으나, 안영이 장공에게 직언을 하고, 바른 말을 계속 토해내고 있는 것을 알고 있었다. 안영이 장공 가까이 있는 한 제나라는 진

로를 크게 잘못 드는 일은 없을 것이라는 안도감을 가져 왔는
데, 안영이 조정에서 떠나면 앞으로 장공의 폭주를 말릴 수
있는 사람은 한 사람도 없다는 위구심을 품는 사람이 참으로
많았다.

그만큼 안영은 제나라 안에서 덕망이 높았다.

그들이 남 모르게 떠들어대기 시작했을 때, 안영은 몇 안
되는 시종과 함께 임치를 떠나고 있었다.

마차에 안환자(晏桓子)의 위패를 모시고, 이따금 안영은
그 위패에 말을 걸었다.

걷고 있던 가재가 소리를 질렀다.

안영은 눈을 들었다. 앞쪽 멀리 마차의 그림자가 보였다.
마부가 안영의 지시를 기다리는 듯이 돌아다보았다.

"저것은 안리나 안보융이겠지."

마차를 이제까지의 속도로 몰아라, 하는 듯이 고개를 끄덕
여 보였다. 마차는 천천히 봄의 들판을 나아가고, 앞쪽에서
기다리고 있는 두 대의 마차에 다가가 멈추어 섰다.

안리와 안보융이 안영을 배웅하러 온 것이다. 두 사람이
마차를 나란히 세우고 있는 것은 일찍이 본 적이 없었다. 이
상한 일이라고 할 수 있다.

"백성들이 소동을 피우고 있습니다."

안리가 말했다.

"그런가요. 하지만 그 소동은 곧 가라앉을 것이오. 집안의
소동은 두 분이 가라앉혀 주시지요."

안보융의 말이 약간 앞으로 나왔다.

"안리는 어찌되었든, 나는 슬슬 공직의 뒷일 대비를 할 나

이가 되었소. 안씨 집안은 역시 당신과 같은 장년이 이끌어 가지 않으면 안되오. 그 총수가 은둔한다면, 안씨는 쇠약을 면할 길 없지. 어떻게 된 것이오.”

안보융의 말투에는 은근한 멋이 들어 있었다.

“스스로를 믿는 자는 어리석고, 남을 믿는 자는 패합니다. 사람이 살아간다는 것은 어려운 일입니다.”

“저기 계신 안환자님밖에 믿을 사람은 없습니까.”

안리가 색다른 말을 했다.

“아버님은 진무우를 발탁하셨소. 두 분이 진퇴나 처사에 망설임이 생겼을 때에는, 진씨를 본받는 것이 좋습니다. 하지만……”

안영은 한숨 돌리고 다짐을 주는 듯이 말했다.

“진씨를 믿어서는 안됩니다.”

“알았소.”

안보융은 눈으로 웃었다.

“그럼……”

안영은 가볍게 인사를 했다. 마차가 움직였다. 그 마차의 그림자는 아지랑이 속에서 흔들리며, 덧없는 것이 되었다.

4

귀국한 최저는, 안영이 대부의 자리에서 쫓겨난 것을 알고, 게다가 백성들이 안영의 복귀를 외치고 있고, 국정이 술렁거리고 있다는 것을 알게 되었다.

── 나쁘지 않다.

이 경우 최저는 자기의 이해만을 생각했다. 안영이 조정에서 쫓겨남으로써, 인심은 장공으로부터 떠나려 하고 있다. 그 점도 자기에게는 사정이 좋은 것이었지만, 자기의 계획 속에서, 안영을 어떻게 하는가 하는 것이 실은 고민거리였었다. 그러나 이제 안영이 세론을 배경으로 하여 자기 앞을 가로막는 일이 없어지게 되었으므로 앞 길의 장애가 사라진 것 같은 홀가분함을 느꼈다.

── 나머지는 경씨 아닌가.

이들을 다루는 데는 주의가 필요하다. 경씨 형제 가운데, 형 경봉은 쉽게 이쪽으로 끌어들일 수 있지만, 동생 경좌가 문제였다. 경좌는 장공의 신용을 얻고 있고, 경좌 자신은 장공에게 불만을 가지고 있지 않을 것이다. 조급하게 거사 문제를 경봉에게 털어 놓으면, 이야기는 경좌를 거쳐 장공에게 들어갈 위험이 있다.

── 경씨를 불러내는 것은 거병 직전이든가 직후이다.

그런 때가 좋다. 장공이 죽으면, 경씨는 저절로 최저에게 편들 것이다.

최저는 동곽언과 단 둘이 되어 제일 먼저 물었다.

"집에 없을 때, 쥐는 나왔나?"

"두 번 정도."

"음, 그래서……."

"제사 고기는 사당에 바쳐야 하는 것이므로, 한번은 묘당에, 또 한번은 우리 집 묘당에 틀어박혀 있게 했습니다. 제사가 많은 것은 좋은 일입니다. 이빨이 날카로운 쥐도, 과연 사당에는 구멍을 뚫지 못했던 것입니다."
"잘했네."
최저는 곧 칭찬을 했다.
동곽언의 재치를 인정했다는 것이다.
"아니, 무구님도 도망치게 했습니다."
동곽언은 누이의 아들을 언급해 두는 것도 잊지 않았다.
사실 무구는 생모 동곽강을 희롱하는 장공을 심하게 미워하
고 있고 동곽강과 사당에 숨어 있었을 때,
"주군이 거룩한 사당을 범하면 이 집의 선조를 대신하여
내 화살로 사령(邪靈)을 떨구어 버리겠습니다."
하고 동곽언에게 말했다. 장공을 사살하겠다는 것이다.
"좋아. 그때는 내가 죄를 뒤집어쓰고 제나라를 떠나면 그
만이야."
동곽언은 자기 조카를 위해 이렇게 말해주고, 대담한 마음
속을 보였다.
―― 과연 숙부구나.
무구는 새삼스레 동곽언에 대한 경의와 친근감을 품었다.
"음, 무구는 장래성이 있다."
최저는 크게 칭찬하는 말을 쓰지 않고 이렇게만 말했다.
동곽언은 무릎을 약간 앞당겨 목소리를 낮추어 말했다.
"누님은 임신했습니다."
최저의 눈에 놀라움이 번지고 그것이 기쁨의 빛으로 변하
기 전에 의혹의 그늘이 나타났다. 그 의혹을 동곽언은 웃음으
로 떨구어냈다.
"염려하실 것은 조금도 없습니다. 그 무렵 주군은 이 집에

오지 않았으니까요. 단언할 수 있습니다."

"과연 그렇군……."

동곽언이 누이의 임신을 알아차렸다는 것은 임신한 지가 3, 4개월이 지나서였으리라. 최저는 약 3개월 동안의 원정을 마치고 돌아와 있었다. 출발 전 1개월도 장공의 방문은 없었으므로 동곽강의 뱃속의 아이는 틀림없이 최저의 아이이다.

"내 아이다."

스스로 당황한 빛을 지워버리려는 듯이 소리내어 웃은 최저는, 동곽강의 방으로 밝은 발소리를 내며 걸어갔다.

"여보."

동곽강은 일어나 최저에게 매달렸다. 시비들은 소리를 내지 않고 밖으로 나갔다.

잠옷을 통해 느껴지는 동곽강의 몸은 소녀와 같다. 그러나 그보다도 동곽강의 애처로움이 최저의 가슴에 젖어들었다.

"내 아이를 보고 싶다."

최저는 거친 손길로 아내의 잠옷을 벗겼다. 눈에 익은 몸이었지만 그 아름다운 미끈한 몸에서는 요염한 꽃과도 비슷한 윤기가 피어오르는 것 같았고, 실제로 향내나는 풀의 냄새가 들어 있는 살결에서 풍겨나오는 향기가 최저를 감쌌다. 그러나 그 살결에 얼굴을 가까이 가져가자, 오히려 향기는 사라지고 무엇인가 조용히 가라앉은 샘과 같은 냄새가 났다. 아내의 마음과 몸을 정화하는 것이 있고 그것이 젊음을 되살리고 있었다.

—— 이 여자의 좋은 점은 게으름이 없다는 것이다.

동곽강이 최저를 잠자리 안으로 맞아들일 때 남편의 애무에 익숙해져 있었을 것임에도 처음으로 남자를 맞는 듯한 부끄러움을 보이는 경우가 종종 있다. 그러면서 최저의 손에 나긋나긋하게 반응한다. 그것들이 신선했다. 동곽강은 자기 도취 속에 도망쳐가지 않고 남편에게 마음쓰는 사랑스러움 속에 육체를 머물러 있게 한다. 온몸으로 남편에게 계속 착 달라붙어 있다.

—— 이런 여자가 달리 또 있을까.

최저는 미칠 것 같았고, 동시에 자기가 가장 사랑하고 있는 아내 배후에서 엷은 웃음을 띠고 행복한 시간을 남몰래 만끽한 사나이가 있는 것을 용서할 수 없었다.

"여기 내 아이가 있다."

최저는 아내의 배를 쓰다듬으면서 무슨 수를 써서라도 그 사나이를 죽이지 않으면 안된다고 생각했다.

그러자 동곽강은 눈을 열고 눈쌀을 찌푸렸다.

"무서운 눈을 하고 계세요."

"당신 때문이 아니오."

최저는 다정스럽게 말하고 아내의 등으로 손을 돌려 무릎 위로 껴안아 올렸다.

"아아……."

가늘게 외친 동곽강은 몸을 젖혔다. 최저의 눈앞에는 불룩한 앞가슴이 아름답게 일어섰다.

"당신에게 붙어 있는 사령을 곧 떨어뜨려 버리겠어."

그 격한 말을 젖무덤 사이에 묻은 최저는 아내를 위로하는 듯한 손길로 계속 애무했다.

그날 밤 최저는 동곽언에게 물었다.

"가거는 어떤가."

가거라는 근신은 마음으로부터 장공을 미워하고 있는가, 어떤가 하는 것이었다.

"가거는 전에도 주군으로부터 채찍질을 받았습니다. 지금은 주군으로부터 멀어져 있습니다."

"음, 그런가. 채찍으로 맞은 이유는……."

"주인님의 관 문제로 군주를 간한 모양입니다."

가거는 두 번이나 최저를 두둔하는 발언을 하여 장공의 노여움을 샀다. 그것만으로는 가거가 최저를 동정하고 장공을 증오하고 있는 증거가 되지 않는다. 그러나 가능성은 크게 있다.

"좋아, 내가 직접 알아보겠다. 남몰래 우리 집에 초대하고 싶어."

최저는 이렇게 말하고 남몰래 가거에게 말을 걸었다. 가거의 눈이 반짝였다.

며칠 뒤 가거의 언동에 변화가 생겼다.

딴 사람과 같이 명랑해지고 누구를 만나더라도 장공의 장점을 들었다.

"그놈도 비로소 주군의 위대함을 알게 되었나."

측근 한 사람은 기분이 좋아서 장공에게 그 사실을 알려주었다.

"가거가……."

장공은 눈썹을 씰룩거렸다. 그 사나이는 기지가 있어. 하지만 말수가 헤프다. 장공으로서는 재상인 최저로부터 노예 신하에 이르기까지 모두 자기의 소유물로서 그들을 차든가 때리든가 혹은 죽이든가 해도 죄의식이나 양심의 가책을 느끼지 않는다. 군주란 그런 것이라고 생각하고 있었고, 하물며 자기가 행한 혹독한 학대에 의해 원망을 사리라고는 꿈도 못 꾸고 있었다.

—— 나만큼 좋은 군주가 있을까.

장공은 스스로를 칭찬하고 있었다. 장공은 뜻에 맞는 일을 한 신하에게 곧 칭찬의 말을 해주고 공실의 보물을 주며 식읍도 내려 줄 때가 있다. 이처럼 두터운 은혜를 베풀고 있는 군주가 중화 어디에 있는가. 장공은 자신이 있었다.

일찍이 진나라 군대에 의해 함락된 평음이라는 큰 읍을 제나라가 되찾았으나 그 읍을 장공은 측근인 종멸에게 주었다. 그처럼 장공은 도량이 있었다.

—— 신하와 백성들로부터는 칭찬을 받지 않으면 안된다.

장공은 마음속으로 이렇게 생각하고 있었다. 가거의 찬사는 당연한 것이다.

"말수가 헤픈 것도 나쁘지 않구나."

장공이 중얼거렸을 시점에서 가거가 군주 측근으로 되돌아가는 것이 결정된 듯한 형국이었다.

5월이 되자 가거는 장공의 총신 가운데 한 사람이 되어 언제나 장공을 수행하게 되었다.

그러나 5월은 장공의 비명(非命)의 달이었다.

대란은 외국 빈객을 맞은 것에서부터 시작된다.

그 빈객이란 거나라의 군주였다.

그는 제나라와 적대 관계에 있는 것을 자기 나라에 불리하다고 생각하여 화의를 찾고 있었는데, 스스로 제나라에 와서 장공을 알현하고 맹약을 맺으려고 했다.

자신이 장공의 미움을 받고 있다는 것을 충분히 알고 있었을 것이므로 이 교섭에는 전단계가 있었다고 보아야 하리라. 사전 준비를 최저가 했다고 여겨진다.

"거나라가 우리나라에 예속되겠다고 하는가."

장공의 기분은 나쁘지 않았다.

"북쪽 교외에서 만나자."

장공은 최저에게 연회준비를 명령했다. 북쪽 교외에 이궁(離宮)이라도 있었을 것이다. 어쨌든 궁성 밖에서 회견하기로 했던 것이다.

회견 날짜는 갑술(甲戌 : 16일)이다.

거나라 군주는 신하를 거느리고 자리에 앉았다. 그에 따라 장공도 자리에 앉으려고 했는데 대신 한 사람이 안 보였다.

"최저는 어떻게 되었느냐."

장공이 초조해 하기 시작했을 때, 가거가 발소리를 내지 않고 다가와서 차분하게 진언했다.

"방금 최저의 가재가 왔습니다. 최저가 갑자기 병이 나서 오늘 연회에는 못 나온다고 합니다."

"갑자기 병이 ——."

장공이 눈썹을 찌푸리자 가거는 더욱 가까이 다가섰다.

"가재의 안색으로 미루어보아 지금 최저는 매우 중병인 듯합니다."

가거는 더욱 가라앉은 목소리로 말했다. 그러나 그의 눈에 뜻이 있는 듯한 미소가 떠올라 있었다. 장공은 가거의 눈을 바라보며 눈으로 물었다.

"그래서——."

"경이 중병이므로 주군께서 문병을 하신다고 해서 아무런 이상한 점도 없을 것입니다."

가거의 목소리는 갑자기 커졌다.

—— 히히.

장공의 입매에 맺힌 웃음이 눈매까지 번져갔다. 최저가 중병으로 누워 있는 동안에 동곽강을 안을 수 있다. 가거가 시사한 것은 그 점일 것이리라. 장공에게는 많은 비첩이 있지만, 도저히 동곽강을 따를 수가 없다. 여자로서의 몸매와 정취가 탁월하다.

—— 특수하다고 할까.

동곽강은 제나라 안에서는 1백년에 한 사람 태어나는 미인이라고 해도 지나친 말이 아니다. 분명히 말하면, 최저와 같은 사람의 아내로서는 아깝다.

—— 최저 놈, 이대로 죽어 주었으면 좋겠다.

이렇게 장공이 바란 것은 사실이었다. 어쨌든 내일 동곽강을 마음껏 안을 수 있다고 알게 된 장공은, 기분이 활짝 밝아져서 쾌활하게 말했다.

"내일 경을 병문안하겠다. 그렇게 전해라."

"알겠습니다."

가거는 끝내 눈 속의 미소를 지우는 일 없이, 방에서 나와 스스로 최저의 집으로 갔다.

물론 최저는 갑작스런 병으로 쓰러진 것은 아니었다. 그는 정중하게 가거를 맞았다.

"정말이지 멋지게 하셨소."

최저는 가거에게 고맙다는 말을 했다.

"멋진지 어떤지는 내일에 달려 있습니다."

"시종을 문 밖에 머물러 있게 할 수 있을까요."

나머지 걱정은 그것뿐이다. 장공의 시종은 이름을 떨치는 용사들뿐이다. 10명을 죽이는 데 1백명의 병사를 필요로 한다. 그렇게 하다가는 장공이 도망치게 된다.

"어떻게든가 되겠죠."

이 때에도 가거는 눈에 미소를 띠었다. 그러나 그 미소의 빛깔은 복잡했다. 물론 최저가 그것을 알아차릴 리가 없다.

가거가 돌아간 뒤, 최저는 주요 신하들만을 모으고, 내일의 준비를 하게 했다. 그리고 동곽강에게 가서 일러주었다.

"내일 주군이 나를 병문안하러 오게 되오. 주군이 당신을 찾기 시작하면, 눈치채지 않게 내 방으로 오시오. 당신과 나는 옆문을 통해서 바깥으로 나가는 것이오. 알겠소?"

옆문이라고 하는 것은 곁문을 가리키는 것인데, 문 밖에 장공의 시종이 있다는 것을 생각하면, 집 밖이라고 하기보다도 방 밖이라고 하는 것이 좋으리라.

이 날 이미 최저의 병사들은 집 안에 집결해 있었다. 그 병사들은 식읍인 최(崔)에서 온 것이다. 5월에 들어서 극비로 이루어진 소집이었음에도, 최저의 집에 생긴 미묘한 변화를 재빨리 알아차린 사람이 있었다.

진수무였다.

그는 적자 진무우에게, 최저가 병사를 모으고 있다는 사실을 가르쳐 주고 나서 명령했다.

"나라에서 떠날 준비를 하라."

진무우도 민감한 사람이므로 역시 최저의 반역인가 하고 느끼고, 안씨의 집안을 관리하고 있는 안리에게만 은밀하게 알렸다.

"당신도 망명 준비를 하는 것이 좋다."

안씨에 대한 호의인 것이다.

—— 최저가 병사를 일으키는가.

안리는 구태여 묻지 않았다. 그것밖에 생각할 길이 없다. 안리는 곧 안보융에게 알렸다.

안보융도 그 자리에서 단언했다.

"최자의 모반은 한 번도 실패한 적이 없소. 이번에도 그럴 것이오."

의논할 것도 없었다.

안보융도 몹시 바쁘게 일어나서 마차에 올라탔다.

"나는 안자를 맞으러 가겠소. 당신은 안자가 올 때까지 옛 신하의 망동을 자제하고 있으시오."

정변이 일어나면, 안영 밑에 있던 사람들이 모여서 행동을 일으킬지도 모른다. 그에 따라서 안영이 문책을 받게 되면 재미없다.

안씨 전체가 정변에 어떻게 대응하느냐 하는 것은 안영의 결단에 따라서 해야 한다는 것이 안보융의 생각이었다.

안보융의 마차는 쾌주했다. 밤중에도 계속 달렸다. 그 마차가 동해에서 가까운 오두막집에 도착한 것은 장공이 북쪽 교외에서 거나라 군주를 접대하기 전 날이었다.

단상의 맹세

1

안보융은 허어, 하고 탄식을 내질렀다.

조정에서 물러나서, 수도 임치를 떠난 안영은 동해 가까이에서 거친 들을 개간하고 있다고 들었다. 그것이 어느 근처인가 하는 것도 안리가 가르쳐 주었다.

과연 안영은 작은 집에서 살며 가시밭들을 일구고 있었으나, 주위의 인가가 없는 황량한 풍경 한복판에서 고고하게 지내고 있었던 것은 아니었다. 주위에 초가 오두막이 30채 정도 있었다.

맨 먼저 안보융은 안영의 가재를 발견하고, 그것을 먼저 물었다.

"물론 그 가운데는 옛 신하도 있습니다. 그러나 제나라 각지에서 하나 둘 찾아온 사람들이 주인님에게 면회를 청하고 같이 일하고 싶다면서 붙어 살고 있습니다."

가재는 이렇게 말하면서 손으로 얼굴의 땀을 닦았다.

한여름이었다.

“안자는——.”

“들에 계십니다. 급한 일입니까.”

“음, 안자의 판단을 청하지 않으면 안될 사태가 될 것 같아서 급히 달려왔네. 진씨는 망명 준비를 하고 있다고 전해 주게.”

“진씨가 망명을 한다. 그렇다면 큰 일이군요.”

가재는 날렵하게 달려가기 시작했다. 이윽고 안영의 모습이 작은 그림자로서 안보융의 눈에 비쳤다. 안영 뒤에 몇 명의 사람 그림자가 있었다. 그들은 옛 신하들이리라.

집 안에 있던 하인이 안보융에게 물을 내왔다.

“조금 짭니다.”

우물물이 짠 것이리라. 그러나 차가운 물이 안보융의 목을 상쾌하게 해주었다.

가까이 온 안영의 모습은 햇볕에 타서 검붉게 되어 있었고 눈만이 반짝이고 있었다.

“어서, 안으로——.”

안영은 안보융을 집 안으로 안내했다.

안영을 따라온 사람들은 봉당에 그냥 앉았다. 안영은 안보융에게 멍석을 권했다. 밖의 밝은 빛에 익숙해져 있는 눈에는 집 안이 암흑과 같아서 안보융은 멍석자리에 걸려 넘어질 뻔했다.

햇빛이 물방울처럼 맑게 비껴들고 있었다.

그 한줄기가 안영의 무릎 위에 보석과 같은 빛을 가져다주고 있었다.

“가재로부터 들었습니다만, 진씨가 망명한다는 것은 최자가 거병한다는 것입니까?"

"우선 틀림 없어요."

"그 병사가 향하는 곳은?"

"아마 공궁이겠지요. 다른 대신을 공격할 까닭이 없으니까, 노리는 것은 주군을 추방하려는 것이 아니겠소."

안보융으로서는 최저가 장공을 시해할 만큼 과단성 있게 나올 것이라고는 생각하지 않았다. 장공에 대한 최저의 원한의 깊이를 헤아릴 만한 거리에 안보융은 있지 않았으므로, 그 관측은 무리가 아니라고도 할 수 있다.

"진씨는 위나라의 거백옥(蘧伯玉)인 체하고 있는 것인가요?"

가재가 끼어들었다.

거백옥은 위나라의 명신이다. 재상 손임보가 군주 헌공을 추방했을 때, 정쟁을 피해 나라 밖으로 나갔다. 거백옥은 한평생 그 행동의 진퇴를 그르치지 않은 대부로서, 예절이 올바랐던 점도 포함하여 공자가 절찬한 사람이다. 공자가 거백옥의 사자를 맞은 이야기가 《논어(論語)》에 기재되어 있다. 그때 공자는 사자를 향해 알쏭달쏭한 질문을 했다.

"당신 주군은 무엇을 하고 계신가?"

그러자 사자는,

"우리 주군은 과실을 적게 하려고 바라고 계시지만, 아직 충분하지 않다고 말씀하시고 있습니다."

하고 대답했다. 사자가 떠난 뒤에 공자는 매우 감탄한 것 같아서,

── 과연 사자로다, 과연 사자로다.

하고 찬탄의 소리를 냈다. 감동하면 같은 말을 되풀이하는 것이 공자의 말버릇이다.

"훌륭한 사자로다. 훌륭한 사자로다."

마음 속으로부터 사자를 칭찬하고, 동시에 그 사자의 주인인 거백옥을 칭찬했던 것이다.

그런데 그때의 공자는 소년이나 청년이 아니었으므로, 일가를 이루어 그 이름이 외국에까지 알려지게 된 나이를 생각하면, 거백옥이라는 대부는 매우 젊었을 때부터 이름을 떨쳤던 것이리라. 안영이 안보융과 이야기를 나누고 있는 이 해에, 공자는 아직 다섯 살이거나 네 살일 것이다. 그러나 거백옥의 뛰어난 사적이 모여져서 후세에 전해지지 못한 것은, 전국 시대에 위나라가 무참히 쇠퇴해 있었기 때문이리라.

"진씨는 본질적으로 지(智)의 사람이 아니라 정(情)의 사람이오. 거백옥에는 미치지 못합니다."

안영의 말이었다.

"모를 말을 하시는군."

안보융은 안영에게 말머리를 돌렸다.

"극히 간단한 일입니다. 진씨는 자기 영지 백성에게 은혜를 베풀고 있어요. 그 융숭함을 듣고, 다른 집안 백성들 가운데는 진씨의 백성이 되고 싶다고 바라는 사람이 적지 않고, 실제로 도망쳐서 진씨의 읍으로 달려오는 사람도 있었던 모양입니다. 그들 백성을 버리고 망명할 수 있을까요."

안영은 진씨가 보여주는 태도의 표리를 꿰뚫어본 듯한 말을 했다.

"으음, 듣고 보니 과연 그렇군. 진씨의 망명은 난을 피하기 위한 거짓 도주와 같은 것이로군."

안보융은 고개를 저었다.

"진씨는 앞을 내다보는 데 민감하기 때문에 곧 제나라에 대란이 있을 것이라고 본 것입니다."

"그래서 나는 주야를 가리지 않고 달려왔소."

"난을 일으키는 것은 최저인가요."

"그밖에 없지."

안보융은 크게 끄떡여 보였다.

"최저가 공궁으로 병사를 향하게 하는 것을 어떻게 해서 진씨는 알았는가. 만일 최저의 기도가 성공한다면 다음 군주는 누구인가."

"아아……."

새삼스레 안영의 말을 듣고 보니 따로따로의 수수께끼가 하나의 장소로 낙착되는 것을 안보융은 알게 되었다.

장공을 내쫓기 위해서는 다음 대의 군주로 삼을 공자를 옹립하지 않으면 안되고, 그 공자는 저구임에 틀림없다. 공자 저구를 이전부터 후원해 온 것이 진씨라는 정도는 안보융도 풍문으로 들었다. 그 저구에게 최저가 갑작스럽게 접근한 것도 안리로부터 들은 바 있다. 저구의 처지에서 최저의 음모를 보면,

"형님인 주군을 추방했으니 마음에 거리낄 것 없이 주군의 자리에 오르십시요."

이런 권유를 받더라도, 함부로 따를 이야기는 아니다.

결단을 잘못하여 몸을 망칠 만한 일에 직면했을 때, 저구가 마음 속으로부터 상담할 수 있는 상대란 가족이나 측근을

제외하면 진씨밖에는 없다. 즉 진씨의 결단이 저구의 결단인 것이다.

안보융은 거기까지의 상상은 할 수 있었다.

—— 진씨는 그때 무엇이라고 했을까.

"진씨의 망명에는 속셈이 있군."

안보융의 입에서 이런 말이 나왔다. 최저가 일을 일으켰을 때, 실패한 예가 없다. 진씨도 그 점을 헤아리고 있는데, 그 헤아림을 잘못하면 진씨도 멸망의 쓰라림을 겪지 않으면 안 된다. 추방당한 장공은 당연히 초나라로 달려갈 것이다. 그러면 최저는 저구를 옹립하고 진나라의 원조를 청할 것이 틀림없다. 진씨는 뒤에서는 저구에 협력하고, 밖으로는 장공의 망명에 따른다는 것인가. 만일 최저의 거사가 실패했을 경우, 진씨는 어떻게 되는가. 진씨가 쓰고 있는 수는, 이쪽에서는 상상도 할 수 없을 정도로 복잡 기괴한 것인지도 모른다.

"진무우는 안리님에게 망명할 것을 권했나요?"

팔짱을 끼고 있던 안영은 눈길을 약간 떨구었다. 빛의 방울 탓으로, 안영의 뺨이 밝다.

"그런 모양이오."

대답한 안보융은 진씨의 교묘한 지혜에 생각이 미치게 되었으므로, 진무우가 권한 말이 단순한 호의에서 나온 것이라고는 여겨지지 않게 되었다.

"큰 야망을 지닌 집안입니다."

진씨 집안을 가리키는 말이다. 진씨의 희망은 크다, 그 때문에 음모도 크다. 최저의 음모는 선명한 꼴을 보이지만, 진씨의 그것은 꼴이 없고, 아지랑이나 안개와 같이 서서히 번지고, 이윽고 제나라 전체를 덮어 씌울지도 모른다.

"대란이 된다고 진씨는 관측했습니다. 실제로 주군 뒤에 초나라 군대가, 최저 뒤에 진나라 군대가 버티고 있다면, 우리나라는 양분되고, 해마다 외국 병사에 유린당합니다."

"그래서 우리 집안은 어떻게 할 것인가. 안자가 임치로 돌아오지 않으면 일문의 통일이 되지 않소. 사(士) 신분의 사람들은 특히 안자의 귀추에 따르리라고 봅니다. 우리 마차를 타고 빨리 떠나 주었으면 좋겠소."

"마차는 있습니다."

"그럼 당장 ——."

안보웅은 자리에서 일어났다. 한 호흡 뒤에 일어선 안영은 집 안에 있는 사람을 향해,

"반역은 어떠한 사유가 있든 간에 반역이다."

하고 타고난 큰 소리로 말하고, 이 논밭을 버리는 것이 전란으로 국토가 황폐해지는 것보다 낫겠지, 하고 중얼거렸다.

집 밖에는 1백 명 정도의 사람들이 앉아 있었다. 남자들뿐 아니라 여자와 아이들도 있었다.

안영은 마차에 올라타자, 그 사람들을 둘러보았다.

"나는 이제부터 임치로 돌아간다. 지금은 대부는 아니지만, 제나라의 신하임에는 틀림없다. 주군의 위험을 들은 이상, 내가 할 수 있는 일을 해야 한다. 나는 여러분에게 강요하지는 않겠다. 여기 남아서 개간을 계속해도 좋고, 임치로 돌아가는 것도 좋다."

안영은 멀리 앉아 있는 사람에게도 들리도록 큰 소리로 말했다.

그러자 고개를 들고 일어선 사람들이 있었다.

"우리들은 안자님과 같이 있고 싶어서 여기까지 왔습니다. 지금 안자님이 몸을 던져 국난에 대처하려고 하시는 것을 가만히 보고 있을 수 있습니까?"

그들은 기백있게 말했다. 그 격함에 따르는 목소리가 와아 하고 일어났다.

"마음대로, 마음대로 ——."

안영은 수레 위에서 공손히 읍을 하고 마부의 어깨를 가볍게 두드렸다. 마차는 출발했다.

안영과 안보융의 마차가 임치를 향해 질주하고 있을 때, 장공은 공궁에서 나왔다.

최저의 집은 공궁에서 그리 떨어져 있지 않았다.

—— 최저의 숨이 얼마나 가늘어져 있을까.

그것도 즐거움의 하나임은 틀림없었지만, 물론 장공이 맛보게 될 즐거움은 최저의 아내와 술잔을 나누고, 잠자리를 같이 하는 것이었다.

장공의 마차에는 지붕이 달려 있다. 그 지붕 밑에서 장공은 짙은 그림자를 덮어쓰고 있었다.

이 날은 5월 을해(乙亥 : 17일)였다.

마차가 최저의 집에 다가감에 따라서, 장공은 죽음에 다가서고 있었다.

최저의 집에 사전 연락이 있었다.

—— 그럼 동곽언, 부탁하네.

최저는 침상에 눕기 전에, 집 안에 매복해 있는 병사의 지휘를 맡은 동곽언에게 고개를 끄덕여 보였다. 아버지가 중병일 때에는, 적자가 베갯머리에 있는 법이므로, 최저의 장남인 최성(崔成)은 방 안에 남고, 차남 최강(崔彊)은 난투가 시작되었을 때, 경봉의 집으로 달려가서, 원조를 청하기 위해 뒷문 가까이서 대기하고 있었다. 다음은 장공을 수행하는 가거가 다른 측근들을 적당히 구슬러서 집 밖에 머물러 있게 하면, 장공의 생사는 최저의 뜻대로 된다.

—— 이렇게 해서 실패하는 일이 있다면 나는 쇠하는 운명을 맞고 있는 것이 된다.

자리에 누운 최저는 그런 생각을 했다. 실패하면 동곽강과 함께 진나라로 도망간다. 그 준비도 되어 있지만, 쇠하는 운명 속에서의 도피는 어딘가 모르게 공허하다.

—— 꼴 사나운 죽음의 모습만은 보이고 싶지 않다.

그런 생각이 강했다. 패주하는 자기와 승리하여 우쭐거리는 장공의 명암이 선명하게 머리 속에서 그려지자 최저는 스스로를 격려했다.

—— 아니, 무슨 일이 있어도 이기지 않으면 안된다.

증오해야 한다. 장공을 증오함으로써 심신의 힘은 배가된다. 최저는 주먹을 불끈 쥐었다. 그 주먹이 떨렸다.

집 안의 공기가 불안하게 움직였다.

최성의 눈이 올라갔다. 그는 창백한 얼굴을 하고 있었다. 우울증이 있는 그는 이따금 발작을 했다.

—— 장공이 왔다.

그 사실을 알게 된 것만으로도 눈매가 벌개졌다.

최성은 방 밖으로 나갔다. 장공을 맞지 않으면 안된다.

그때 문간에서 가거가 장공에게 다가가서 진언했다.

"최자가 중병이라면 주연이나 음악은 삼가야 하므로, 많은 사람이 들어가면 그만큼 준비에 시간이 걸립니다. 주군님과 동곽강의 몫만이라면 어떻게든가 될 것입니다. 어떻게 하시 겠습니까?"

장공으로서는 될 수 있는 대로 빨리 될 수 있는 대로 오래 동곽강과 있고 싶었으므로, 부질없는 준비는 시키고 싶지 않 았다.

"음, 그렇다면 그대만 따라오너라."

장공은 재빨리 문 안으로 들어갔다. 이어서 측근이 나아가 려고 하자 가거가 말렸다.

"문 밖에서 기다리라는 주군님의 분부이십니다."

측근이 떠들고 있는 동안에, 가거는 문을 닫았다.

2

장공을 맞은 최성은 창백한 얼굴을 숙이고 목소리에 초췌 함을 띠며 말했다.

"아버님은 중병이어서, 자리에서 일어나 주군을 알현하지 못합니다. 예의가 아니지만 부디 용서해 주시기를."

"뭘, 상관 없다."

적자의 여윈 모습을 보면, 최저의 병이 심각함을 알 수 있 게 되는 것이다. 장공은 짐짓 표정을 침울하게 했으나, 마음 은 들떠 있었다.

—— 최저가 죽는다.

돌이켜 보면, 최저에 의해 양육된 장공은, 언제나 이 재상의 위엄에 눌려 왔다. 어디선가 반발을 하면서, 어디선가 굽혀 왔다. 군주가 되고 나서도 그러했다. 틀림없이 최저는 발밑에서 고개를 숙이고 있는 신하이다. 그러나 장공은 발 아래가 추웠다. 그 발로 최저를 차려고 하면, 곧 들어올린 발이 없어질 것만 같은 두려움을 안고 있었다. 그러한 최저가 이제 자기의 발 아래에서 사라진다. 장공의 몸은 본래의 온기를 가까스로 되찾을 수가 있었다.

잿빛 모습이 침상 위에 있었다.

하기야 장공이 최저를 잘 관찰하면, 그 모습에 재가 칠해져 있다는 것을 알아차리지 못할 리가 없었다.

"거의 무덤 속에 들어가 있는 용모로구나."

중얼거리던 장공은 눈 앞에 있는 환자에게 말을 걸었다. 최저는 입을 벌린 채 혼수 상태에 있었다.

"그 입에 조가비를 물려주겠다."

장공은 쌀쌀하게 말했다. 죽은 사람 입에 조가비를 물려주는 것은 이 시대의 풍습이었다.

조가비에는 주력(呪力)이 있고, 여성의 성기를 닮은 점도 있어서 사람의 탄생을 예감하게 하고, 죽은 사람의 소생을 바라는 뜻에서 사용되는 것이다. 조가비는 공훈이 있는 신하에게 내려진 사실도 고대에는 있고, 또 화폐의 원형으로서 사용되었다고 추정되고 있는 점에서, 그런 뜻들을 함께 가지고 있는 조가비가 죽은 사람의 입에 바쳐지는 것이리라.

어쨌든 장공은 최저의 쇠약 상태를 자기의 눈으로 확인하자, 마음이 밝아져서, 방 안의 어두움이 싫은 듯 일어나 동곽강의 방으로 향했다.

—— 장공이 최저의 방에서 나왔다.

최저의 신하는 신호를 보냈다. 그 신호는 재빨리 동곽강에게 가 닿았고, 그녀도 일어났다.

장공이 걸으면 동곽강도 걸었다. 이 두 사람은 얼굴이 마주치는 일 없이 집안을 돌았다.

거의 동시에 갑병(甲兵 : 갑옷 입은 용사)이 최저의 방을 지켰다.

최저도 갑옷을 입었다. 얼마 안되어 동곽강이 나타났다. 최저는 동곽강의 손을 잡고, 발소리를 죽여 가며 옆문 쪽으로 향했다. 갑병은 둘로 나뉘었다. 최저를 호위하는 집단과 장공을 추적하는 집단으로 이루어졌다. 적자 최성은 최저와 함께 이동하는 한편, 동생 최강은 경봉의 집으로 마차를 달려갔다.

그러한 흐름이 장공의 눈에는 전연 보이지 않았다. 장공을 따르는 가거만이 알고 있는 소리없는 암류였다.

동곽강의 방에 인기척이 없었다.

"여자는 어떻게 되었느냐?"

장공은 가거에게 불만스런 얼굴을 돌렸다.

"주군님을 접대하기 위해서 바삐 뛰어 다니고 있을 것입니다."

"그런 일은 아랫사람에게 시키면 된다."

"부르러 갈까요?"

"음……, 아니, 여기 있어라."

장공은 가까이 있는 기둥을 두드렸다.

—— 기묘한 짓을 한다.

가거가 보고 있는 동안에 장공은 노래를 부르기 시작했다. 기둥을 두드리며 박자를 맞추는 것이다. 그 노랫소리에는 동곽강을 연모하는 달콤하고 밝은 것이 들어 있었으나, 실제로 찾아온 것은 차가운 칼과 창의 번득임이었다.

노랫소리가 멎었다.

방 입구에는 갑병을 거느리고 있던 동곽언이 서 있었다.

"여기는 부인의 방입니다. 침입자를 체포하지 않을 수 없습니다."

동곽언은 장공을 노려보았다.

"무슨 말을 하느냐. 나를 알고 있겠지?"

이 자리에서도 장공은 자기에게 흉기를 들이대는 사람이 있으리라고는 생각하지 못했다.

"음란한 자, 얌전히 있거라!"

휙 동곽언이 다가섰다.

그 때 가거가 칼을 쑥 빼서 장공을 감쌌다.

"주군님, 창문을 깨고 도망가십시오."

가거는 이렇게 외치며 동곽언에게 덤벼들었다. 최저에게 우의를 보인 가거가 아니었던가. 예상 밖의 일이어서 동곽언은 하마터면 그 칼날을 얼굴에 받을 것 같았으나, 가까스로 피했다.

그 틈을 타서 장공은 방 밖으로 나갔다. 갑병이 뒤쫓았다.

가거와 동곽언은 칼을 든 채 서로 노려보고 있었다.

"가거님, 어떻게 된 것입니까?"

동곽언은 이상해서 견딜 수가 없었다. 가거는 죽음을 결심한 의연함을 보이고 있다.

"주군에 대한 원한은 문을 닫는 것으로 풀었습니다. 그러나 얼마 동안이나마 주군의 은총을 입은 몸입니다. 그 은혜를 갚지 않으면 안됩니다."

이 말에 동곽언은 감탄의 신음 소리를 냈다.

"나도 그대를 닮고 싶소."

말을 마친 동곽언은 칼을 들어 올렸다. 동시에 가거의 칼이 동곽언의 목으로 다가왔다. 동곽언의 칼이 약간 빨리 가거의 가슴에 이르렀다. 가거가 갑옷을 입고 있었다면, 반대로 동곽언이 먼저 죽었을 것이다.

가거의 칼이 힘을 잃었다. 오른쪽으로 뛰면서 동곽언은 쓰러져 가는 가거를 베어 버렸다.

"충신이다."

동곽언은 마루에 엎드린 가거의 어깨에 손을 얹고, 곧 장공을 뒤쫓으려고 했다.

장공은 달려가고 있었다. 갑자기 발을 멈추고 덤벼드는 갑병을 칼로 쳐냈다.

피가 뿜어나오는 속에서 새로운 갑병의 창이 장공에게 육박했다. 둘러싸이면 몸을 움직일 수 없게 되므로, 뜰로 나가지는 않고, 집의 기둥이나 벽 등을 따라 달리고, 마침내 망루로 올라갔다. 그 높은 곳에 들어가면 창날은 닿지 않는다.

갑병은 장공의 용맹성을 보자, 좀처럼 망루로 올라가지 못했다.

한숨 돌린 장공은 문 밖에서 기다리고 있는 측근에게 소리를 질렀다.

"주군님의 목소리가 아닌가?"

그들이 눈을 들자, 망루에서 칼을 휘두르고 있는 장공이 보였다.

―― 최저가 반역했다.

그들은 칼을 뽑고, 문을 부수려고 했다. 문 가까이에서 갑병을 지휘하고 있는 것은 최저의 양자라고 할 수 있는 당무구(棠無咎)였다. 젊지만 침착한 면이 있어서, 장공 측근의 외곬의 용맹성에 정면으로 맞서는 어리석다는 것을 알고 있었다. 사수(射手)를 숨기고 문 안으로 깊이 꾀어들이고 나서 사살하기로 했다.

이 때 문 안으로 돌입하여 장공을 구하려고 한 측근의 이름은 《춘추좌씨전》에 열거되어 있다.

주작(州綽), 병사(邴師), 공손오(公孫敖), 봉구(封具), 탁보(鐸父), 양이(襄伊), 누연(僂堙).

그들은 노호와 함께 문 안으로 난입했다. 당무구와 그의 부하를 발견하자 한눈도 팔지 않고 돌진했으나, 갑자기 좌우에 사수가 서서, 활을 잇따라 쏘았다. 슬프도다, 그들은 갑옷을 입고 있지 않아서, 그 화살의 빗발 속에서 하나하나 쓰러져 갔다.

"저기다."

당무구가 칼을 휘둘러 올리자, 갑병은 화살 상처를 입은 사람들에게 덤벼들었다.

장공의 측근들은 이름을 떨치는 용사들뿐으로, 약간의 화살 상처도 아랑곳하지 않고, 창을 빼앗아 든 사람은 그것을 소리내서 휘두르고, 악마와 같은 괴력을 보이며 집 안으로 뛰어들었다.

"망루에 접근하지 못하게 해라. 상대의 상처는 심하다. 피로해지기를 기다려라."

당무구는 계속 냉정을 유지했다.

이 무렵 경봉은 병사를 거느리고 최저의 집에 다가와 있었으나, 난입자가 장공이라는 것을 알고는 그 나름대로 생각을 정리했다.

―― 잠깐만.

최저에게 속았다는 생각이 들기도 했다. 이제까지 최저가 큰 일을 할 때, 반드시 경봉과 의논해 왔다. 그러나 이 모반에 관해서는 느닷없는 일이다.

―― 그쪽이 그렇다면, 이쪽도 일고의 여지가 있다.

그 일고의 여지를 나타내는 듯이, 경봉의 병사는 최저의 집을 멀리서 에워싸는 형태에 그치고, 장공의 생사가 결정날 때까지 그 형태를 허물지 않았다.

이변은 수도 안에서 돌아다니기 시작했다.

그 날, 축타보(祝陀父)라는 신하는, 고당(高唐)읍에서 막 돌아온 길이었는데, 주군의 수난을 알게 되자, 정장의 관을 벗지 않고 최저의 집으로 달려가서 전사했다.

또 시어(侍漁:魚稅 감독의 관리)의 관직에 있던 신괴(申蒯)는 조정에서 최저의 집을 향하면서 가재에게는 명령했다.

"그대는 처자를 데리고 도망쳐라. 나는 여기서 죽겠다."

그러나 가재가 의기양양하게,

"평소에 주인께서는 군주의 난에 죽는 것이 신하의 의라고 말씀하셨습니다. 여기서 제가 도망치면 그 의를 어기는 것이 됩니다."

하고 대답하고, 같이 집 안으로 돌입하여 용감히 나아가다가, 갑병의 창에 찔려 죽었다.

최저 쪽에서는 문을 닫을 여유가 없었다고 하기보다도, 문이 파괴되어 닫을 길이 없었다고 해야 하리라.

또 최저의 집을 포위하고 있는 경봉의 병사는, 장공의 위기를 듣고 달려온 신하들을 방해하려고 하지 않았으므로, 차례차례 사람 그림자가 문을 통과했다.

그들은 모두 분전했으나, 최저의 병사의 견고한 준비를 깨부술 수는 없었고, 장공의 측근도 망루에 이르기 전에 모두 목숨을 잃었다. 그것을 망루 위에서 본 장공은 역시 낙심하여 발 아래 동곽언에게 소리를 질렀다.

"맹세한다, 맹세한다."

군주와 재상의 관계를 개선하겠다는 것이다. 그것을 위해 최저와 맹약을 나누고 싶다고 호소했다. 그러나 동곽언은 까딱도 하지 않고 매섭게 말을 내뱉았다.

"주군의 신하인 최저는 중병이기 때문에 주군의 명령을 듣지 못합니다. 나는 음란한 자가 침입했을 때, 그 자를 체포하라는 명령에 따를 뿐입니다. 다른 명령에는 따를 수가 없습니다."

"그렇다면 ──."

장공은 칼을 마룻바닥에 찔러 세웠다. 최저가 아무래도 나를 죽이겠다는 것이라면, 선조를 모시고 있는 사당 앞에서 자결하게 하라, 하고 말했다.

이미 동곽언은 그 말에는 대꾸도 하지 않고 약간 고개를 옆으로 흔들었을 뿐이었다.

"그런가 ……."

장공은 마룻바닥에 털썩 주저앉았다. 혼백이 빠져버린 듯한 동작이었다. 그것을 지켜보고 있던 동곽언은 좌우의 갑병에게,

"자."

하고 장공을 체포할 것을 명령했다.

갑병이 망루로 올라가자,

"내 몸에 손을 대지 마라."

장공은 질타하며 스스로 일어나서 나무 계단을 내려오자 동곽언에게 말했다.

"최저에게 가자."

동곽언은 잠깐 망설였으나, 그 망설임을 떨어 버리는 듯이 대답했다.

"아니, 여기서 죽어 주었으면 좋겠습니다."

동곽언은 입술을 핥았다. 입이 메말랐던 것이다.

"그것은 안된다."

장공은 기묘한 침착성을 보였다.

"저기서 최저가 안된다고 손짓을 하고 있다."

장공은 동곽언의 뒤쪽을 가리켰다.

순간 동곽언은 그 말을 믿고 뒤를 돌아다보려고 했으며 갑병은 장공이 가리키고 있는 쪽에서 주군의 모습을 찾으려고 했다.

갑병 한 명이 나뒹굴었다.

"앗."

동곽언은 칼을 한번 휘둘렀으나 칼날은 장공의 옷을 스치

고, 뛰어오른 잔상(殘像)을 둘로 갈랐을 뿐이었다.

장공은 날렵했다. 사슴과 같이 뛰어올라서 장벽에 매달렸다. 하마터면 집 밖으로 빠져나갈 뻔했다.

이때야말로 장공의 운명의 미묘한 갈림길이었다고 할 수 있으리라.

갑병 가운데서 활을 가지고 있는 사람이 있어서, 재빨리 화살을 재서 쏘았다.

그 화살이 장공의 운명을 제압했다.

화살은 장공의 넙적다리에 맞고 깊이 꽂혔다. 그 때문에 장공의 몸은 순간의 차로 장벽 안으로 떨어졌다. 아차 하는 순간의 일이었다. 한 호흡 늦게 활을 쏘았다면, 장공은 화살을 받고서도 집 밖으로 떨어져서 죽음을 면했을 것이다.

"교활하고 민첩한 사람이다."

동곽언은 경멸하는 투로 내뱉고 땅에 쓰러진 장공에게 가벼운 인사도 하지 않고, 그의 목에 칼을 찔러 세웠다.

장공의 양손은 허공을 잡았다. 그 손은 얼마 동안 떨다가 이윽고 손 안의 공허함에 지친 듯이 온몸이 정지되었다. 손만이 딴 생물처럼 천천히 기울어지더니 피로 물든 땅에 떨어졌다.

"음란한 자를 잡았다."

동곽언은 자기 목청이 터질 듯한 목소리를 냈다.

그렇게 말하고 자신을 미화시키지 않는 한, 한 나라의 군주를 죽였다는 대죄에 떨림이 멎지 않을 것이며 땅 속으로 끌려 들어가는 듯한 공포에서 벗어날 길이 없었을 것이라고 할 수 있다.

갑병은 승리의 함성을 질렀다. 그 소리가 온 집안으로 울려 퍼졌다.

"주군은 살해된 듯하다."

경봉은 비로소 최저의 집 포위를 풀고, 병사를 집합시킨 뒤 자신은 최저의 집으로 들어갔다.

장공의 시체는 당상으로 올려지지 않고, 당하의 땅 위에 뉘어 있었다. 그 사실 하나만 보아도 장공에 대한 최저의 증오심의 깊이는 알 수 있었다. 경봉은 장공의 시체를 한번 흘끗 보았으나,

"적어도 군주였던 사람이다. 당상에서 깨끗이 하는 것이 어떨까."

하고 말하지는 않았다.

최저는 집 안의 시체를 점검하고 있었다.

경봉을 보자, 최저는 감정을 죽인 얼굴을 돌리며 말했다.

"다음 대는 나와 그대의 집정이다."

경봉이 거느린 병사의 움직임을 안 최저는 경봉의 의중에 있는 것을 손에 쥘 듯이 알고 있었다.

—— 큰 이익을 먹여 주자.

장공의 시대에서는 경봉은 경의 지위에 있었으나 무게를 갖지 못하고 불우했다고 할 수 있다.

최저 자신이 장공에게 경시당하고 있었으므로, 할 수 없는 일이었다고 한다면 그만이지만, 장공을 옹립하기 위해 최저에게 크게 협력한 셈인 경봉으로서는 원망이 가슴 속에 맺혀 있었다.

—— 약속이 틀리지 않는가.

그 원망의 불길을 완전히 끄기 위해서는 위무의 계약이 필요하다고 최저는 생각하고 있었다.

아니나 다를까, 경봉의 표정이 누그러졌다.

"올라오시오."

최저와 경봉은 장공의 시체를 밟고 당상으로 올라가 무릎을 맞대고 앞으로의 방책을 결정했다.

장공 측근의 시체 가운데,

—— 종멸이 없다.

는 사실이 최저에게 있어서는 크나큰 걱정거리였다. 종멸은 뜻밖에 장공의 눈에 들어서 대읍인 평음을 받았다. 평음에 들어가 있으면, 함락시키는 데에 빨라야 2, 3개월을 필요로 할 것이다. 그리고,

"노포규(盧蒲癸), 왕하(王何), 여구영(閭丘嬰), 신선우(申鮮虞) 4명이 위험하다."

하고 최저는 이름을 나열했다.

"좋소, 수도의 치안은 동생 좌(佐)에게 맡기고, 우리들은 곧 병사를 동원합시다. 평음 공격은 최자가 지휘를 맡으시오, 나는 4명을 공격하겠소."

경봉은 속단했다.

바로 그 때 안영과 안보융의 마차가 임치의 문을 지났다.

3

수레 위에서 안영의 모습을 본 문지기가 소리를 질렀다.

"아, 안자님 ——."

안영은 문 안에서 마차를 세우고 돌아다보았다. 문지기는 안영을 존경하고 있는 것이리라. 가볍게 인사를 하고,

"최자 댁에서 병사들의 전투 소리가 나고 있습니다."

하고 가르쳐 주었다. 안영이 고개를 끄덕이고 마차를 몰기 시작하자, 안보융이 마차를 나란히 했다.

"아직 시간이 있을지 모르겠군요. 최저는 공궁을 공격하고, 패퇴하여 자택에서 항전하고 있는 것일까요?"

마차가 나아가는 길에 저녁놀의 어둠이 내리고 있었다.

길가에서 또 안자님, 하고 부르는 소리가 났다. 안영의 마차는 멈추었다.

"주군은 최자의 문병을 갔다가 거기서 시해되었소."

그 목소리에 가볍게 인사를 보낸 안영의 귀에 날카로운 소리가 들려왔다.

"문병이 아냐. 주군은 동곽강과 간통을 하려고 했어."

길가의 사람들은 이미 빛을 잃은 검푸른 그림자에 지나지 않았다. 그들의 그림자가 안영의 귀환을 알자, 와글와글 바람과 같은 소리를 내고, 이따금 정변의 내용을 분명히 알리는 목소리가 일었다.

"늦었나 봅니다."

안영은 수레 위에서 안보융에게 말을 건넸다.

"그런 모양이군. 하지만 최저의 병사가 길에는 없소. 난은

이제부터요."

군주를 살해하면 다음은 당연히 공궁을 진압하고, 반대 세력의 집을 공격하여, 수도 안을 제압하기 위해 최저는 병사를 동원한다. 거기까지 이르지 않았다는 것은 장공이 살해된 지 얼마 안된다는 것이 분명했다.

"보융님은 어서 댁으로 돌아가시기를——."

"안자도 그렇게 하는 것이 좋겠소. 옛집은 안리가 맡고 있었으니까, 아마도 안리의 신하가 있을 것이고, 옛 신하들이 모여 있을지도 모르지."

"그런가요……."

움직이기 시작한 마차 위에서 안영은 생각에 잠겼다.

"안자, 재확인하고 싶소."

안보융은 큰 소리로 물었다. 안씨 집안은 안영의 결단에 따른다. 그 점은 안보융과 안리가 양해하고 있었다.

안영이 동해 근처를 출발할 때, 어떠한 사유가 있던간에 모반은 모반이다고 한 말은, 최저에게 끝까지 편이 되지 않겠다는 것이 되리라. 그 의사는 여기 와서도 변함이 없는가, 하고 안보융은 확인해 둘 필요가 있었다.

"어렵군요."

변사(變事)의 원인과 결과가 안영의 짐작을 넘어선 곳에 있었다. 특히 안영을 괴롭히고 있는 것은 장공이 최저의 아내에게 음욕을 느끼고, 문병이라고 칭하고 밀어닥쳤다는 사실이었다. 군주가 신하를 문병하는 것은 공적인 일이지만 신하의 아내를 범하려는 짓은 사적인 일이다.

음란 도둑질을 하려고 한 사람을 그집 주인이 죽였다고 하더라도 죄가 되지는 않는다.

"어쨌든 경거망동만은 피해 주시오."

이렇게 말한 안영은 안보융과 헤어졌다. 안보융은 끈덕지게 묻지는 않았다.

—— 안자가 우리 집안을 그릇되게 할 리는 없다.

그런 믿음이 그의 마음속에 계속 살아 있었다. 최저의 반역도 보기에 따라서는 안영의 큰 재능을 막은 장공을 신의 손이 제거하고, 안영에게 길을 열어 주었다고 할 수도 있다. 안씨 가족을 번영시키는 것은 안영 말고는 달리 없다. 어느 사이엔가 안보융은 그렇게 믿게 되었다.

이 변사에의 대응은 틀림없이 어렵다. '쇠머리 말고기(牛首馬肉)'의 간언으로부터 시작된 안영의 언동을 차례로 보아 온 안보융으로서는, 안영의 지금의 고뇌를 잘 알 수 있다. 그러나 바꾸어 말하면, 지금의 사태는 안영에게만 어렵다. 다른 사람은 최저에 굴복하든가, 그것이 싫으면 도망치든가 하면 되는 것이다.

"이것이다. 그 차이는 작아 보이지만 하늘과 땅의 거리가 있다."

안보융은 이렇게 말하면서 공연히 흥분이 되어, 말고삐로 말 궁둥이를 찰싹찰싹 쳤다.

안보융의 생각으로는, 안영은 옛집으로 들어가서 그곳에서 대응책을 숙고하리라, 자기와 안리가 의논을 하기 위해 안영에게 초대되는 것은 심야가 되든가 혹은 내일 아침이다, 라고 예상했다.

그러나 안영은 자택으로 가지 않았다.

"최자 댁으로 가시는 것입니까?"

같이 타고 있던 가재는 비명과도 비슷한 목소리를 냈다. 장공은 이미 죽었는데, 새삼스레 최저의 집으로 달려가서 무엇을 하겠다는 것인가. 살해될 뿐이 아닌가.

안영은 입을 다물고 앞쪽을 노려보고 있었다.

길은 더욱 어둡고, 물체의 형태는 그 어둠 속에 녹아들기 시작하고 있었다.

마차에 비치해 둔 횃불에 불을 붙이기 위해, 가재는 부싯나무를 문질렀다. 손이 떨려서 좀처럼 불이 붙지 않는다.

"내가 하지."

안영이 짧게 말했다.

"아니, 제가 ——."

가재는 분발의 빛을 목소리에 나타내고 횃불을 붙였다. 그의 각오도 정해진 것이다.

사람 그림자가 없는 길을 횃불을 밝힌 마차가 나아갔다.

최저의 집이다.

문이 기우뚱해져 있다. 문짝은 깨져 있었다.

가재는 마차에서 내려 문 앞에 선 안영에게 물었다.

"죽을 생각이십니까?"

안영이 장공을 따라 죽는 것이라면, 가재도 안영을 따라 죽을 생각이었다.

"나 혼자의 주군은 아니다. 죽을 생각은 없다."

그 말을 듣고 가재는 마음이 놓였다. 안영은 최저의 집을 바깥에서 보고 돌아가려는 것이리라.

"그럼 나라 밖으로 떠나는 것입니까?"

"내가 무슨 죄를 지었다는 것이냐. 망명은 하지 않는다."

더욱 더 가재는 안심의 정도가 깊어졌다. 순사도 하지 않고 망명도 하지 않는다면, 자택으로 돌아가는 것뿐이다.

"돌아가시죠."

가재는 마차 쪽으로 걸어가려고 했다. 그러나 안영은 움직이지 않았다.

—— 주군이 죽었다. 어찌 돌아갈 수 있는가.

안영의 목소리는 한층 높아졌다. 주군이 죽었다고 하는데, 신하인 자기가 여기서 떠날 수 있겠는가. 가재를 보고 말한 것은 아니다. 문을 향해 안영은 곧장 목소리를 냈던 것이다. 문 안에서 소리가 났다. 병사가 문 앞에 서 있는 안영을 알아차린 듯했다.

안영은 절절하게 소리를 질렀다.

이 때의 안영의 말은, 춘추 시대의 사상 변화와 안영 개인의 철리를 여실히 나타낸 것으로서, 후세에 거듭 인용되고 있는 중요한 말이 되었다. 그 특징은,

—— 사직(社稷)을 주인으로 삼는다.

고 하는 것에 있다.

사직이라고 하는 것은 본래 왕조의 수호신을 가리키며, 사는 하(夏)왕조의, 직은 주(周)왕조의 신이다. 자세하게 말하면, 사는 토지의 신이 아니라 실은 물의 신이고, 직은 곡물의 신이지만, 주 왕조가 함께 제사지내서, 땅을 결실의 신으로 만들어 버렸다. 주 왕실이 사직을 제1의 신으로 하는한, 주 왕실에 속해 있는 나라들의 공실도 사직을 받들었다. 그것은, 국가의 존립은 사직에 걸려 있다고 말할 수도 있다. 여기서부

터 사직이라고 하면 국가를 가리키게 되었다. 안영이 말한 사
직도 그런 뜻이었다.

한 나라에 있어서 가장 주요한 것은 군주인가, 사직인가.
안영은 그것에 대해서,

"군주라는 것은 백성 위에 서 있지만, 백성을 깔보면 안되
고, 사직을 받드는 사람이다. 신하라는 것은 녹봉을 위해 군
주를 섬기는 것이 아니라 사직을 키우는 사람이다."
하고 여기서 명언했다.

그리고 안영은, 군주가 사직을 위해 죽었다면, 신하도 사
직을 위해 죽는다. 군주가 사직을 위해 망명하면, 신하도 사
직을 위해 망명한다고 말을 이었다.

군주가 자기를 위해 죽거나 망명한 것이라면, 군주의 총애
를 받던 신하가 아니면 누가 행동을 같이 하겠는가. 최저는
스스로 세운 군주를 스스로 시해한 것이다. 그 때문에 내가
죽거나 망명할 수 있는가. 그렇다고는 하지만, 이대로 돌아갈
수 있는가.

문 앞에 혼자 서서, 안영은 계속 말을 했던 것이다.

—— 그러나 무엇을 가지고 돌아가느냐.

안영의 마지막 말은, 돌아갈 곳을 잃은 사람의 비통 바로
그것이었다.

"안자가 문 앞에 서서 무엇이라고 호소하고 있습니다."

보고가 당상에 들어갔을 때, 경봉은 집으로 돌아가기 위해
막 자리에서 일어서려는 참이었다.

"잠깐만 기다리시오."

경봉을 불러 세운 최저는 당하의 병사에게 물었다.

“안영에게 병사가 딸려 있느냐?”

안영은 무기를 들지 않았고, 시종은 2명뿐이라고 들은 최저는 한번 생각하고 나서 말했다.

“문을 열어 줘라.”

곧 경봉이 코웃음을 쳤다.

“주군에게 따돌림 당한 사람이 무슨 일이 있어서 여기에 오는가. 시체에 원한이라도 말하려는 것인가.”

“그렇지는 않을 거요.”

최저는 안영이 자기를 문책하러 왔을 것이라고 생각하고 있었다. 대답은 마음 속에 준비해 두었다. 그러나 안영의 지식은 보통이 아니어서, 최저가 예상하지 못한 점을 설봉(舌鋒)으로 공격할지도 모른다. 동해 근처에서 개간에 힘쓰고 있다고 생각했는데, 하필이면 이런 때에 나타나다니, 골치 아픈 일이다, 하고 귀찮게 여기는 한편으로, 이 사람을 적으로 돌리지 말고 여기서 설득해 두면, 제나라의 세론은 가라앉고, 먼 훗날 일하기 쉽다는 생각도 했다. 장공을 죽인 것에 대해서 최저는 꺼림칙함을 가지고 있지 않았다.

최저의 집 문이 열렸다.

안영이 아무런 망설임도 없이 문 안으로 사라지려고 했으므로, 가재는 거의 절규할 듯했다. 가재의 눈에는 열린 문이 요괴의 입처럼 보였다. 주군이 그 입에 삼켜지려 하고 있다.

안영의 모습이 보이지 않게 되고, 문이 닫히자,

“이런 곳에서 ——.”

하고 중얼거리고, 문 앞에 주저앉았다.

안약과 안영이라는 2대의 주군을 모셔 온 가재는, 안약에

비해 안영 쪽이 모시기 힘든 점은 있었으나,

—— 아버지와 아들 모두 제나라 제일의 신하다.

하고 마음으로부터 긍지를 느끼고 있었다. 안약이 죽고 난 뒤
부터, 안영을 지탱하는 것은 자기라고 자각하고, 생사를 같이
할 생각으로 이제까지 힘써 온 것이다.

이상하게도 신하로서 섬기기 힘든 안영 쪽에 인기가 쏠린
다. 안약과 안영은, 덕의 질이 다르다고 해도 좋은 것일까.
백성이나 사의 무리에게 이처럼 호감을 받는 귀족이 있었을
까, 하고 돌이켜보면, 제나라에는 한 사람도 없다. 명재상이
라고 하는 관중(管仲)도 백성에게 두려움을 주는 적은 있어
도, 혹은 존경받는 적은 있어도, 마음 가볍게 말을 건넬 수
있는 존재는 아니었다.

그러나 안영은 다르다.

"안자 ——."

하는 목소리가 길가에서 솟아 올랐다.

일찍이 없었고 앞으로도 나타나지 않을 개성을 지닌 안영
이 최저의 난과 같은, 말하자면 사적인 싸움에 목을 쳐박고
죽는 것은 가재로서는 참을 수 없었다. 다시 최저의 집 문이
열리고, 주군의 시체가 운반되어 나온다면, 자결하는 수밖에
없다고 가재는 마음 먹고 눈을 감았다.

안영은 아직 살아 있었다.

집 안에 가득 차 있는 병사들은 혼자 걸어가고 있는 작은
그림자를 향해 창칼을 들이댔다.

좌우에서 창날을 받으면서, 안영은 당을 향해 천천히 나아
갔다. 집 안은 불빛으로 환했다.

──주군의 유해는 어디 있나.

물을 것까지도 없었다. 병사들은 안영에게 창날을 들이대면서, 그러나 길을 열어주고 있었다. 그 길을 걸어가면 당하였다.

장공은 계단 밑에서 위를 보고 누워 있었다.

흙 투성이의 의복이었다.

당상에 최저와 경봉이 있었으나, 안영은 그 쪽으로는 눈길을 보내지 않고 장공만을 곧바로 보며 시체로 다가가서, 뜻밖에 눈길을 누그러뜨리고 나아가 슬픈 빛을 띠었다.

안영은 무릎을 꿇었다. 그 무릎을 질질 끌면서 나아가서 장공에게 손을 내밀어 머리를 안아 올리자, 자기 넓적다리 위에 놓았다.

다정한 손길이었다.

이윽고 울고, 또 울었다.

곡을 마치자, 넓적다리 베개를 풀고 3번 뛰어올랐다. 그것을 3용(踊)이라고 한다. 가장 깊은 슬픔을 나타내는 예절이다. 몸둘 바를 모를 슬픔을 표현하는 것일까.

그리고 나서 안영은 발길을 돌렸다.

당하에서 떠나려고 했다.

"어째서 죽이지 않소."

경봉은 몸을 기울이고, 최저에게 재촉하는 얼굴을 접근시켰다. 최저의 침묵이 의아스러웠다.

최저의 마음 속에서 긴장이 풀렸다.

──안영은 내게 문책을 하러 온 것이 아니구나.

솔직하게 말해 마음을 놓았다. 안영이라고 하는 사나이는 비판해야 할 상대가 군주이건 재상이건 조심성을 보이지 않는다. 그러나 그 자리 그 때에 발언하지 않으면 보이지 않는 곳에서 비판하거나 뒤로 돌아가서 중상하는 비열한 짓은 한 적이 없다.

　―― 안영은 내 행위를 용서했는가.

　최저는 나름대로 생각했다.

　"저 사람은 백성에게 인망이 있소. 저 사람을 가만히 내버려 두면, 백성의 인망은 이 쪽의 것이 되오."

　최저는 깨우쳐 주려는 듯이 말했다.

　다시 최저의 집 문이 열렸다.

　안영이 가재 앞에 섰다.

　"잘 됐습니다, 무사하셔서 ――."

　반짝이는 가재의 얼굴이 눈물로 젖어 있었다. 안영은 조용히 가재의 어깨에 손을 얹으며 말했다.

　"주군께 고별 인사를 하고 왔네."

　마차에 올라탔다. 제나라 신하들 가운데서 장공의 유해에 고별 인사를 한 사람은 안영 단 한 명뿐이었다.

4

　밤중에도 최저와 경봉의 병사는 수도 안에서 움직이고 있었다.

　장공의 측근 가운데, 최저의 집에서 죽지 않은 사람의 집을 차례차례 덮쳤다.

119 ● 단상의 맹세

살려 두면 나중에 걱정거리가 된다고 최저가 지명한 5명의
총신 가운데서, 노포규는 진나라로 도망가고, 왕하는 거나라
로 달아났다. 여구영과 신선우는 노나라로 향했다. 가장 최저
를 미워하고 있는 종멸은 자기 영지 평음에서 항전하기 위해
서쪽으로 달려갔다.

날이 밝자, 최저의 반대 세력은 수도 안에서 일소되어 있
었다.

이것이 5월 병자(丙子:18일)의 일로, 이 날 최저는 공자 저
구를 궁실로 찾아가서 간청했다.

"진나라에 반역하고, 백성을 혹사하고, 음란을 저지른 분
이 죽었습니다. 백성들은 모두 공자님의 즉위를 바라고 있습
니다. 부디 백성들을 불쌍히 여기시고, 제나라 백성의 주인
자리에 오르시기를 바랍니다."

이 때, 공자 저구 가까이에 진수무나 진무우는 없었다. 진
씨는 국경을 나가 있었다. 그러나 진씨로부터 미리 알려준 말
이 있었을 것이 틀림없어서, 공자 저구는 별로 난색을 보이지
않고, 최저의 권고에 따랐다.

다음 날(5월 丁酉: 19일), 공자 저구가 군주의 자리에 오른
그 재빠름을 생각하면, 최저의 난에 대한 대응책은 미리 마련
되어 있었던 것이리라. 그 주모자가 진수무였던 것은 틀림없
다.

그러나 진수무는 최저의 반역과 공자 저구의 추대와는 전
연 관계가 없는 태도로 나라 밖에 있으면서 제나라의 탁하고
더러움으로 넘치는 암류를 피해 무관함을 보였다. 공자 저구
의 즉위를 듣자 조용히 귀국 길에 올랐다.

"얼마 동안 최저의 말대로 하십시오. 최저는 반드시 죽게 됩니다."

진수무는 공자 저구에게 가르쳐 주었을 것이 틀림없다.

공자 저구는 뒤의 경공(景公)이다.

경공의 생모가 영공을 모신 해를 생각하면, 이 해 경공은 28세 이하일 수는 없다. 충분히 분별이 있고, 최저에게 호락호락 따르는 심약함도 아니었으나, 어쨌든 순순히 이 무서운 재상의 지시에 따랐다.

"경봉은 이번 일에 큰 공이 있습니다. 그 사람을 좌상(左相)에——."

최저가 말하면, 경공으로서는 받아들이는 수밖에 없었다.

좌상은 부수상이라고 할 수 있는 자리이지만, 제나라에는 그런 직위는 없었을 것이므로, 특별한 자리라고 할 수 있다. 이 시점에서, 국내의 반대 세력을 쫓아냈던 것은 아니며, 경봉의 조력을 필요로 하는 최저는 이 호방한 사나이의 비위를 맞추어 두지 않으면 안되었다.

경봉은 신묘하게 임명을 받았다.

그러나 이 신묘함에는 그저께는 없었던 감정의 그림자가 들어 있다.

어젯밤 집으로 돌아간 경봉을 기다리고 있던 사람은 동생 경좌였다.

"형님——."

무릎을 가까이 한 경좌의 목소리에 원망의 빛이 있었다. 경봉이 이 수완가 동생과 상담을 하지 않고 병사를 일으킨 것을 원망하는 것은 아니었다.

"일껏 최저의 집을 포위하셨는데 ──."

경좌는 미묘한 뜻을 담은 말을 했다.

"음……."

본래 경봉은 생각하는 맛이 있는 사나이는 아니었지만, 이 때만은 동생의 의중에 있는 것을 탐색하고, 속에 숨어 있는 화려한 색채가 있는 지극한 일을 발견한 듯이 눈을 똑바로 떴다.

── 주군에게 충성스런 근무에만 힘쓰고 있었던 것만이 아닌가.

뜻밖이었다.

경봉의 병사는 최저의 집을 포위했다. 그렇다면 장공을 돕겠다고 한 것인데 어찌하여 최저와 그 가신을 전멸시키지 못했는가. 그 난투 속에서 장공이 죽고, 최저도 죽는다면, 하루 아침에 경봉은 제나라의 정권을 손아귀에 쥘 수가 있다. 그 절호의 기회를 눈 앞에 두면서, 이 사람 좋은 형은 최저를 도와 좌상의 자리를 얻고, 만족하고 있다. 동생은 이렇게 말하고 싶었던 것이리라.

"하늘이 내리는 기회는 두 번 다시 없어요."

경좌는 분한 표정으로 말했다.

── 그럴지도 모른다.

그러나 경봉은 그렇게 생각하지 않았다. 이 사나이의 감성은 하늘의 뜻에 예민하게 반응할 만큼 능력이 뛰어나지는 못하다.

"점을 쳐 봐라."

경봉이 말했다. 점은 미래를 말하지만, 그것이 불길하면 길한 것이 나올 때까지 점치게 하는 수도 있다.

"기회는 또 온다."

경봉은 동생을 달래는 듯이 말했다.

—— 마음 속으로 그렇게 생각하고 계신 듯하다.

이렇게 느낀 경좌는 반은 단념했으나, 오히려 안심도 되었다. 좋은 기회를 놓치고 말았다고 후회하면, 그 때는 나중에 더욱더 되돌릴 수 없는 귀중한 것으로 되지만, 경봉을 보고 있자니까, 최저가 장공을 암살한 이 때라고 하는 것은 유일무이의 귀중성이나 무게도 가지고 있지 않은 듯하다.

기회는 앞으로 있다고 믿고 있는 것이라면, 아마도 그렇게 될 것이다.

"그 기회를 만났을 때에는 단독으로 일을 일으키지는 마십시오."

경좌는 충고를 겸하여 말했다.

"음, 반드시 너와 의논하겠다."

경봉은 진심으로 대답했으나, 그 기회를 만났을 때 이 민첩하고 지혜로운 동생은 이 세상에 있지 않았다. 경좌는 얼마 안 가서 병사했던 것이다.

그러나 경좌의 시사는 경봉의 가슴 속에 계속 살아 있었다. 경봉에게 생긴 새로운 감정의 그림자는 그 시사였다고 할 수 있다.

최저가 앉아 있는 재상의 자리를 본 경봉은,

—— 머지 않아 그 자리에 내가 앉게 된다.

하고 생각했던 것이므로, 이 변사는 경봉에게 다소의 지혜를 주었다.

본래 지혜가 있는 최저는, 경봉의 얌전함을 보고 좌상을 임명받은 것에 만족하고 있다고 생각했다. 나중의 일을 생각하면 경봉의 지혜의 양을 잘못 계산했다고 할 수 있다.

최저의 지혜는 조금씩 메말라 가고 있었다.

그 증거로, 이번 정권의 속성이라는 것을 생각할 수 있다.

겉으로는 경공이나 최저를 따르고 있더라도, 마음으로는 거역하고 있는 사람이 있을 것이 틀림없었다.

―― 심복하지 않는 자는 죽인다.

속성이란 그것이다.

막 형성된 정권을 재빨리 안정시키려면, 그 길밖에 없다고 최저는 생각했다. 그 점 자체가 최저의 불안정성과 초조감이라고 여겨진다. 그는 언제나 속단하고 감행하여 위기를 피해 온 것처럼 보이지만, 그 이면에는 면밀한 계산이 있었다. 틀림없이 이 경우의 계산에도 뒤틀림은 없었지만, 기수(基數)라고도 할 수 있는 경공, 경공의 생모인 목맹희(穆孟姬), 그리고 경봉을 완전히 자기의 수치로 바꾸어 놓을 수 있었는가, 하고 생각하면 그렇지 않았다. 기수의 불안정성이 그대로 최저의 위험이었다.

최저는 자신의 불안을 지우려고 애썼다. 그리하여 국내 귀족(공족이나 대부)을 태공망(太公望 : 강태공)의 사당 앞에 모았다. 하급 귀족인 사 가운데서 이름있는 사람과 백성 중에서 힘있는 사람도 소집했다.

"단(壇)을 만들고 구덩이를 파라."

관리에게 명령하는 한편 위사(衛士 : 궁문 경비나 행차때 수행하던 병사)우두머리에게 엄달했다.

"태궁(太宮)에서 도망치는 자가 있으면, 태조(太祖)의 이름
으로 베어라."

태궁은 태묘(太廟)라고 불러도 된다. 시조를 모시는 궁실
로 제나라의 경우에는 태공망이 모셔져 있다.

── 단을 만들기 3인(仞).

이라고 《안자춘추(晏子春秋)》에는 씌어 있다. 3인이라는 길이
는 약 4.7미터이다. 상당히 높았다.

태궁 앞에 사람이 모이면, 위병은 줄을 지어 에워싸고, 방
패를 나란히 세워 울타리를 만들었다. 이 삼엄함에 사람들은
위구의 눈을 들고, 이윽고 몸을 움츠렸다.

── 무슨 일인가.

최저는 맹세하라고 했다.

최저는 맹세의 글까지 가르쳐 주었다.

"최경(崔慶)에 한 패가 되지 않고 공실에 편드는 자는 그
불상(不祥)을 받으리."

최저와 경봉에게 편들지 않는 사람은 태조의 비난을 받을
것이다. 단상에서 한 사람 한 사람 그렇게 말하게 하는데, 말
하기를 망설이거나, 단상에 있는 희생(犧牲)의 피가 들어 있
는 잔에 손가락을 담가서 입에 피를 바르는 것이 맹세의 법칙
임에도, 그것을 하지 않는 사람은 죽어야 한다, 하고 최저는
덧붙였다.

사당 앞에 선 사람들은 서리를 맞은 듯 파랗게 질렸다.

최저가 턱으로 신호를 하면, 위병은 칼과 창으로 기립을
재촉하고, 한 사람 또 한 사람 단상에 올라가게 했다.

맹세의 말을 하지 않는 사람이 있었다. 최저가 고개를 끄

덕이면 단상의 위병의 칼이 번득이고, 목이 구덩이로 떨어졌다. 공포 때문에 제대로 말이 나오지 않는 사람의 목도 눈 깜짝할 사이에 피보라와 함께 구덩이 아래로 가라앉는다.

야릇한 고요였다.

이미 7명의 목숨이 단 위에서 사라져 갔다.

안영의 등에 창날이 닿았다.

그는 일어나서 흙 계단으로 향했다.

—— 안자는 어떻게 할까.

단 아래 사람들은 고개를 숙이고 있었으나, 단을 올라가는 사람이 안영이라는 것을 깨닫고 눈을 들었다. 최저의 집에 단신으로 들어가서 장공의 머리를 넓적다리에 얹고, 그 죽음을 애도한 안영이다. 사람들은 그 사실을 경탄의 목소리로 주고받았다. 안영이 장공에게 무자비하게 따돌림 당한 것을 모르는 사람은 없다. 그 안영이 변두리 땅에서 달려와서, 장공에게 고별을 했다고 하는 용감한 행위를 알면,

—— 그것이야말로 충의다.

극구 찬양하는 목소리가 수도 안에 가득 차 있었다고 해도 지나친 말은 아니었다. 그것에 비해 장공의 총애를 받으면서, 최저의 집에서 죽지 않고 도주한 종멸 등의 근신에 대한 평판은 하락했다.

안영은 단상에 앉았다. 머리 위에 창날, 가슴께에 칼날이 있었다.

손가락을 잔의 피로 물들이고, 입에 발랐다.

"최경에게 한 패가 되지 않고……."

하고 말한 안영은, 갑자기 하늘을 우러르며 크게 한숨을 쉬었

다.

창날이 올라갔다. 안영의 목을 떨어뜨리기에 알맞은 높이에서 멎었다.

"공실에 편들지 않고, 최경에 한 패가 되는 자는 이 불상을 받으리."

이렇게 쏘아붙이고 잔의 피를 마셨다.

경봉이 눈썹을 곤두세우고 자리에서 일어섰다. 그 순간 최저의 손이 올라갔다.

"베어라."

하고 명령하는 손이 아니었다. 잠깐만, 하고 말하는 손이었다. 최저는 천천히 일어나서 다소 초조해 하며 말했다.

"안자, 말을 바꾸어 주기 바라네. 그렇게 하면 나는 그대를 국정을 맡아보는 높은 자리에 올려 주겠네. 만일 말을 바꾸지 않는다면, 목에 창이 있고, 가슴에 칼이 있다는 것을 알게 될 것이네. 생각을 다시 하게."

안영은 단 아래의 재상을 내려다보았다.

"칼의 위협을 받고 의지를 잃는 것은 용기라고 할 수 없다. 이익에 솔깃해져서 군주를 거역하는 것은 의라고 할 수 없다. 창날에 매달리고 칼날에 쓰러지더라도, 나는 말을 바꿀 생각은 없다."

맑은 울림의 목소리였다.

최저에게 들려주기 위해서라기보다도 더욱 멀리 있는 사람들에게 들리게 하려는 맑고 강한 힘이 있었다.

아마도 그 목소리를 태궁에 있는 태공망의 영혼은 들었으리라.

최저는 발끈했다.

전날에는 안영을 용서했지만, 오늘은 거기까지의 관용을 가지고 있지 못했다.

"죽여라."

하고 날카로운 목소리를 내려고 했다.

그러나 최저의 소매를 끌어당기는 사람이 있었다.

경좌였다.

"최자, 저 신하를 죽이면 우리를 따를 사람이 없어집니다."

경좌는 어디까지나 냉정한 사람이었다. 군주를 암살하고, 나아가 안영까지 최저가 죽인다면 백성들은 잠자코 있지 않을 것이다. 최저의 명령에 따르는 사람이 없고, 난이 일어나서, 최씨와 같은 몸이라고 여겨지고 있는 경씨도 타도되지 않을 수 없다.

안영을 용서하면 최저의 행위는 장공에 관하여,

—— 부득이한 일이었다.

하고 비난은 약해지고, 안영에 관해서는 도량이 크다, 하고 일컬어질 것이다.

새 정권의 편안할 수 있는 길은,

"안자를 용서한다."

고 하는 단 한마디 말에 달려 있다. 경좌가 거기까지 말하지 않더라도, 최저의 정념도 객관성을 되찾았다.

"좋다."

최저는 이렇게 말하고, 안영을 단 아래로 돌려 보냈다.

이 때만은 사람들의 표정에 부드러움이 떠올랐다.

그러나 사람들은 앗 하고 표정이 굳어졌다.

이대로 퇴장할 것이라고 여겨지던 안영은 휙 돌아서자 최저를 향했다.

"군주를 시해하는 크나큰 불인(不仁)을 저지르고 나를 용서한다는 작은 어짊을 보였다. 그것으로 정도를 되찾았다고 할 수 있을까."

안영은 당당히 말했다.

안색이 달라진 최저의 옷소매를 경좌가 또 끌어당겼다.

안영은 뜰을 종종걸음으로 걸어갔다.

궁문을 나서자 마차가 대기하고 있었다.

수레 손잡이를 잡고 수레에 올랐다. 사당 앞의 집회가 얼마나 살벌한 것인지, 소문으로 알고 있는 마부는,

—— 오래 머무를 필요가 없다.

라는 듯이 곧 마차를 몰아 달려 가려고 했다. 그러나 안영은 그 마부의 손을 쓰다듬으며,

"천천히 해라. 빨리 달린다고 해서 반드시 살게 되는 것은 아니고, 천천히 달린다고 해서 반드시 죽는 것은 아니다."
하고 말의 보조가 맞는 것을 기다렸다가 유유히 궁문을 뒤로 했다.

최씨의 멸망

1

재미있는 이야기가 있다.

장공의 근신이었던 여구영의 도망에 관한 것이다.

그는 친구 신선우와 같이 마차를 타고, 최저와 경봉의 병사를 따돌리고, 서쪽 이웃 나라 노나라로 갔다.

제나라에서 노나라에 가려면, 보통 태산(泰山) 북쪽에서 서쪽으로 돌아 남하한다. 평탄한 길이다. 그러나 여구영과 신선우의 경우는 위급한 도주였다. 제나라 수도 임치에서 노나라 수도 곡부까지 직진하려고 했다. 산악 지대를 넘지 않으면 안 된다.

강이 있었다.

임치 근처를 흐르는 강으로 치수(淄水)라고 한다. 그 강을 따라서 수원(水源)으로 가면, 장작(長勺)이라는 읍이 있다. 그 곳은 문수(汶水)라고 불리는 강 수원지에 가깝고, 문수를 따라 남하하면, 곡부와 이어진 큰길로 나갈 수 있다.

여구영과 신선우는 그 길을 택하여 질주했다.

이 두 사람은 장공의 근신 가운데서는 거물로, 최저가 위험시한 인물이다. 따라서 최저와 경봉의 병사는 끈덕지게 이 두 사람을 추격했다.

그런데 두 사람의 마차에 같이 탄 사람이 있었다.

현수막에 싸여 두 사람의 발 밑에 뒹굴고 있었다.

수레가 심하게 진동하자 현수막 속에서 비명이 터져나왔다. 그때마다 여구영은 무릎을 꿇고 달랬다.

여구영의 아내였다.

신선우는 씁쓸하게 발 아래 현수막을 바라보았다. 이윽고 신선우는 여구영의 아내가 칭얼거리기 시작하자, 마차를 세우고 현수막에 싸여 있는 여체를 안아서 수레 밖에 내려놓았다.

"어떻게 하려는 것인가?"

여구영은 신선우의 어깨를 잡았다.

"아무 것도 아닐세. 내려놓았을 뿐이야."

"아내와 노나라에서 살려고 해. 이런 곳에 내려놓으면 곤란해."

"이봐 ——."

신선우는 여구영의 손을 뿌리쳤다.

노나라에 망명하겠다고 이쪽에서 제멋대로 말하지만, 노나라가 그 망명을 받아들인다고 할 수만은 없다. 노나라는 도의에 까다로운 나라이다. 장공을 계속 비판해 온 나라이기도 하다. 그 측근을 어떻게 볼 것인가 생각해 두지 않으면 안된다.

"주군은 도의에 어두웠던 사람이야. 우리가 주군 측근에 있으면서, 주군의 뒤틀린 성정을 바로잡지 못했을 뿐만 아니라, 위급을 구해낼 수도 없었어. 주군이 죽었는데, 그에 따라 죽으려 하지도 않고 사랑하는 아내를 감싸는 것만은 알고 있지. 그런 사람을 누가 받아들이겠나."

신선우는 간곡히 설득했다.

그 동안 여구영의 아내는 두 사람의 발 밑에서 슬픈 듯이 신음하고 있었다. 현수막에 싸여 있는 것은 틀림없지만, 묶여 있다고 하는 편이 적당할 것이다.

여구영은 무릎을 꿇었다. 그리고 칼을 빼서 현수막을 찢었다.

"친정에 숨어 있구려. 나중에 반드시 사자를 보내겠소."

여구영은 아내에게 말하고 마차에 올라탔다.

이 두 사람은 엄중(崟中)이라고 불리는 산악 지대의 좁은 길로 접어들자, 말 고삐를 베개 삼아 잠을 자고, 마침내 추격병을 뿌리치고 노나라로 도망쳐 들어갔다.

장공의 사랑을 받던 신하들 가운데서 신선우는 성실성이 분명하여, 그는 노나라로 들어간 뒤에 아무도 섬기지 않고,

—— 야(野)에 복임(僕賃)했다.

그는 농사를 지으면서 은밀하게 장공의 거상을 치르고 있었다. 이러한 경건함을 누가 보고 있었던 것이리라. 신선우가 거상을 마쳤을 무렵 어느 초나라 사람이 나타났다. 그는 초나라 대신의 사자라고 자신의 이름을 밝히고 초빙을 하기 위한 비단을 바쳤다.

"대신은 당신의 공손한 모습에 감탄하여 부디 초나라에서 일해 주시기 바란다고 말씀하셨습니다."

신선우는 일어나서 노나라를 떠나 초나라로 갔다. 신선우

는 초나라에서 우윤(右尹)에 임명되었다고 한다. 곁들여 말하면, 초나라의 관직명은 윤(尹)이 붙는 것이 많아서, 재상은 영윤(令尹)이라 불리고, 우윤은 행정 사무를 담당한 부처의 장관일 것이다. 춘추 시대보다 훨씬 뒤인 초한(楚漢) 전쟁기에 홍문(鴻門)의 회(會)에서 살해당할 뻔한 유방(劉邦)을 몰래 구하려고 한 항백(項伯:項羽의 백부)은 초나라의 좌윤(佐尹)이었다.

초나라는 보수적인 나라였으므로 진(秦)시황에게 멸망당할 때까지 윤이라는 상(商)왕조 무렵부터 시작된 듯한 관직명을 이어받아, 끊어지는 일이 없었다.

신선우와 함께 노나라에 정착한 여구영은 신선우가 초나라로 떠난 뒤에 제나라로 돌아왔다. 그리고 나서 세력을 키웠는데, 여구영의 대두를 두려워한 대신에 의해 살해된다.

길가에 내버려 두었던 아내에 대해서는, 어디에도 씌어 있지 않지만, 남편의 깊은 애정을 생각하면 노나라로 불러들였을 가능성이 많다.

최저는 장공 측근에 있던 사람들을 자신이 직접 격멸시키고 싶었을 것이지만, 궁에서 떠날 수가 없었다.

보고를 기다리는 수밖에 없다.

—— 그러나 이 사람은 내가 죽이겠다.

최저의 증오심이 직접적으로 향해진 사람은 종멸이었다.

최저의 관을 빼앗은 장공은 최저에게 돌려주지 않고 종멸에게 주었다. 기꺼이 그것을 받은 종멸은 머리에 쓰고 뻔뻔스럽게 궁중을 걸어다니고 있었다. 최저에게 들켜도 겁을 먹는 빛을 보이지 않고 비웃고 있었다.

종멸의 식읍은 평음이므로, 그리로 도망가서 반기를 들 수
도 있을 것이라고 내다본 최저는, 신하를 보내 위협했다.
"종멸을 따르거나 감싸는 자는 누구를 막론하고 살육한
다."
실제로 이 위협은 효과가 있었다.
태궁에서 최저가 행한 준열한 행위를 안 평음 사람들은,
들고 일어나서 종멸을 습격하여 죽였다. 그 보고는 며칠 뒤에
최저의 귀에 들어왔다.
그러나 최저에게 있어서 좋은 소식은 그것뿐이었고, 여구
영과 신선우는 노나라로 도망쳐 가고, 노포규는 진나라로 달
아나서 추격을 피하고, 왕하는 남쪽으로 급행하여 거나라에
이르렀다.
"경봉은 쓸모가 없다."
최저는 이렇게 외치고 싶었으나 참았다.
경봉이라는 사나이는 아마도 그 실책에 대해서는 구애받
지 않고,
"뭐, 추방했다고 생각하면 되겠지."
라고 말할 것이 뻔하다.
사람이 직면하고 있는 사태와 그 사태가 발전하여 만들어
지는 미래의 구도에서 보여지는 위험에 대해서, 경봉이라는
사나이의 감각은 극히 둔했고, 그 둔함을 감추는 능력도 가지
고 있지 못하여, 그 점이 최저를 불쾌하게 했다.
"장식품이야."
최저는 경봉을 좌상에 끌어올린 것을 떼어 버리고 생각하
기로 했다. 그저 높은 자리에 두기만 하는 물건으로, 거기서

부터 생길 수 있는 이익은 염두에 두지 않기로 했던 것이다.

장식품이라고 하면, 군주로 세운 경공도 마찬가지로서, 잠자코 최저의 지시에 따라주면 되는 것이다.

"공자는 또 있다."

말만이 아닌 실제적인 위협을 가하고 있었다. 장공과 군주의 자리를 다툰 공자 아(牙)는 이미 감옥에서 죽었으나, 영공의 아들은 그 밖에도 있다. 국외로 도망간 사람 가운데서 뽑아 경공 대신 군주 자리에 앉히겠다고 하면, 크게 기뻐하며 귀국할 것이리라.

최저는 문득 좌우를 보았다.

자기보다 앞서는 권위를 가지고 있는 사람은 하나도 없었다. 신하들은 경공에 부복하지 않고, 최저에게 부복하고 있다.

이 시점에서야 최저는 전권을 확립한 것이다.

최저의 콧등에 웃음이 떠올랐다.

그 웃음이 서서히 퍼져간다. 만면이 웃음으로 물들기 전에 입가에서 웃음이 멎었다.

──안영인가.

그 사람만이 최저를 두려워하지 않고 있었다.

"그것도 장식품인가."

최저는 다시 희미하게 웃었다. 안영은 최저를 따르지는 않지만, 최저를 해치는 일도 하지 않으리라. 조정의 장식품으로서 내버려 두면 오히려 경봉보다 이익이 된다.

안영의 영(嬰)은 목걸이이다. 안영의 아버지 안약의 약(弱)은 장식 활이다. 부자가 모두 장식품에 지나지 않는다.

최저는 이처럼 깨닫고 소리내어 웃으려고 했다. 그러나 눈웃음이 사라졌다.

조정에 게시되어 있는 글이 최저의 눈에 들어온 것이다.

최저시기군(崔杼弑其君)

붉은 글씨였다. '최저는 그 군주를 시해하다' 라고 선명하게 고시되어 있었다.

최저의 눈매가 노여움으로 붉어져 갔다.

'죽인다' 하는 것에도 여러 가지로 쓰는 법이 있다. '시해하다' 하는 것은 신분 낮은 사람이 높은 사람을 죽인다는 것이지만, 반역의 뜻이 들어 있다. 장공은 틀림없이 군주였으나, 신하의 아내를 도둑질하러 온 사람이고, 도둑이나 다름없다. 도둑을 벌했는데 시해라고 할 수는 없다. 죄 있는 사람을 죽인 것이므로,

―― 주(誅)든가 극(殛)이라는 글자를 써야 한다.

최저는 격분했다.

조정에서의 고시는 제나라 사기(史記)에 기재되고, 그 사건이 비난받아야 할 때에는, 붉은 글씨로 역사서에 남게 된다.

사관의 우두머리인 태사(太史)를 불러들인 최저는 격렬하게 명령했다.

"게시를 떼어내고, 다시 써라."

그러나 태사는 황공해 하는 빛을 보이지 않고 대답했다.

"할 수 없습니다."

"할 수 없지는 않겠지. 다리 힘을 약간 들여서 게시를 내리고, 손 힘을 약간 들여서 시해라는 글자를 고쳐 쓰면 될 텐데."

"최자님이 군주를 시해했으므로, 달리 고쳐쓸 방법이 없습
니다."
"시해한 것이 아니다."
최저는 대갈했다.
그러나 태사의 냉철한 눈에는, 최저의 협박도 시해자의 속
태로 비쳤던 것 같다. 사관은 틀림없이 역사의 증언자이고,
군주에 의해 임명되어 궁중의 기록을 관장하지만, 그의 의식
으로서는 자신의 관직은 하늘로부터 내려진 것이었다. 다시
말하면, 이 태사에 한하지 않고, 각 나라 사관 우두머리의 먼
조상은 뒤에 사마천(司馬遷)이 말한 것처럼 중려씨(重黎氏)라
고 하는 하늘과 땅을 관장하는 사람이다. 그 중려씨는 주나라
왕의 먼 조상 후직(后稷)과 어깨를 나란히 하여 고대 제왕을
섬기고 있었던 사람이므로, 각 나라 군주보다 신분이 위에 있
는 주나라 왕에 대해서도 눈치보는 기술을 하지 않는다.
제나라 시조 태공망은 주나라 왕의 신하였고, 최저의 집안
은 태공망의 아들 정공(丁公)에서 나왔으므로, 태사의 머리
속에 있는 계보를 들어서 비교해 보면, 자기보다 최저 쪽이
훨씬 신분이 비천하다. 태사의 말을 빌면,
―― 내게 명령을 내릴 수 있는 것은 천제(天帝)뿐이다.
하는 것이 된다. 동시에,
―― 천제께 거짓 보고를 할 수 있는가.
라는 자존심과 정의감이 뒤섞인 목소리가, 그 속에서 계속 솟
아오르고 있었던 것이다.
최저는 귀가 나쁜 사람이 아니었다.
최저는 그 소리 없는 목소리를 들었다는 듯한 얼굴이 되었

다.

"그릇된 기술은 성직을 더럽힐 뿐이다. 이런 무능한 태사를 제나라는 필요로 하지 않는다."

최저는 사법관에 명령하여 태사의 목을 베게 하고 게시를 내리게 했다.

그러나 이튿날 아침, 같은 글의 게시가 조정에 붙었다.

"누구냐, 저것을 쓴 자는 —— ."

최저의 노성에 의해 한 사나이가 끌려 나왔다.

태사의 동생이었다.

"너도 죽고 싶은 모양이구나."

동생이 죽은 다음 날 아침, 최저는 자기의 눈을 의심했다.

붉은 글씨로 쓴 문자가 아침 햇빛에 떠올라 있었다. 이제는 최저도 많은 것을 묻지 않고, 게시를 가리키며 한마디 했을 뿐이었다.

"죽여라."

살해된 것은 태사의 둘째 동생이었다.

—— 이제 질렸을 것이다.

최저가 이렇게 생각한 것은 사관의 의식을 우습게 본 증거였다.

다음 날 아침, '최저시기군'의 다섯 글자가 핏빛을 닮은 빨간 글씨로 다시 최저의 눈 앞에 있었다.

"죽여라."

말하려고 했으나 목소리가 나오지 않았다.

등골에 오한이 흘렀다.

—— 사람의 짓이 아니다.

그것을 쓴 사람을 계속 죽이더라도 대기 속에 그 문자는 주홍색의 불길함을 계속 나타낼 것이리라.

"나는 군주를 시해했는가……."

최저는 스스로의 가슴에 대고 물어 보았다. 어떠한 폭군일지라도 군주는 군주인가. 그렇다면 하(夏)나라 걸왕(桀王)을 섬기다가, 걸왕을 죽음으로 몰아넣은 상(商)나라 탕왕(湯王)이나, 상나라 주왕(紂王)의 신하이면서 주왕을 죽인 주나라 무왕(武王)은 어찌하여 반역자라는 오명을 면하고, 성왕이라고 불리는가. 그들은 최저와 같이 신하에 지나지 않았던 것이 아닌가.

—— 사람이 잘못을 범하는 것을 책망하는 하늘도, 잘못을 범하는 것이 아닌가.

그러면 하늘의 잘못은 누가 바로잡는가. 그것은 아무도 모르는 일이지만, 최저로서는, 하늘의 잘못은 사람이 바로 잡을 수밖에 없다고 생각했다.

조정에서 게시를 다시 고쳐 쓴다는 것 따위는 아니다.

—— 사관 따위는 망집(妄執)에 사로잡힌 자에 지나지 않는다.

최저는 여기서 단정했다. 역사의 진실을 말하는 것은 역사 편찬을 전문으로 하는 사람들이 아니라 세상 사람들이다. 그들이 결국 하늘의 과실을 바로잡는다.

이렇게 생각한 최저는 게시를 그대로 내버려 두었다. 물론 그것을 누가 썼는가 하는 것도 묻지 않았다.

마지막으로 쓴 사람은 태사의 막내 동생이었다.

세 명의 형제가 살해되어도, 그는 감연히 붓을 들었다.

더욱 대단한 것은 남사씨(南史氏)였다.

남사씨는 태사의 보좌인으로서 그는,

"태사 형제가 모두 살해되었다."

라는 말을 듣자,

"다음은 나인가."

하고 아무렇지도 않은 듯이 중얼거리며 조정의 게시와 같은 글을 죽간(竹簡)에 붉게 써넣고 조정으로 나갔다. 그러나 태사의 막내동생이 쓴 글을 보고, 태사의 막내동생이 살해되지 않은 것을 확인하고 돌아갔다.

2

최저는 역사에 도전하려고 했었는지도 모른다.

그는 자신의 무죄를 증명하려고 했다.

그 방법은 위에서 '그대는 무죄이다' 하고 말해 주는 것이다.

위라고 하는 것은 군주 경공이나 주나라 영왕을 가리키는 것은 아니었다.

진(晋)나라였다.

중국을 현실적으로 다스리고 있는 것은 진나라였다.

그것을 염두에 두고, 최저는 밀사를 진나라에 보냈다.

"제나라를 공격해 주기 바란다."

이렇게 요청했다고 상상해도 아무런 지장이 없을 정도의 빠른 속도로, 진나라 군대는 동방을 출발했다. 또한 제후도 재빨리 모임의 땅인 이의(夷儀)로 향했다.

모임을 재빨리 마친 제후의 군사는 제나라로 쳐들어갔다.

최저는 전연 군대를 동원하지 않고, 대부 습서(濕鉏)를 화목의 사자로서 진나라 군사에 파견하고, 교섭하게 하여 마침내 경봉을 제나라의 대표로 보냈다.

제후의 모임에서 의제는,

"최저가 군주를 암살했다."

고 하는 것이 아니었다.

"재작년 제나라 군주가 위나라를 공격하고, 진나라를 침범하여, 맹약을 깼다."

그 맹약 위배를 추궁하자는 것이었다. 진나라가 주재하는 모임이다. 모임의 주제는 그것이다, 하고 진나라가 말하면, 제후들은 이의를 제기하지 않는다. 그러나 잘 생각해 보면, 거기서 이야기되고 있는 제나라 군주는 장공이다. 장공은 이미 죽은 사람이다. 죽은 사람을 책망하려는 그 기묘성을 제후들은 충분히 알고 있으면서도 진나라의 주장을, '과연, 지당하다' 라는 얼굴 표정으로 듣고 있는 이 모임이야말로, 참으로 기묘한 풍경이었다.

그러나 국제 정치는 그런 것인지도 모른다.

제나라의 사자 습서가 제후들 앞에서,

"맹약 위배의 군주를 제나라 백성과 신하가 제거했습니다."

라고 말하자, 제후들은 방금 장공의 죽음을 들었다는 듯한 놀라움을 나타내며,

"이것으로 제나라는 본래의 모습으로 되돌아갔다."

하고 저마다 입을 열었다. 동시에 장공을 죽인 최저는 진나라와의 맹약을 지키려고 한, 말하자면 천하의 충신으로 되었다.

거기까지 일이 거침없이 진행된 것을 본 최저는 경봉에게 막대한 헌상품을 가져가게 했다.

진나라 평공(平公)에게는 종묘(宗廟)에 있는 제기(祭器)와 악기를, 그리고 진나라 6경, 그 밑에 있는 5명의 군리(軍吏), 30명의 장교, 3군에 소속된 대부, 백관(百官)의 정부(正副) 우두머리, 그리고 고국에 남은 장수에 이르기까지 선물을 골고루 주었다.

헌상품에도 귀천이 있어서, 조상을 모시고 있는 사당, 즉 종묘에 있는 그릇이 가장 존귀하여, 그것을 적의 공실에 헌상한다는 것은, 선조의 영(靈)으로 하여금 적의 선조의 영을 섬기게 하는 것이 되므로, 완전히 예속된 것을 나타낸다.

최저는 그것을 행하여 진나라 평공을 기쁘게 했다.

"제나라를 용서해 주자."

평공이 이렇게 말하게 되면서 최저의 의도는 완수되었다.

진나라에 거역하는 것은, 주나라 왕을 무시하는 것으로 이어지므로, 그 악을 행한 장공을 최저가 없앴다고 하는 행위를 진나라 평공을 비롯하여 제후들이 정당하다고 인정해 준 것이다.

—— 역사라는 것은 이렇게 해서 바로잡아야 한다.

최저는 새로운 자신과 더불어 이렇게 생각했을 것이 틀림없다.

최저는 어디까지나 장공을 죄인으로 해두고 싶었다. 물론 개인적인 증오심도 들어 있었을 것이지만, 장공의 장례는 극히 간략한 것이었다.

보통 군주가 죽으면 5개월째 가서 매장된다. 약식일지라도 3개월째이다. 그 동안에 시체는 납관되지 않고 빈궁(殯宮)에 안치된다. 그러나 장공의 경우에는,

"측관(側棺)에 넣어 북쪽 성곽에 놓아 둬라."

라고 최저는 명령했다.

측(側)은 하나, 라고 읽는다. 신분이 높은 사람의 관은 내관과 외관의 2개가 맞추어져서 된 것인데, 내관만을 사용하여 장공의 시체를 안에 넣고, 자택 밖으로 운반하게 했다. 북쪽 외곽에 있는 이궁(離宮)에 관을 안치하고, 장공이 죽은 5월 17일부터 계산하여 13일째인 5월 29일에 매장했다.

매장한 곳은 사손(士孫)의 동리였고, 여기는 공실의 묘지가 있는 곳도 아니었다.

장공을 서민으로 격하시켜 땅 속에 묻은 것과 같았다.

가장 사랑하는 아내를 희롱한 사람에 대한 증오의 처절함이 여기에도 있었다.

어쨌든 그렇게 해서 최저의 복수는 끝났다고 할 수 있었다.

최저는 신중했다.

── 국내가 정말로 안정되기 위해서는 3년이 걸린다.

장공에 대한 동정이 사라지고, 자기에 대한 공포가 신민의 마음에서 지워지려면 그 정도의 세월이 필요하리라. 그러기 위해서는 스스로 국정을 계속 맡아보고, 나라를 비우고 싶지 않다. 2, 3년이라는 시간은, 새 군주인 경공이 거상을 치르는 기간이기도 하여, 모든 명령은 최저가 내릴 수 있다. 말하자

면 전제 기간이다.

부득이하게 최저가 나라를 비우는 사태가 있다고 하면, 그것은 전쟁이다.

── 다른 나라와 다투는 것은 어리석다.

제나라를 위해서라기보다 자신을 위해서 그렇게 생각했다.

그 생각을 바탕으로 하여, 우선 한창 난이 일어나고 있을 때 제나라에 왔던 거나라 군주와 맹약을 맺었다. 물론 그 자리에는 경공도 참석하게 했던 것이다. 이어서 진나라와 우의를 나누고, 나아가 진나라 맹하에 있는 여러 나라 군주에게 경봉을 보내서 제나라 외교의 장래를 설명하게 했다.

"제나라는 무(武)를 거두고, 평화 외교를 한다."

그 밖에 제나라에 망명해 있는 위나라 헌공(獻公)의 문제를 처리하려고 했다.

"위나라는 안의 군주와 밖의 군주가 있어서, 기괴한 상태가 계속되고 있습니다. 진나라의 위광에 의하여 정상적인 모양으로 돌려주시기 바랍니다."

하고 경봉으로 하여금 호소하게 했다.

진나라는 그 희망을 받아들여 위서(魏舒)와 완몰(宛沒) 2명의 대부를 제나라에 보내고, 헌공을 래(郲)에서 맞아 일단 이의 읍에 들어가 있게 했다.

최저는 헌공에게 은혜를 베풀었던 것이다.

이의로 가는 길에, 진나라 사자와 함께 임치에 들른 헌공에게 최저가 속삭였다.

"오록(五鹿)을 받을 수 있을까요?"

헌공은 희미하게 싫어하는 얼굴빛이 되었으나, 곧 기색을 바꾸고 대답했다.

"드리겠소."

오록은 위나라 북쪽에 있는 읍이다.

"그것은 과분한 일입니다. 그럼 처자 분을 맡아 돌보겠습니다."

맡아 돌본다고 하면 듣기에는 좋지만, 바꾸어 말하면 인질로 잡아두겠다고 하는 것으로 오록읍을 주면 처자를 돌려주겠다는 것이다.

순간 헌공은 말문이 막힌 듯이 입매를 내밀었으나, 한 호흡 하고 나서,

"처자를 맡기겠소."

하고 임치를 떠났다.

헌공이 이의로 들어간 것은 가을이었다. 다음해 봄에 헌공은 귀국했다. 위나라에는 달리 군주가 있고, 그 군주(觴公:剽)를 보좌하여 전권을 휘두르고 있던 손임보가 있었으므로, 헌공의 귀국에 즈음하여 대파란이 있었을 것은 말할 나위도 없다.

결국 손임보가 세운 군주는 살해되고, 손임보 자신은 자기 영지인 척(戚)읍에 틀어박혀서 진나라에 곤경을 호소했으므로, 이 문제는 뒤틀려졌다.

손임보는 위나라의 재상이었으나 진나라를 위해 애쓴 실적이 있었다.

"위나라 군주의 귀국하는 방법이 지나치게 가혹하지 않은가."

이런 목소리가 나왔기 때문이리라. 진나라는 제후를 소집

하고, 손임보를 지원할 병사를 위나라로 보내기로 했다. 즉 손임보는 위나라에서 떨어져 진나라의 신하가 되었던 것이므로, 진나라로서는 신하의 읍이 위나라 군대의 공격을 받게 되면, 그것을 구하는 것은 당연하다는 구실이었다.

진나라 군대와 싸움을 하고 싶지 않은 헌공은 가장 신뢰할 수 있는 대신 영희(甯喜)에게 대부 북궁유(北宮遺)를 붙여 그 모임의 땅으로 보냈다.

"척읍 외에 위나라 서쪽 변두리의 60개 읍을 손씨에게 주어라."

진나라의 명령이었다. 모임을 주재한 사람은 사개가 아니었다. 사개가 죽게 됨에 따라 조무(趙武)가 진나라 재상의 자리에 오르고 제후 모임의 호령을 내리고 있었다.

조무는 진나라 명재상의 한 사람으로 꼽을 수 있는 인물로, 언동이 부드럽고, 몸매도 여자와 같다고 한다. 그러나 마음과 생각에는 그러한 우아함 이외에 강한 면도 갖추고 있고, 이 경우에는 그 강한 면을 보였다. 왜냐하면 이 싸움에는 영토가 얽혀 있다. 손임보가 소유한 땅과 백성은 진나라의 것이 되기 때문이다.

"척에 대해서는 인정하겠습니다. 그러나 서쪽 변두리 60개 읍에 대해서는……."

영희는 당연히 난색을 나타냈다.

"영자, 당신으로서는 승낙 여부를 명언할 수 없을 것이오. 위나라 군주가 와 주시지 않으면 안되겠소. 위나라 군주가 그것을 거부한다면, 진나라는 제후의 군대와 함께 위나라를 공격하게 될 것이오."

조무는 조용한 어조로 영희를 위협했다.

헌공은 당황하여 모임의 장소로 달려왔다.

"척 이외에 60개 읍도 ──."

헌공은 그것은 진나라의 횡포라는 눈초리를 지었다. '순순히 드리겠습니다' 라고 할 수 있는 일이 아니었다.

헌공의 대답이 애매한 것을 본 조무는, 부하인 여제(女齊)에게 명령했다.

"두 사람을 진나라로 데리고 가라."

두 사람이란, 영희와 북궁유를 가리킨다. 두 사람은 체포되어 진나라로 연행되었다.

자기의 수족을 잃은 헌공은 필사적인 형상으로 진나라로 가서, 진나라 평공에게 호소하려고 했으나, 수도인 강(絳:新田)으로 들어간 순간 포리(捕吏)에게 둘러싸여, 사약씨(士弱氏)의 집에 유폐되었다.

위나라에는 군주와 재상이 동시에 없게 되었다.

"진나라는 예전에 사막의 이리라고 했는데, 여전히 영토에 관해서는 탐욕스럽군."

진나라의 난폭함을 전해들은 최저는 쓴웃음을 띠고 경봉과 이야기를 나누었다.

그러나 이대로는 헌공을 귀국시킨 제나라의 체면이 서지 않는다.

"진나라는 사개때보다 만만치 않게 되었다."

경봉은 제나라의 외교를 맡고 있는 만큼 다소 그 방면의 감각이 자라나 있었다.

"진나라의 국정을 맡아보고 있는 것은 조무이지만, 그 밑에 숙향(叔向)이 있다. 그가 여간 아닌 사람이다."

숙향은 진나라 유일의 영재였다. 그의 지식의 풍부함을 능가하는 해박함을 지닌 사람을 천하에서 찾는다면, 정(鄭)나라 대신인 자산(子産)밖에 없다.

정나라라고 하면, 곧 자산의 이름이 떠오를 정도로 유명한 이 대신은, 그러나 정나라 대신 가운데 석차는 아직 4위였다.

최저가 그런 생각을 하고 있자 경봉이 무심코 말했다.

"숙향을 능가하는 사람이 우리나라에 있지 않소."

경봉은 어떤 생각에서 능가한다는 말을 했을까.

—— 능가한다…….

최저는 마음 속에서 되뇌었다. 숙향을 능가하는 사람이란, 안영을 가리키는 것이었다.

숙향은 진나라 국체(國體)를 그의 마음에 갖춘 사람이다. 진나라가 대국이기 때문에, 숙향은 커 보인다. 그러나 숙향이 작은 나라에 태어났다면 어떨까. 나라의 그릇이 작아지면, 그것에 준하여 숙향도 작아지는 것이 아닐까. 진나라가 있기에 지금의 숙향이 있다고 할 수 있을 것이다.

그러나 안영은 다르다.

위정자를 당당히 비판하고, 세론을 만들어 간다. 숙향은 자기에게 죄를 씌우려던 사개를 비난하는 일 없이, 다른 사람을 움직여서 죽음을 벗어났다. 안영은 스스로 죽음을 청하여, 주의주장을 관철시킴으로써 죽음을 빠져 나오고 있다.

—— 안영이 진나라에서 태어났다면, 사개에게는 입을 다물고 있었을 것인가.

생각할 것도 없었다. 안영은 면박을 중지하지 않았을 것이다. 그러면 안영은 사개에 의해 목이 달아났을 것이다.

사개에 비해 나는 얼마나 다정한가, 하고 최저는 생각했다. 어쨌든 안영은 상대가 천하를 통치하는 진나라 군주라도 기탄없이 신념을 말할 것이 틀림없다.

"좋아, 그 사람을 진나라로 파견하자."

그러나 장치가 필요하다, 라고 최저는 말했다. 안영은 대신이 아니다. 무관(無官)의 대부이다. 그래서 진나라 수뇌가 상대해 주지 않는다. 제나라 사자를 만나 줄 상황을 만들어 놓지 않으면 안 된다.

"주군님께 수고를 부탁할까."

최저는 재빨리 장치를 작용시키기 시작했다.

거상 중의 경공을 일어서게 하고, 보좌에 국약(國弱)을 임명했다. 국약은 영공에 의해 주살된 국좌(國佐)의 아들이다. 주살이라고 말했지만, 그것은 표면적인 말이고, 뒤에서 최저가 영공에게 작용하여 죽이게 한 것이나 마찬가지였다.

국약에게 안영을 붙였다.

── 우리나라만으로는 불안하다.

최저는 국약에게 명령했다.

"정나라 군주를 움직여서 같이 진나라로 가라."

정나라는 남쪽 이웃 진(陳)나라와의 공방을 되풀이해 오고 있었는데, 진나라의 후원을 얻어서 막 우위에 올라섰다. 전리품을 진나라에 많이 바쳤으므로 정나라 군주에 대한 인상은 좋았다.

제나라와 정나라의 군주가 같이 위나라 헌공의 석방을 호소한다는 그림을, 최저는 뇌리에서 그렸던 것이다.

경공이 출발한 뒤, 경봉은 최저를 보고 노골적으로 자신의 감상을 말했다.

"숙향과 안영의 힘 겨루기와 같은 것이군요. 실패해서 돌아오면 안영에게서는 인기가 떠나게 됩니다. 성공하면 최자의 이름이 높아지고……. 잘 꾸몄습니다."

"허허, 그런가. 나는 나라를 위해서 생각한 것뿐인데……."

최저는 엷은 웃음을 계속 얼굴에 띠었다.

3

국약은 조용한 사람이었다.

자아(自我)를 안쪽에 뭉쳐 넣었다고 할 인격의 풍미가 있었다.

—— 그러나 그 자아가 고개를 들었을 때에는 예상 밖의 첨예한 것을 드러내보이는 것이 아닐까.

진나라로 가는 길에서 안영은 국약을 그렇게 보고 있었다.

평소에 과묵을 지키고 있던 국약은 제나라를 나서자, 감정이 해방된 듯한 표정을 하고, 안영을 불러 말을 건네왔다.

—— 이 사나이가 혼자서 최저와 싸웠다.

국약의 눈길에, 그런 경탄과 경의가 들어 있었다.

"우리들끼리만의 애기지만, 주군님은 안자를 은근히 신뢰하고 있는 것 같소."

국약은 낮은 목소리로 말했다.

태공망의 사당 앞에서 안영이 무엇이라고 말했는지, 경공의 귀에 높게 울려서 전해져 있다.

"우리나라 백성이나 신하들 가운데서 내게 충성을 다하는 사람은 안영뿐인가."

경공은 좌우에 있는 양구거나 애공(艾孔)에게 탄식을 쏟은 적이 있었다.

"주군님, 진자(陳子)가 귀국했습니다. 머지 않아 최경(崔慶)의 무리들을 제거하고 안자와 진자에게 국정을 맡기실 때까지 참으시기 바랍니다."

분한 눈물을 흘리면서 말한 것은 양구거였다.

이 양구거라는 신하는, 경공 측근 가운데서는 한 단계 뛰어난 재치를 지니고 있었고, 경공에 대한 충성심 또한 왕성하여, 경공의 신임을 가장 많이 받고 있는 터이지만, 그 신임을 잘못 생각하는 경우도 있었으므로, 밖에서는 간신으로 보이게 된다. 그 자신은 사심을 가지고 경공을 섬긴 적이 없으므로, 간신 취급을 당하는 것은 뜻밖이었을 것이 틀림없다.

단 한 가지 양구거의 감각에서 결여되어 있는 점은, 장공과 함께 최저의 집에서 죽은 측근들을 제나라 신하들이나 백성들이,

"그들이야말로 충신이다."

라고 극구 찬탄하기는 커녕, 오히려 장공의 머리를 자기 넓적다리에 얹고 애도한 안영 쪽을

"충의란 그런 것을 말한다."

하고 신하와 백성들이 한결같이 절찬한 사실을, 자신과는 떼어놓고 파악하려는 편협함이 있으며 그 편협한 점을 자각하

지 못하는 것이 양구거의 가장 큰 결점이었다.

그러나 양구거를 비롯한 경공의 측근들은 한결같이 안영에게 호의를 품고 있었다. 그 안영이 수행원으로 있다는 것은 그들에게 안도감을 주었다.

국약도 안영에게 의지하는 편이었다.

"안자, 아무리 생각해도 이번 사행(使行)의 결과는 좋지 않겠어."

국약은 우는 소리를 했다.

대국의 이해에 대해서 소국이 끼어드는 것과 같은 것이다. 잘못하면 경공이나 자신도 진나라를 노엽게 함으로써 유폐될지도 모른다. 국약은 최악의 경우까지 생각하고 있었다.

"대신, 이번 일은 위나라에 잘못이 있습니까, 진나라에 잘못이 있습니까."

"진나라에 잘못이 있다고 생각하오."

"그렇다면 잘못을 바로잡으려고 하시는 주군님이나 대신에게 아무런 비난도 미치지 않을 것입니다. 오히려 선을 쌓는 것이 되어 반드시 좋은 보답이 되어 돌아올 것입니다."

"그럴까……."

국약은 고개를 약간 갸우뚱거렸으나, 안영의 말을 의심한 것은 아니었다. 안영의 별로 크지 않은 몸에서 직선적으로 뿜어 나오는 말은 국약의 마음에 힘을 주었다.

—— 이상한 사나이다.

안영이 그렇다고 말하면, 그 말은 바위라도 움직일 수 있을 것처럼 국약은 느꼈다. 또 안영을 해치려는 사람이 비록 흉기를 휘두르더라도, 안영은 바위와 같아서 칼이나 창이라도 꺾어버리는 것이 아닐까. 최저와 싸우거나 거역한 사람은 상당한 수가 이 세상을 떠났다. 안영도 거역한 사람으로 볼 수 있는데, 이 사나이만이 제나라에 있으면서 건재하다.

　── 죽은 사람들과 이 사나이와는 어디가 다를까.

국약은 그런 눈으로 안영을 보면서 여행을 계속하여 정나라에 들어갔다. 정나라 군주를 설득하지 않으면 안되는데도 기묘하게 고통을 느끼지 않았다.

　── 나는 올바른 일을 하는 것이다.

국약은 어느 사이엔가 확신을 했고 그것이 자신을 갖게 했다. 정나라 군주가 진나라로 가지 않겠다고 하면, 자기들만이 진나라로 가서 평공에게 호소하면 된다는 배짱이 생겼다.

사람의 일은 정말 모를 일이다. 국약의 마음 속에 생긴 강인함이 경공에게 전해져서, 경공의 열의가 되고, 또 그것이 정나라 군주에게 미치자, 정나라 군주의 쾌락(快諾)이 되어 돌아왔다. 곤란한 것은 어느것 한 가지도 없었다.

일은 막힘없이 진행되어 정나라 군주는 곧 일어나서 경공과 동행하게 되었다.

정나라를 출발하자, 국약은 곧 뒤를 돌아다보고 뒤에 있는 안영에게 탄력있는 목소리로 말했다.

"나는 이제 와서 전진(戰陣)이라는 것을 알게 되었네. 선진을 날카롭게, 후진을 튼튼하게 하는 것이 포진의 상도이지만, 말로만 알고 있었을 뿐 실감한 것은 이번 도정에서야."

선진이라는 것은 국약 자신을 말하고, 후진은 안영을 가리키는 것이리라. 국약이 안영에게 준 감사의 말이었다.

안영이 조용하게 말했다.

"후진은 군대가 패배했을 때의 뒷받침입니다. 후진이 눈에 띄는 일 없이 전진의 장수를 귀환하시게 하고 싶습니다."

그 장수라고 하는 것은 물론 군주 경공을 가리킨다.

제나라 경공과 정나라 간공(簡公)이 같이 왔다는 사실을 알게 된 진나라 평공은 숙향에게 물었다.

"무슨 일일까?"

"위나라 군주에 관한 일일 것입니다."

숙향은 곧 대답했다. 평공은 묻는 듯한 눈길을 계속 숙향에게 보내고 있었다. 경공과 간공이 위나라 헌공의 석방을 호소하면 어떻게 할까, 하고 숙향에게 의향을 묻는 것이다. 숙향은 고개를 약간 옆으로 흔들었다. 이 일의 조치는 앞서의 모임에서 재상 조무가 결정한 것이고, 조무의 어깨너머로 일에 손을 대면, 평공과 조무 사이에 어색한 것 이상의 일이 생길 위험이 있다. 이 상황은 조무가,

"위나라 군주를 돌려보냅시다."

라고 스스로 말을 하지 않는 한, 평공은 관여하지 않는 것이 좋다.

숙향은 조무에게나 평공에게도 신용을 얻고 있는 사람이다. 자기 위에 있는 그 두 사람에게 소홀함이 생기지 않도록 평소에 배려를 게을리하지 않는 사람이기도 했다.

진나라는 특히 공실 가족의 힘이 약했다. 그 원인은 1백년쯤 전에 진나라에 '여희(驪姬)의 난'이라고 불리는 대란이 있었고, 그때 진나라 군주의 아들이 거의 국외로 도망간 일이 있었다. 진나라를 존속시킨 것은 신하의 힘을 입은 바가 컸으며 이후 진나라 군주는 대신들을 꺼리지 않으면 안되었다. 지

난 시절의 권위를 되찾아 전제를 행하려고 한 군주는, 대신들의 손에 말살되었다.

숙향으로서는 그런 불운에 평공을 놓이게 하고 싶지 않았다.

"그런가. 알았다……."

평공은 중얼거렸다. 따라서 평공은 찾아온 두 군주를 맞은 향응의 자리에서,

"위나라 군주에 대해서는 관대한 조치를 ——."

하고 각 군주로부터 호소를 받더라도, 시치미를 떼고 넘겨버릴 작정이었다.

실제로 그렇게 했다.

숙사로 물러난 국약은 곧 안영을 불러 부탁했다.

"진나라의 굳은 진지를 돌파하지 못했네. 후진이 움직여 주지 않겠나."

제나라와 정나라 군주는 다시 평공을 알현할 기회가 주어져 있었다. 그 때에도 같은 호소를 할 생각이지만, 같은 결과를 얻게 되면 실패하여 귀국하는 수밖에 없었다.

국약으로서는 도저히 숙향이나 조무를 설득할 자신이 없었다.

의지할 데는 안영뿐이었다.

안영은 별로 허탈해진 기색이 없이 대답했다.

"숙향을 설득해 보겠습니다."

안영은 이웃집에라도 가는 듯이 홀가분하게 나갔다.

안영은 숙향의 집 문지기에게 명함을 건네 주었다. 그 명함을 본 숙향은,

"안자가 왔구나……."
하고 중얼거리고, 잠시 허공에 눈길을 보내고 있었다. 숙향에
게도 각 나라의 정보가 크고 작은 것을 가릴 것 없이 들어와
있었다. 그것들을 분석하고 다시 정리하여 조무에게 전하고
있었다.
따라서 제나라에서의 정변 실정도 세부까지 알고 있었다.
그 정변에서 안영이 어떠한 언동을 했는가. 한마디로,
—— 공실에 충성으로 일관했다.
하는 것으로 되리라. 거기에는 한치의 으쓱거림이나 속임수
도 없었다. 그 사람이 국제 무대에 발을 들여놓았다.
—— 만나고 싶지 않구나.
이렇게 생각한 순간, 나의 기가 꺾이었는가 하고 자신을
향해 웃었다. 상대는 작은 나라의 무관의 대부가 아닌가. 자
기는 천하의 숙향이라고 해도 좋다.
"들여보내라."
숙향은 신하에게 말했다.
안영을 당상으로 맞아들인 숙향은 버티고 앉아 있는 안영
을 크게 느꼈다. 자세히 보면 그 몸집은 소년과 같이 작다.
그러나 숙향은 현명하다고 불리는만큼 외모로 사람을 관찰하
지는 않았다.
—— 모습이 좋다.
숙향은 감탄했다. 내향적인 모습이라고 하는 것이 이해하
기 쉬운지도 모른다. 안영은 잘난 체하며 밀고 들어오지도 않
고, 비굴하게 굴지도 않았다.
—— 이런데 아직 30대 중반인가.

대단한 풍모이다, 하고 숙향은 거듭 감탄하고 찾아온 뜻을 물었다.

"위나라 군주를 용서해 주시기 바랍니다. 이것은 진나라의 위신에도 관계되는 일입니다."

안영이 보기에 진나라의 어려운 문제라고 하면, 제나라가 제3의 세력을 만들어 진나라에 복종하려고 하지 않는 것과, 정나라가 초나라를 두려워하여 진나라에 대해 태도를 거듭 번복해 온 것이다. 그러나 지금 와서 그 어려운 문제를 쉽게 푼 형식으로 두 나라를 진나라 동맹 하에 두었다. 그 쾌거는 한 마디로 진나라 평공의 밝은 덕망과 재상 조무의 관용에 있다고 천하의 식자들은 칭찬하고 있다. 그럼에도 위나라에 관한 조무의 위협은 어떠한가. 그래서는 제후들에게 좋지 못한 평을 듣던 사개보다 일을 처리하는 방법이 뒤떨어지지 않는가. 위나라에 대한 조무의 행동에서 가장 이치에 맞지 않는 것은,

"신하를 위해서 한 나라의 군주를 잡아 두었다고 하는 것입니다."

하고 안영은 말했다.

"이 점을 어떻게 생각하십니까."

바싹바싹 다가오는 것 같은 말에, 내노라 하는 숙향도 말을 머뭇거렸다. 섣불리 말을 주고 받을 상대가 아니다.

—— 여기서 안자를 돌려보낸다면, 내가 지는 것일까.

"말씀하시는 뜻은 잘 알았소. 궁리해 봅시다."

숙향은 안영을 돌려보낸 뒤, 곧 조무의 집으로 갔다.

"내가 사개보다 뒤진다. 그렇게 말했다구?"

눈가와 입매에 쓸쓸함을 띤 조무는 잠자코 생각을 하였으

나 이윽고,

"위나라 군주에게 죄가 없는 것은 아니오. 우리 조정에서 그것을 심판하려고 했던 것인데, 과연 한 나라의 군주를 체포하게 한 것은 나의 잘못이었소. 또 그것이 나의 사욕에서 나온 것이라고 파악되고 있는 것은 뜻밖이오. 어쨌든 빨리 위나라 군주만은 풀어 주기로 합시다."

라고 조무는 말하고, 다음 날 평공에게 위나라 군주의 석방을 진언했다. 그것을 받아들인 평공은 다시 경공과 간공을 만났을 때, 위나라 군주를 귀국시키라고 일렀다.

국약은 돌아오는 길에 그로서는 보기 드물게 말투에 명랑함을 감추지 않고 안영에게 말을 걸었다.

"후진에 의해 상대의 본진을 항복시키다니…… 후진의 중요성을 절실히 알게 되었네."

이 외교가 성공리에 끝난 것은 안영의 힘에 의한 것이라고 국약은 경공에게 분명히 말해두었다.

—— 믿고 의지하기에 족한 대부다.

최저의 재촉을 받고, 어깨를 떠밀리어 나라를 나선 느낌의 경공은, 당연히 그 심정이 불안에 흔들리고 있었으나 이 안정되지 않은 왕복길에서 안영을 신뢰하는 마음을 더욱 두텁게 했다.

4

제나라 정치의 중심은 최저의 집으로 옮겨진 듯했다.

최저가 제나라의 국정을 휘어잡기 시작한 지 이미 2년이

지났다.

최저는 자택에 있으면서 명령을 내릴 수 있게 되었다.

아내 동곽강이 아기를 낳았으므로, 동곽강의 동생 동곽언과, 동곽강의 전남편 당공(棠公)과의 사이에서 낳은 아들 당무구가, 언제나 최저 좌우에 있게 되고, 실질적으로 최저의 집은 그 두 사람에 의해 운영되게 되었다.

그리고 최씨의 장자를 동곽강이 낳은 아들, 즉 최명(崔明)이 계승하기로 결정한 것을 알고, 물러나겠다고 요청하고 나선 것은 전처의 아들 최성(崔成)이었다.

최성이 적자여야 했다. 그러나 서자로 떨어졌다. 물론 아버지 최저로부터 분명히 그렇다고 들은 것은 아니었다. 그러나 집안의 돌아가는 상태를 보면, 자신의 처지가 약해진 것을 알 수 있었고, 비록 적자의 자리에 눌러앉아 있더라도 동곽언과 당무구에 끼여서 모든 일에서 불쾌감을 느꼈을 것이다.

—— 그보다는 마음대로 살고 싶다.

최성은 수도에서 멀리 떨어진 식읍 최(崔)에 틀어박혀 있기를 아버지에게 간청했다.

"좋다."

최저는 허락했다.

그 허락이 빠른 것으로 보아, 최성은 아버지와의 거리가 큰 것을 실감했다.

최성에게는 동생이 있다. 같은 어머니에게서 태어난 동생이다. 최성은 동생 강(彊)에게 다정하게 말했다.

"나는 최로 가게 되었는데, 너는 어떻게 하겠느냐. 여기 혼자 남아 있는 것은 괴로울 것이다."

"나도 식읍을 나누어 달라고 하겠습니다. 동곽씨가 날뛰고 있는 여기에는 있고 싶지 않아요."
　형 최성은 선병질(腺病質)이어서 이 때의 은둔은,
"나쁜 질병이 있어서."
라는 이유를 댔다. 그러나 동생 최강은 형의 건강을 빼앗아 가졌다고 여겨질 만큼 건장한 육체를 가지고 있고, 그 속에 격렬한 기질을 안고 있었다.
　—— 유아를 적자로 삼다니, 아버님은 어떻게 되신거야.
　최강은 은근히 분개하고 형을 측은히 여기는 동시에, 동곽씨 남매를 미워했다. 아버지 최저가 죽으면 그 유아를 세워서 동곽씨 일족이 이 최씨의 권익을 독점하고, 이윽고 최씨를 파멸시키는 것이 아닐까, 하고 여겨지기도 했다.
　—— 아버님은 동곽강에 눈이 멀었다.
　애석하고도 분한 일이었다.
　형이 최읍에 들어가 있는다고 하면, 최강 자신도 다른 사람의 집이 되어가고 있는 여기서 나와, 어딘가 식읍에서 때를 기다리며 지낼 생각이 들었다.
　—— 동곽씨를 몰아낼 기회는 반드시 온다.
　최강은 자신을 타일렀다.
　이 때까지는 최씨의 집안은 일단 평온했다.
　그러나 동곽언과 당무구가 돌을 던졌다.
　그 돌 하나가 최씨라고 하는 제나라에서 가장 화려한 망루와도 비슷한 명가를 와해시키고 마는 것이다.
　최성이 최읍으로 간다는 것을 안 두 사람은, 안색이 달라져 최저를 면담했다.

최씨의 집안은 최읍이 본 영지이다. 거기에는 최씨의 시조를 모신 사당이 있다. 사당을 지키는 사람은 적자이다. 최성이 최읍으로 가면, 세상 사람들은 최성이 적자라고 생각할 것이 틀림없고, 그렇게 되면 최성을 폐적한 것으로 되지 않는다. 어디까지나 최읍은 적자인 최명에게 속해야 한다고 동곽언과 당무구는 호소했던 것이다.

"과연."

최저는 고개를 끄덕였다.

고개를 끄덕이기는 했으나 곧 최성을 불러서,

"너에게 식읍을 줄 수는 없다."

라고 말하지는 않았다. 생각해 보겠다는 태도였다.

그러나 면담 내용이 최성과 최강에게 새어나갔다.

발끈한 것은 최강이고, 최성은 분노로 창백해졌다.

"형님, 저 두 사람을 제거하지 않으면, 평생 신하와 같은 대접을 받게 됩니다."

불을 토해 내듯이 최강이 말했다.

"제거한다 하더라도, 우리에게는 병사가 없어. 도적을 보낸다고 해도 신뢰할 만한 인물은 찾을 수도 없고."

최성의 마음은 약했다. 그가 말하는 도적이란 암살자를 가리키는 것이다.

"내가 동곽언을 찌르겠어요. 형님은 당무구를 쳐요."

"강아, 그런다면 비록 두 사람을 죽이더라도 우리들은 아버님으로부터 죽음을 당해."

"그렇게 되기 전에 아버지를 죽이면 돼요."

"어리석은 소리는 하지도 마라."

동생의 폭언을 야단친 최성은, 숙고하고 있다가 이윽고 입을 열었다.

"경자와 의논해 볼까."

경자(慶子), 즉 경봉은 평소에 최성을 적자라고 생각하고 있기 때문인지 반드시 인사를 받아주었다. 호감을 가질 수 있는 유력자라고 하면 경봉밖에 최성의 머리에는 떠오르지 않았다.

형제는 경봉을 찾아가 자기 집의 실정을 털어놓고 조력을 요청했으나, 자기들의 사정만으로 경봉이 간단히 일어나서 손을 써 줄 것이라고는 생각되지 않았으므로, 약간 과격한 표현을 썼다.

"그 두 사람은 아버지를 해칠지도 모릅니다."

최성은 이렇게 말했다.

"으음…… 최자에게 아들이나 친척도 가까이 할 수 없다고 하면, 최자가 두 사람에게 살해된다고 하더라도 병사(病死)라고 할 수도 있지. 그리고 최명을 주인으로 세우면 두 사람은 최씨 집안을 빼앗는 셈이 되는군."

"말씀대로입니다."

"동곽언과 당무구를 제거하지 않으면 안된다는 것은 잘 알겠네. 하지만 자네들은 얼마 동안 가만히 있게. 내가 생각해 보겠으니."

경봉은 형제를 돌려보냈으나, 이 사나이의 머리에 특별히 그럴 듯한 지혜가 솟아오를 리는 없었다. 동생 경좌가 살아 있다면,

—— 하늘이 우리 집안에 크나큰 길을 열어 주셨구나.

하고 조용히 웃고, 최씨 집안의 내분에 끼어들어 최씨를 송두리째 처치해 버릴 계책을 재빨리 세웠을 것이다.

그러나 경좌는 이미 죽어서 없다.

경씨의 집안에서 지혜있는 사람이라고 불릴 만한 사람은 보이지 않았다.

경봉은 발 밑을 보았다.

"노포별(盧蒲鱉)이 있었구나."

노포별은 경봉에 직속된 대부였다. 경봉이 군사를 일으키면, 반드시 노포별이 그 일익을 담당했다.

말하자면 노포별은 경봉의 지혜 주머니였다.

어두운 눈을 하고 있었다.

노포별에 있어서 인생에 비껴드는 빛은, 다른 사람의 반쯤의 밝기밖에 없는 것이 아닐까.

그런데 노포씨에게는 규(癸)라는 사나이가 있었다. 장공의 측근이었기 때문에 장공이 죽은 뒤 진나라에 망명했다. 별은 규의 동생인지도 모르지만, 별은 경봉 밑에 있기 때문에 최저의 노여움은 피할 수가 있었다.

그 노포별이 경봉을 어두운 눈으로 바라보았다.

"그렇습니까. 최저는 장공의 원수입니다. 하늘이 최저를 버리려고 하는 것인지도 모릅니다. 최저의 집안이 어지러워져도, 주인님이 걱정할 것은 없습니다. 최가 엷어지는 것은 경이 두터워지는 것이니까요."

노포별의 목소리는 눈만큼 어둡지는 않았다. 오히려 가벼움과 밝음을 느끼게 한다고 해도 좋으리라.

"그렇다면 이번에 그 어리석은 아들들이 오면 뭐라고 말할까."

"다른 집에 의지하지 않으면 안된다는 것은, 안에서 신망이 없다는 증거입니다. 미리 자세한 지시를 하시면, 최저에게 들어갑니다. 두 사람 생각대로 하게 하고, 뒷일은 틀림없이 나쁘게 하지는 않겠다고 말씀해 두시면 됩니다."

"그런가. 그럼 그렇게 하지."

경봉은 자기 두뇌를 노포별에게 맡긴 듯한 말을 했다.

경봉의 머리 위에는 최저가 올라타고 있었다. 그 무거운 위력이 없어지면 얼마나 홀가분한 기분이 될지는 모르지만, 그렇다고 해서 이 버릇없고 낙천적인 사나이에게 욕심이 있다고 하면, 그것은 권세욕이라고 하기보다 향락욕이라고 할 수 있는 것이고, 술과 여자와 사냥의 세 가지가 최고의 즐거움이고, 그것에 대한 욕망을 충족시키기 위해 권세가 필요하다고 하면, 권세는 강한 쪽이 좋다고 생각할 정도의 머리밖에 가지고 있지 않았다.

—— 노포별은 우리 집안을 나쁘게 하지는 않으리라.

경봉은 그렇게 믿고 있었다. 그 근거는 유흥의 동반자로서 걸맞는다는 것에 지나지 않는다. 실제로 이 날도 술자리를 마련하고 첩들을 불러모아 노포별에게는,

"좋아하는 여자가 있으면 안아도 좋아."

하고 말하고, 자신은 전후좌우에 첩을 두고, 벌거숭이가 되어 크게 법석을 떨며 잔뜩 술을 마셨다. 이 술자리는 술과 여자 냄새로 숨이 막히게 되는 것이 상례였다.

9월로 접어들자, 곧 최성과 최강 형제는 경봉의 집을 또 찾아갔다.

두 사람의 골똘히 생각하는 모습을 본 경봉은,

—— 마침내 저지르는구나.

하고 생각했으나, 오히려 웃는 얼굴을 하며 경봉으로서는 최대한 친밀함을 나타내는 말로 힘있게 말했다.

"최자를 위한 것이라면 동곽언과 당무구를 없애게. 위험이 있으면, 반드시 내가 도와 주겠네."

두 사람은 감사하는 마음을 눈길에 담았다.

"경신(庚辰)날에 ——."

"결행하시겠소?"

재빨리 경봉은 날짜를 계산했다. 경신날은 9월 5일에 해당된다. 그때까지 군사를 정비해 둘 필요가 있다.

두 사람을 돌려보낸 경봉은 신하를 노포별에게 보냈다. 밤중에 노포별은 경봉의 집에 나타났다. 그는 경봉에게 두 가지의 사태가 일어날 것을 알렸다.

"그 형제가 최저의 집을 제압했을 경우와 실패했을 경우를 염두에 두어야 합니다."

"제압한 경우, 이쪽에서는 손을 쓰지 않게 되는데……."

"심복 신하를 죽게 한 최저가 잠자코 두 사람을 용서할 리는 없습니다."

"최저가 우리에게 병사를 빌리려고 온다는 말인가?"

"그렇습니다."

"실패한 경우에는, 그 형제가 우리에게 도망쳐 온다."

경봉은 노포별의 어두운 눈을 보면서 예상을 했다.

"그렇게 될 것입니다."

"그 형제를 죽여서 최저에게 보내겠어."

"경자, 그렇게 하면 이쪽이 주모자라고 최저에게 간파당하게 됩니다. 그래서 ── ."
노포별은 한번 뜸을 들였다.
"그래서 어떻게 하나?"
경봉이 재촉했다.
"그 형제를 받아들이고 최저와 싸우지 않으면 안됩니다."
"잠깐, 잠깐. 아버지와 아들을 비교하면 아버지가 소중해. 아들 편을 들면 우리가 불리해져."
"아버지와 아들의 싸움이라고 보면 그렇습니다. 하지만 이 싸움을 대의(大義)로 바꾸어 놓는 것입니다."
이 말을 들은 경봉은 당혹감을 느꼈다.
"최저는 장공을 죽였다. 그 극악한 행위에 경자는 관여하시지 않았습니다. 최저를 죽이는 것은, 장공의 원수를 갚는 셈이 되고, 최저를 제대로 공격하지 못하더라도 틀림없이 백성은 경자의 편이 되어, 최후에는 승리를 거둘 것입니다. 최저의 두 아들을 거느리고 있으므로 최씨 집안을 분열시킬 수도 있는 셈입니다."
그 말을 듣고 보니, 이 싸움에 대한 불안은 적어졌다.
"좋아, 알았다. 그대에게 지휘를 맡기겠다."
이렇게 말한 경봉은 이 날 밤도 여자들을 모으려고 했으나 노포별은 사양했다.
"축하연은 경신 날 다음에 ── ."
── 그것도 그렇군.
경봉은 그 축하연을 위해 경신날을 은근히 기다렸다.
자택으로 돌아간 최성과 최강 형제는 어디서 동곽언과 당무구를 죽이느냐, 계획을 계속 짜고, 결국 두 사람이 같이 있는 장소, 즉 자택 내조(內朝)에서 결행하기로 했다. 내조는 내정(內庭)이라고 바꾸어 써도 좋은데, 그곳에서 최저의 지시를 받는 것이다. 두 사람이 만나고, 최저가 모습을 나타내기 전에 습격한다. 형제는 심복들에게만 그 계획을 알리고, 기습의 준비를 하게 했다. 많은 사람들의 힘을 빌리려고 하지 않았던 것에, 이 형제의 슬기로움이 있었다.

　—— 섣불리 포위하지 않는 것이 좋다.

　최성은 동생에게 말했다. 두 사람을 놓치지 않도록 포위하면, 오히려 안심이 되어 파탄이 생긴다. 그보다는 곧장 두 사람을 향해 덤벼들어서 죽이는 것을 생각하는 편이 낫다.

　"알았어."

　최강도 그런 생각으로 있었다. 심복에 시키려고 하면 실패한다. 자신이 동곽언의 목을 자를 생각이었다.

　당무구는 형 최성이 맡는다.

　경신날, 실은 이 날이 최씨의 멸망의 날이 되었다.

　이른 아침, 동곽언과 당무구가 내조에 나타났다. 동곽언은 담력과 지력을 갖춘 사나이지만, 최성과 최강 형제를 얕보고 있었던 것이리라. 음모의 한가닥조차 파악하지 못하고 있었다.

　그는 당무구와 우스갯소리를 하면서 최저를 기다리고 있었다. 물론 다른 신하들도 다수 여기에 있었다.

　멀리서 경악의 소리가 났다.

　두 사람은 우스갯소리를 멈추고 그 쪽을 보았다.

　검은 집단이 맹렬하게 이쪽으로 오고 있다. 칼날을 품은

회오리 바람이라고 할 수 있었다. 깜짝 놀란 두 사람이 칼 손
잡이에 손을 댔을 때, 그 회오리 바람의 끝 쪽은 두 사람에게
불어와 있었다.

피가 흩뿌려지면서 두 사람의 목이 허공으로 떠올랐다.

내조는 비명과 당황으로 가득 찼다.

"모반, 모반."

이라고 외치는 목소리가 최저의 귀에 들어가기 전에, 집안의
신하들은 우왕좌왕하고 그 혼란은 끝이 없었다.

최저의 좌우에서 사람이 사라졌다.

여기서 최저는 착각을 했다. 최성과 최강이 흉칙한 반역에
이르렀다는 것을 들어서 알고는 있었으나, 그들이 노리는 상
대야말로 자신이라고 지레짐작을 했던 것이다.

"아버지를 죽이겠다는 말인가."

두 아들을 매도하는 것이 고작으로, 그는 몸 하나만으로
마굿간으로 달려갔다.

그토록 사랑하는 아내 동곽강이나 아들 최명을 내버려 둔
채였으므로, 최저의 허둥거림은 미치광이의 지경에 이르렀
다.

마부가 보이지 않았다.

마굿간 한구석에서 떨고 있는 어인(圉人)이 있었다. 어인
은 말을 사육하는 사람이다.

최저는 어인의 목깃을 잡고 고함치는 듯이 말했다.

"말을 달아라."

마차 준비가 되었을 때에 시인(寺人) 나타났다. 시인은 집
안의 경비원이라고 해도 된다. 최저는 시인을 향해 명령했다.

"말을 몰아라."

마차에 올라탄 최저는 자택밖으로 나오자 제 정신이 들었다. 착잡한 생각을 떨구어 버리려는 듯이,

"나에게는 행운이 있다. 나머지 행운이 다른 곳으로 옮아 가지 않으면 좋겠는데……."

하며 비는 듯한 말을 입에 담았다.

"어디로 갈까요?"

내시의 물음에, 최저는 짜증스러운 듯이 대꾸했다.

"경자 댁이다."

눈을 반짝이며 허우적거리며 경봉 앞에 나타난 최저를 향해 내심 붉은 입을 열고 웃고 있던 경봉은, 자못 놀랍다는 표정을 지었다.

—— 한심스런 꼴이구나.

경봉은 최저의 이야기를 듣고 슬픈 빛을 놀라움 위에 덧칠했다. 속임수에 서툰 사나이로서는 거짓 표정을 잘 지었다고 할 수 있으리라.

"그 두 사람은 어째서 그런 짓을 했을까요. 최와 경은 한몸이니까, 내게 두 사람의 토벌을 하게 해주시오."

경봉은 눈과 입에 분노와 비탄을 보이고, 자기 가슴을 두드려 보이며, 최저를 위로했다. 부산한 꼴이 이만저만이 아니었다.

최저는 털썩 고개를 떨구었다.

그것이 경봉에게 일임한다는 표현이었다.

경봉은 자리에서 일어났다. 뜰에는 노포별이 이미 대기하고 있었다. 경봉은 층계를 한 단 내려와서 앉으며 엄숙하게

말했다.

"최자를 위험한 재난에서 구해 주고 싶다. 그대는 병사를 이끌고 두 사람을 토벌하라."

"알겠습니다."

노포별의 어두운 눈에 희미한 빛이 번득였다.

경씨의 최후

1

희미한 빛 속에서 비단옷이 보인다. 열풍에 날려 떨어져, 땅의 어둠 속으로 가라앉고 있는 꽃과 같았다.

동곽강이다.

이 미인은 집 안에서 일어난 흉칙한 변사에 의해, 동생과 장남을 잃은 것을 알고, 실의한 나머지 규방 한쪽 구석에 쓰러져 있었다. 그러나 동곽강의 희미한 평온은 아직 어린 아들 최명을, 이 추행의 폭풍우 밖으로 도망치게 한 것에서 오는 것이다. 스스로 지시를 했다기보다도, 최명을 안고 온 신하에게 비명과 비슷한 소리를 내질렀던 것에 지나지 않았다.

"빨리."

동곽강은 줄지어 있는 사나이들을 턱으로 부리는 여인은 아니었다. 남편의 애정에 만족하고, 그 애정에 자기의 애정을 더하여 아들에게 쏟는, 말하자면 평범한 주부였다.

이 위기의 상황에서 자기 아들의 퇴거와 함께 자신도 도망치는 것을 마다하고 방 안에 머물러 있었던 것은, 자기가 재

빨리 도망쳐 버리면,

—— 주인이 나를 찾게 되는 것이 아닐까.

하고, 최저의 번거로움을 생각했기 때문이었다.

이 점, 동곽강은 이변의 무서움을 파악하지 못했다기보다도, 남편을 사랑하기 때문에 슬픈 망설임이 있었다고 해야 할 것이다.

이 망설임이 헛되다는 것을 느꼈을 때, 동곽강은 자기 방을 나오려고 했다. 그러나 탈출의 기회를 놓쳤다. 최성과 최강의 병사에 의해 앞길이 막혀 있었다.

흉칙한 이변의 주모자인 형제는 동곽씨를 증오하고 있었으나, 동곽강은 계모였으므로,

"죽여라."

라고 말하지 않고 유폐 조치를 취했다.

죽이지 않으면 안되는 것은 적자가 된 최명이었지만, 집 안을 빈틈 없이 뒤져도 그 유아의 그림자는 발견할 수가 없었다.

최명을 안고 저택 밖으로 탈출한 신하는 매우 냉정하고 기지가 있는 사나이였던 것 같다. 누가 적이고, 누가 같은 편인지 알 수 없는 혼미한 상황 속에서, 남에게 의지하려 하지 않고 최명과 함께 최씨의 묘지에 숨어 있었다.

그는 다음날 아침 이웃인 노나라를 향해 달려 마침내 노나라에 망명했던 것이다.

"형님, 아버님도 안 계세요."

집 안의 탐색을 마친 최강이 돌아와서 보고했다.

최저는 당연히 이 형제의 행위를 인정하지 않고 경봉에게

병사를 빌려서 자택을 공격할 생각일 것이다.

"그러나 경자는 우리를 도와 주겠다고 하셨다. 지금쯤 아버님을 설득하고 계실 것이다."

최성은 낙관적인 말을 했다.

이 거사는 최명을 놓친 것만이 잘못이고, 대체로 성공했다고 하는 것이 형제의 실감이었다.

흩어져 도망간 신하들이 돌아왔으므로, 최성은 그들에게 사유를 말했다.

"아버님을 맞아들이지 않으면 안된다. 각각 마음에 짚이는 데가 있으면 찾아주기 바란다."

우선 심복 부하를 경봉의 집에 보냈다. 그러나 그 신하는 얼마 안되어 급히 돌아와서 보고했다.

"경자의 병사가 이쪽으로 오고 있습니다."

"뭔가 잘못된 것이 아닐까. 경자가 우리 집을 공격할 리가 없다."

최성은 믿지 않았다.

"장수는 누구냐?"

최강이 물었다.

"노포별입니다. 노포별은 줄곧 장공의 원수를 지금부터 갚는다, 하고 소리치고 있습니다."

"강아, 아버님은 경자 댁에 있지는 않다. 어쩌면 경자에게 살해되었을 거야."

최성이 일어서자, 최강은 고개를 끄덕이고 신하들을 둘러보며 명령했다.

"주군이나 우리도 경봉에게 속았다. 무슨 일이 있더라도 이곳을 방어하고, 주군의 안부를 확인하지 않으면 안된다. 급히 울타리를 둘러쳐라."

토담 위에 작은 성을 급조했다.

드넓은 저택이었다. 신하의 수도 많다. 노포별이 병사와 함께 쳐들어왔을 때에는, 최저의 집은 작은 성과 같이 견고하게 예봉을 물리치려 하고 있었다.

"덤벼라."

노포별은 북을 쳤다.

경봉의 병사는 쉴 사이 없이 문으로 쇄도했으나, 이 문은 새로 세운지 얼마 안되는 것이었고, 거대하고 육중한 구조는 불길과 같은 공격을 받고도 약간의 흔들림도 보이지 않았다.

노포별은 공격에 지쳤다. 병사를 일단 후퇴시키고 생각하기로 했다.

—— 이 집의 방어는 어디가 약할까?

그러나 생각할 것까지도 없었다. 도시 안에 거처를 정하고 있는 대부들은,

"경자가 최자를 공격하고 있다."

라는 소문을 듣고, 두 사람은 일심동체가 아니었었나, 하고 우선 의아해했다. 부하들에게 일의 진상을 확인하게 하자, 노포별이 경봉의 명령으로 장공의 원수를 갚으려 하고 있는 것을 알게 되었다.

"이번 기회에 우리도 선군의 원수를 갚자."

그들은 외치듯이 말하고, 부하를 이끌고 경봉의 병사에 가담했다. 그 수는 50, 1백, 2백으로 불어나서, 얼마 안되어 1천을 넘었다. 그 뒤에도 가세하는 수는 계속 불어났다.

선군의 원수 갚음이라고 하는 것은 자신들을 미화시킨 말
일 것이다. 요컨대 최저가 행한 공포 정치로부터 벗어나고 싶
다는 마음이 원수를 갚는다는 아름다운 경치 속에 자신을 두
면, 보다 편해진다는 뜻일 게다.

당연히 안영에게도 경씨와 최씨와의 싸움에 대한 보고가
들어갔다. 신하들은 술렁거렸다. 그러나 안영은 갑옷에 손을
대지 않았다.

"나는 공실에 편들겠다고 맹세했지만, 최경에게 편들지는
않는다. 잊었느냐?"

안영이 이렇게 말하며 한번 노려보자, 신하들이 토해내던
입김은 완전히 식고 말았다.

안영이 보기에 이 싸움은 사적인 싸움이었다. 많은 대부가
경봉의 편을 든 것 같지만, 최저를 쓰러뜨린 뒤에 크나큰 실
망을 맛보게 되리라. 경봉의 독재 정치에 편을 들어준 것에
지나지 않는 셈이고, 경봉이라는 대신은 방탕에 흠뻑 젖어드
는 것밖에 능력이 없는 인간이며, 정무는 말할 것도 없고, 더
구나 국가를 위해 큰 일을 꾀할 정도의 지혜는 털끝만치도 없
었다. 최저를 없애면 그런 사람이 재상이 되는 것이다. 집정
에 있어서는 최저 쪽이 훨씬 앞선다.

── 그러나 최저는 죽을 것이다.

안영은 느꼈다. 안영은 최저가 경봉의 집에 숨어 있는 것
을 모르고 있었다. 최저가 자기 집에 있으면서 다수의 공격을
받고 있다고 생각하고 있었다. 상대가 다수였으므로 최저가
패배하리라는 것은 너무나 상식이었다. 최저는 언제나 상식
을 넘어선 곳을 살아왔다. 그러나 장공 암살에 관해서는 상식

의 영역을 벗어나지 못했다. 그 대신 사람으로서의 순수한 정을 보였다. 얼마나 아내 동곽강을 사랑하고, 얼마나 장공을 증오했는지, 밖에 있는 안영으로서도 그것은 생생하게 알고 있었다. 그것이 오히려 최저답지 않다고 여겨졌다. 장공에 대한 증오가 강하면 강할수록 죽은 장공을 더할나위 없을 정도로 극진하게 장사지내는 것이 최저의 방법이 아니었을까. 지금의 최저는 너무 지나치게 직정적이었다. 그래서 최저는 죽는다. 최저에게 향해진 창이나 칼날은, 최저의 환영에 현혹되는 일 없이 최저 자체를 관통할 것이리라.

안영은, 국정을 맡은 사람의 오묘함은 그런 곳에 있고, 그런 점을 전연 이해하지 못하는 경봉이 최저를 죽이려고 하는 것에 무엇이라고 말할 수 없는 얄궂음이 있다고 생각했다.

비록 최저가 쓰러지더라도, 아니 최저가 쓰러졌기 때문에 경봉의 멸망은 면할 수 없으리라. 최씨와 경씨는 일심동체라고 두 사람은 서로 맹세했을 것이다. 경씨가 최씨를 멸망시키면, 자기 집을 멸망시키는 것이 된다. 아이들도 알 수 있는 이치이다.

안영은 가재에게 말을 건넸다.

"입술이 망하면 이가 시리다고 하는 말은 그럴 듯한 말이야."

경씨에게 있어서 입술에 해당되는 최씨는 멸망하려 하고 있다.

최저의 집을 에워싸고 있는 병사의 수는 늘고 늘어서, 노포별의 명령 따위는 무시된 채 전투가 벌어졌다. 문이 파괴되기 전에 타고 넘어가서 빗장이 깨져 나갔다.

문이 열렸다.

함성에 의해 문짝이 날아간 듯한 꼴로 문이 열린 것이다.

집 안으로 침입한 병사들은 제대로 칼과 창을 휘두르지 못했다. 오히려 서로 비비댈 정도로 많은 수였다. 그 병사들에 눌려 죽듯이 최씨의 신하들은 쓰러져 갔다. 누가 최성과 최강을 죽였는지도 몰랐다. 정신을 차리고 보니 두 사람의 시체가 땅에 뒹굴고 있었다.

병사들은 더욱 안쪽으로 들어갔다.

어두운 방이 있었다.

한 병사가 문을 열자, 채색된 옷이 눈에 들어왔다. 그 옷은 발 밑이 아니라 눈보다 높은 곳에 있었다.

대들보에 색채 꽃이 드리워져 있었다. 동곽강의 주검은 병사의 눈에 그렇게 보였다.

창고가 열리고 약탈이 행해졌다.

노포별의 지휘가 눈부셨던 것은 이때였다고 하는 것이 좋으리라. 그는 부하 병사들을 교묘하게 움직여서 차례로 창고를 장악하고, 그 속의 자재들과 보물, 무기를 꺼내 수레에 실었다.

"철수한다."

노포별이 말했을 때에는 최씨의 가재(家財)는 텅 비어 버렸다.

경봉의 집으로 돌아온 노포별은 갑옷을 입은 채 당하에 앉아, 당상에서 경봉과 술을 마시고 있는 최저를 향해 어두운 눈을 들어 엄숙하게 말했다.

"난을 가라앉혔습니다. 이제 최자에 대항하는 자는 한 사람도 없습니다."

"해결된 모양이군."

경봉의 말을 들을 것도 없이, 최저는 자기에게 아직 행운이 남아 있다는 것을 느끼며, 후 하고 술 입김을 토해냈다.

"수고했네."

노포별에게 치하하는 말을 한 뒤, 손수 술을 따라 주었다. 노포별은 표정을 바꾸지 않고 그 술을 마시자, 절을 한번 하고 당하로 물러났다.

"폐가 되었소. 돌아가겠소."

최저는 자리에서 일어섰다.

"그렇게 하겠소?"

경봉은 최저를 잡지 않았다.

── 하지만 어디로 돌아가지?

무언의 말이 경봉의 엷은 웃음 속에 들어 있었다.

최저에 대항할 자는 한 사람도 없게 되었다고 한 노포별의 말은 틀림없었다. 최저의 집 사람들은 전멸되었다고 할 수 있다.

저녁 놀이 희미하게 붉은 빛을 문 위에 비쳐 주고 있었다.

시종이 문을 열어 줄 것까지도 없이, 문짝은 떨어지고, 그 안쪽은 저녁 놀이 곳곳에 닿아 있어 고색창연한 빛이 조용히 퍼져 있었다. 사람이 살지 않는 정적뿐이었다.

── 백 년쯤 전의 집을 보는 것 같구나.

최저는 몸서리를 치며 문 안으로 발을 들여놓았다. 한걸음 나아가자, 그만큼 가슴의 울렁거림이 높아졌다.

── 동곽강은 어떻게 되었을까?

그런 생각이 들자, 최저의 발걸음이 빨라졌다. 여기저기 시체가 보였다. 최저의 눈은 그 불길한 모습 위를 떠돌며, 시체를 하나하나 뛰어 넘었다.

"여보."

방 안으로 들어간 최저의 목소리는 벽을 뚫을 것 같은 격렬함이 있었다. 모든 방을 계속 살펴보았다.

"아아 —— ."

꽃잎이 허공에 멈추어 있는 것처럼 보였다. 병사들은 동곽강의 시체를 내려놓지 않았다. 손 대는 것을 꺼려했던 것이다.

"내가 잘못했소. 용서해 주시오. 이럴 수가…….."

내장이 빠져 나오는 듯했다.

동곽강만이라도 살아 있어 준다면, 최저에게 희망은 있다. 그러나 이 가장 사랑하는 여성을 잃음으로써, 최저의 심신에서는 혼백이 빠져 나갔다.

최저는 동곽강의 다리를 만지며, 고생만 시켰구나, 하고 중얼거리면서 자신의 허리띠를 풀어 대들보에 걸었다.

"혼자는 외롭겠지. 곧 따라가겠소."

허리띠를 묶고 동곽강과 손을 잡은 최저는 발받침을 걷어찼다. 그 순간 최저의 영화는 끝나고, 명문 최씨의 가계는 제나라에서 단절되었다. 최저가 재상의 자리에 있었던 것은 28년 동안이다.

그런데 후세로 가면 갈수록, 군주를 살해한 악명이 높아졌던 것 같다. 진나라 시대에 최저의 말예(末裔)로서 최정웅(崔正熊)이라는 사람이 있었다는 것이 《세설신어(世說新語)》에

기록되어 있다. 이 사람이 지방 정부 장군이던 진씨(陳氏)를 만났을 때,

"그대는 최저로부터 몇 대째요?"

라는 질문을 받았다. 그 물음에는 저의가 있었다. 최씨의 선조에는 춘추시대 전기에 제나라 대신으로 최요(崔夭)가 있었으므로, 일부러 최저의 이름을 댄 것은 악의가 있었다고 볼 수 있다. 그러나 최정웅에게는 기지가 있었다.

"제가 최저로부터 계산하는 것은, 장군께서 진항(陳恒)으로부터 계산하는 것과 꼭 같습니다."

이렇게 받아 넘겼다.

춘추시대 후기에, 제나라에 진항이라는 재상이 있었는데, 그는 군주 간공(簡公)을 시해했던 것이다. 그 진항은 진무우의 손자이다.

2

경봉은 당상에서 술만 마시고 있었을 뿐이었으나, 제나라의 독재 권한이 손으로 굴러 들어왔다.

물론 경봉은 천하를 잡은 것이다. 그렇지만 경봉과 같은 거친 사나이에게, 천하의 정치를 장악한다는 것은,

"골치아픈 일이군."

이런 마음이 강하게 들어, 오히려 그의 손은 사냥 때 사용하는 활이나, 술을 마시기 위한 그릇, 실내를 밝은 교성(嬌聲)으로 넘쳐나게 해주는 여자들을 만지고 싶어 했다.

그 때문에 경봉은 자택이 정치를 하는 자리가 됨으로써, 사적인 유흥의 자리가 좁아진 것을 갑갑하게 여겼다. 적자 경사(慶舍)를 불러서 명령했다.

"네가 여기서 정령을 발표해라."

경사는 남자의 한창때라고 해도 좋은 나이였다.

체격은 빼어나고, 그 굵은 골격을 두툼한 근육이 덮고 있다. 얼굴 피부도 두터워서 볼록한 느낌으로 보이지만, 성격은 그 풍성함에 들어맞지 않고 비뚤어져서, 누군가가 오른쪽이라고 하면 반드시 왼쪽을 바라보는 못된 성질을 가지고 있었다.

그러나 지금의 경우는 반 공적인 자리였으므로, 아버지의 말에는 거역할 수 없다는 효도를 보였다.

사퇴의 말은 하지 않았으나 그 두터운 피부에 다소의 놀라움을 나타내며 물었다.

"황송합니다. 하지만 아버님께서는 어떻게 하시렵니까?"

"나는 노포별의 집으로 옮겨간다."

경봉은 태연스럽게 말했다.

"그렇습니까."

이 아들도 태연스럽게 말하는 것이었으므로, 이 아버지와 아들은 세간의 상식 밖에 있었다고 해도 좋으리라.

해가 바뀌자, 경봉은 곧 처첩을 이끌고 노포별의 집으로 이사를 갔다.

집 안은 단번에 여자 향기와 술 기운으로 넘쳐 흘렀다.

"여기가 좋아."

경봉은 기분 좋은 목소리를 냈다. 밤낮으로 주색에 빠져 있어도 말하는 사람이 없고, 처사의 번거로움도 없었다. 노포별이라는 사나이는 이 부분에 기묘했다. 전연 귀찮아 하지도 않았고, 그렇다고 해서 아첨하는 미소를 띠는 것도 아니고, 극히 태연하게 경봉과 그의 처첩을 받아들였다.

경봉이 기거하는 방은, 술 그릇과 여자로 발 디딜 틈도 없는 상태로, 노포별이 처첩과 함께 그 방을 찾아오면, 자기 여자들의 알몸에 싫증이 난 경봉은,

"여어, 거기 여자 ── ."

하고 불러서, 노포별의 처첩까지 안고 환성을 지르며, 즐거운 기염을 토해냈다.

아버지 경봉이 소규모의 주지육림으로 세월을 보내고 있는 동안에 아들 경사는,

"최씨의 잔당이 있을 것이다. 그들을 체포하거나 행방을 알려 주면, 앞서의 최씨의 난에 의해 나라 밖으로 망명한 사람을 귀국시켜 주겠다."

이렇게 널리 알리고, 경씨를 위협할 것 같은 세력의 절멸을 꾀했다.

그 덕분에 장공의 측근 한 사람이 제나라로 돌아왔다.

노포규였다.

당연히 그의 귀국을 뒤에서 도운 사람은 노포별이리라.

"이 사람이 노포규인가."

경사는 한 눈에 마음에 들었다. 장공 측근은 용사뿐이었다고 들었는데, 과연 노포규는 걸인이었다. 배짱이 좋다는 것이 눈동자에 나타나 있었다. 그리고 그 눈동자를 안에서 비추는 듯한 눈빛의 초롱초롱함은 어떠한가.

──내 신하 중에는 이만한 사람이 없다.

라는 생각이 들자 기뻐하면서,

"내 가까이에서 모시겠느냐?"

라고 말했다.

"말씀대로."

노포규가 선선히 대답한 것은, 노포씨 집안 사람들의 지혜였는지도 모른다. 노포별은 경봉과 같이 놀아나며 밀착되어 있었고, 노포규는 경사와 가까이 있으면, 제나라의 최고 권력자를 언제나 바라볼 수 있었으므로, 이 나라의 기밀에 속한 것까지 엿볼 수 있었으니, 일족의 장래 설계를 무난히 관망할 수 있는 것이다.

노포규는 진나라에 망명해 있었다.

이 망명 생활은 노포규와 같은 직정의 사나이에게 다소의 사려깊은 생각을 하게 했다.

──섬기는 사람을 잘못 만나면, 이처럼 쓰라린 생활을 보내지 않으면 안되는 것인가.

이것이 그 사려의 전부였다고 해도 좋았다. 장공을 뵙게 된 일로부터 나온 감정 밖으로, 한걸음 내디딘 곳에 그 사려는 있었다.

그리고 그 사려는 경사를 관찰했다.

──장공을 닮았다.

용모를 말하는 것이 아니었다. 사람에 대한 기호라고나 할까. 무엇보다도 노포규를 한번 보고 크게 마음에 들어하는 그 자체가, 장공을 닮지 않았는가. 경사의 마음에 들게 된 노포규였지만, 자신을 환대하는 정에 의해 뜨거워지는 일 없이,

불길한 예감으로 자신을 차갑게 식혀버리는 그 모습에, 혼란한 세상을 걸어온 사람의 독함이 있었다.

노포규는 경사를 가까이 모셨다.

―― 허어.

경사는 감탄했다. 노포규가 근신으로 들어온 것만으로, 주위의 분위기는 엄하게 되었다. 그 점은 경사의 위엄 증대로 이어진다. 경사를 우러르는 사람의 눈에 송구해 하는 빛이 보이게 되었다.

―― 집정이란 이렇지 않으면 안된다.

경사는 만족했다.

물론 제나라의 집정은 그의 아버지 경봉이다. 실제로 나라 관리들은 참된 정부가 어디에 있는지 헛갈리고, 노포별의 집에 있는 경봉으로부터 청허를 얻으려는 사람이 적지 않았다.

관청에서 나오는 명령은 이원화되어 있었다.

그러나 경사는 그 부자연스러운 상황을 시정하려고 하지 않았다.

술 그릇 사이를 메우고 있는 여자들의 몸을 헤치고, 아버지의 의향을 물으러 가는 것은 번거롭다. 경사의 눈앞에는 정무가 산더미처럼 쌓여 있었다. 아버지와 어울리고 있을 수는 없다.

―― 얼마 안 있으면 내가 집정이다.

경사는 그런 생각으로 있었다. 그 때문에 뛰어난 신하가 필요했다. 노포규는 의지가 된다.

"그대에게 내 딸을 주겠소."

경사의 이 말은, 노포규에 대한 보통이 아닌 신뢰의 표시였다.

―― 귀찮은 일이다.

노포규는 은근히 이렇게 생각했다. 경사의 딸을 아내로 삼으면, 자기는 경씨 집안으로 들어가게 된다. 경사의 신하이기는 하지만, 경씨와 거리를 두고 싶은 노포규로서는 그 결혼을 거절하고 싶었다. 그러나 여기서 거절하면 자기는 제나라에서의 거처를 잃게 될 것이다.

"기꺼이――."

라고 말할 수밖에 없었다.

노포규는 경사의 딸을 아내로 맞았다.

―― 틀림없이 교만한 여자일 것이다.

노포규는 이렇게 생각하고 있었으나 그렇지가 않았다. 밝은 눈동자와 피부를 쾌활한 성격이 뒷받침하고 있고, 잠자리에서의 일은 젊은 싱싱함으로 넘치고, 하루의 행동거지를 보면, 명쾌성 가운데 순수한 물기를 유지하고 있었다. 그 물기라는 것은 조심성이라고 해도 좋으리라.

―― 귀여운 아내다.

노포규는 조심스럽게 감싸고 있던 자기의 감정을 나타내고, 그 감정으로 아내를 적셨다. 눈 아래에서 맑고 아름다운 눈동자가 기쁨으로 반짝이고 있었다.

노포규는 자기 아내의 성격과 인정의 상태를 알아보았으나, 경사에게는 슬쩍 떠보는 듯이 호소의 말을 했다.

"한 가지 부탁이 있습니다."

"뭔가?"

경사의 표정에는 조금도 귀찮아하는 빛이 떠오르지 않았

다. 노포규는 안심하고 거침없이 말을 이었다.

"왕하 문제입니다."

최저의 난 때, 장공의 근신이던 왕하는 노포규와는 반대 방향인 남쪽으로 도망가서 거나라로 들어갔다. 노포규는 왕하와 죽이 맞았으므로,

—— 어떻게든 불러들이고 싶다.

라고 생각하기 시작했던 것이다. 그러기 위해서는 경사의 힘을 빌리는 수밖에 없었다.

"어떤 사람인가."

경사는 달리 묻지 않았다. 왕하가 장공 가까이 있었다는 것은 알고 있었고, 노포규의 친구라면 그 풍모는 저절로 짐작이 되었다.

"나를 위해 일하겠다면 귀국을 허용한다."

"과분하신 말씀입니다."

노포규는 소수이기는 하지만 신하를 가질 수 있는 신분이었다. 곧 자세한 사정을 일러 주어 사자를 거나라로 보냈다. 왕하는 그의 신하와 동반하여 임치로 들어오자, 바로 경사를 찾아보지 않고, 몰래 노포규를 만났다.

"당신은 얼간이가 되었소?"

제나라에 귀환한 인사도 하지 않고, 왕하는 노포규를 면박했다. 왕하는 이런 사람이었다. 장공을 살해한 것은 틀림없이 최저였다. 그러나 경봉은 최저를 돕지 않았다고는 하지만, 장공을 돕지도 않았던 것이 아닌가. 경봉은 장공이 죽는 것을 보고만 있었던 것이다. 그렇다면 장공의 원수는 최저뿐만 아니라 경봉도 그러하다. 그의 아들 경사도 원수의 분신이고,

그런 원수의 집에서 일을 하고 있는 노포규의 천박함을 왕하
는 힐책한 것이다.

노포규는 결코 성질이 느긋한 사람이 아니었다. 그러나 이
경우, 왕하가 무엇이라고 말할지 알고 있었다는 듯한 시원함
을 눈매에 띠고, 말하는 태도에 여유를 보였다.

"그렇기는 하지만, 왕하……."

"뭐라구?"

왕하의 말투는 여전히 날카로웠지만, 날카로움을 미묘한
호흡으로 바꾸었다는 느낌이었다. 장공을 섬기고 있었을 때
의 두 사람은 밀어붙이기 일변도의 성격이었다. 물러서는 일
이 없었다. 그런데 왕하의 밀어붙이기에 대해서 보인 노포규
의 유연한 마음의 폭 넓이는,

── 이 녀석, 변했구다.

하고 왕하를 은근히 놀라게 하기에 충분했다.

"경씨는 원수이다. 원수 가까이 있으면 원수를 갚기가 쉬
워. 그뿐이야."

노포규는 어조에 힘을 주어 말했다.

왕하는 어깨를 한번 으쓱거렸다.

그 어깨가 서서히 내려왔다.

"그렇다면 나도 경사를 섬기겠다."

왕하는 남은 울분을 삭이는 듯이 말했다.

다음날, 경사를 면회한 왕하는 그대로 경사 가까이에서 일
하게 되었다. 노포규와 왕하는 경사를 호위하기 위해 침과(寢
戈)를 잡고 앞 뒤에 있었다. 즉 경사가 잠을 잘 때에는 두 사
람은 창[戈]을 들고 대기하고, 평소에는 경사의 앞뒤를 걸으

면서 경호하는 것이었다. 물론 두 사람이 마음만 먹으면, 단번에 경사를 죽일 수도 있었다.

—— 하지만 그렇게 하면 또 망명을 하지 않을 수 없다.

두 사람이 일을 일으키려면 대의의 뒷받침이 필요하고, 비록 경사를 죽인 것에 대해 세상이 장공의 원수 갚음이라고 보아 주더라도, 그들의 장래에는 아무런 보증도 받을 수 없다. 또 경사를 없앤다고 하더라도 경봉이 살아 있다면, 두 사람은 죄인으로서 축출될 뿐이다.

"노포별이 경봉을 죽일 수 있지 않을까."

왕하가 속삭였으나, 노포규는 그 권유를 받아들이지 않았다.

"별은 장공을 섬기고 있었던 것이 아니라, 그의 주군은 어디까지나 경봉이었소. 이 계획을 같이 수행할 상대가 될 수는 없소."

노포규는 왕하를 달래면서 좋은 기회가 오기를 기다렸다.

그 좋은 기회는 얼마 안 가서 왔다.

"이런 일이 —— ."

라고 여겨지는 사소한 일이, 큰 일로 이어지는 경우가 흔히 있다. 이 경우도 그러했다.

—— 공선(公膳)은 하루에 쌍계(雙鷄)이다.

공실에서의 식사는 하루에 두 마리의 닭이라는 것이 규정이었다. 그러나 어느 날, 요리사가 슬그머니 집오리로 바꿔 버렸다. 그 이유는 알 수 없었다. 공실의 부엌이 가난하여 매일 닭을 쓸 수만은 없었던 것인지, 요리사 자신이 닭을 먹고 싶어서 집오리 고기라면 들키지 않을 것이라고 생각했는지,

그 어느 쪽이리라.

주방에서 나온 상이 경공에게까지 운반되었다.

그 도중에 시종이 요리 내용이 다른 것을 알아차렸다.

"이것을 주군에게 권할 수는 없다."

그는 사람 눈에 띄지 않는 곳에서 집오리 고기를 버리고 국물만 남은 그릇을 경공에게 바친 것이다. 고기 국물을 계(洎)라고 한다. 경공은 상으로 눈길을 보내고 역시 한심스러웠던지, 나중에 자아(子雅)와 자미(子尾)라는 두 대부를 만났을 때 투덜거렸다.

"오늘의 밥상은 계(洎)였소."

자아는 공자(公子) 견(堅)의 아들로, 혜공(惠公)의 손자이다. 자미는 공자 기(旗)의 아들로, 역시 혜공의 손자가 된다. 이 두 집안은 공실에서 갈리고 세월이 얼마 안되었으므로, 그 집안의 주인인 두 사람은 공실에 적지 않은 동정을 가지고 있었다.

"계라니 괘씸하군."

자아가 으르대면서 말했다.

"경봉의 태만이오, 이 점은 경봉을 꾸짖지 않으면 안되오."

자미는 장소를 가리지 않고, 경봉이 공실을 경시하고 있다는 것을 비난했다.

두 사람의 격앙은 그대로 경봉의 귀에 들어갔다.

"그 두 사람이 내게 욕설을 퍼붓고 있는 것 같다."

무릎 곁에 얇은 옷을 입은 여자를 뉘어 놓고, 이따금 얇은 옷을 더듬으면서, 노포별과 술을 마시고 있던 경봉이 갑자기

술이 깬 듯 한마디 했다.

노포별의 어두운 눈에, 여자의 요염한 지체만이 비치고 있었다.

"그 두 사람을 비유하면 금수(禽獸)입니다. 곧 내가 가죽을 벗겨 침구 깔개로 만들겠습니다."

취중의 말이라 할 만한 것이었다.

── 믿을 수가 없어.

경봉은 취기가 가셨다.

자아와 자미가 분명히 자기에게 적대하는 것이라면, 자신의 힘으로 그 두 사람을 짓누르지 않으면 안된다.

그러기 위해서는 어떻게 할까.

경봉으로서는 자기 혼자서 생각하는 것은 이것이 처음이었다. 좋은 지혜가 떠오르지 않았다.

자아와 자미에게서 죄를 발견했으므로 그것을 규탄한다고 공표하고, 병사를 보내는 것이 무난하리라. 그러나 자아와 자미한테 이렇다 할 죄악이 보이지 않았다. 자기의 욕을 했다는 정도로 병사를 일으키면, 세상 사람들의 웃음거리가 되고 말 것이다. 그러나 조만간 그 두 사람을 축출할 것을 마음으로 정한 경봉은, 석귀보(析歸父)를 불러 명령했다.

"안자에게 심부름을 가라."

경봉이 나름대로 생각한 것은, 제나라 세론을 움직일 수 있는 인물은 두 사람이 있다. 한 사람은 안영이고, 다른 한 사람은 북곽자차(北郭子車)이다. 북곽자차는 안영만큼 유명하지는 않지만, 제나라 안에서는 인망 있는 대부였다. 이 두 사람에게,

"자아와 자미는 집정에 방해가 되므로 마침내 토벌한다."
라는 뜻을 전하기로 했다.
    —— 할 수만 있다면, 이 계획에 찬동해 주기 바라오.
석귀보에게 이 말까지 하도록 했다.

3

석귀보라는 대부는, 수지 맞지 않는 임무를 강요받는 경우
가 많은 듯하다.
전년의 장공의 계략에서도 그러했다.
진나라가 공주를 오나라에 시집보낸다는 것을 들은 장공
은, 딸려 보내는 여자를 제나라에서 내놓겠다고 하고, 진나라
사개에 원한을 품은 난영과 그의 신하를 일행의 마차에 숨겼
다. 석귀보는 그 때 호송의 우두머리였다.
난영 일행이 곡옥 읍에서 내렸으므로 석귀보는 급히 수도
로 들어가 가까스로 임무를 수행했으나, 적지 않게 식은땀을
흘렸던 것이다.
이번의 임무도 마음에 내키지 않는 것이 이만저만이 아니
었다.
    —— 무엇 때문에 내가 …….
석귀보가 이렇게 탄식했으리라는 생각이 들지만, 어쩌면
약간 달랐을지도 모른다.
석씨는 어쩌면 제나라에서 외교를 담당하는 집안이었던
것 같다. 장공이 석귀보를 쓴 것은 그런 이유이고, 최저가 재

상이었을 때 외교 담당 대신은 경봉이었으므로, 당연히 석귀
보는 경봉에게 소속되어 있었다. 교섭에 석귀보가 쓰이는 것
은 경봉의 사적인 의향에 따른 것이 아니라, 공적인 임무였으
리라.

석귀보는 조정의 사자로서 안영을 만났다. 그러나 그 사자
를 보낸 것은 군주인 경공이 아니었다. 거기에 그의 처지의
미묘함이 있었다.

물론 그 점을 안영은 충분히 알고 있었다.

"취지는 잘 알았소. 그러나 우리 신하는 별로 도움이 되지
않고, 나 역시 일을 꾀하기에 족한 지혜를 가지고 있지 않소
이다."

안영은 부드럽게 경봉의 계획에 가담하지 않겠다는 것을
알렸다.

그것만으로는 석귀보가 경봉에 복명할 수 없다고 마음을
쓴 안영은,

"이 일은 절대로 입 밖에 내지 않겠소. 맹세할까요."
하고 말했다.

맹세라고 하는 것은 산 제물이 동물을 주이고, 그것에 의
해 신을 불러서 그 신의 입회 하에서 맹세의 글을 쓰고, 쓴
것을 동물의 피에 적신다는 것이다.

석귀보는 안영이 어떤 인물인지 너무나도 잘 알고 있었다.

—— 이 사람은 입 밖에 내지 않겠다고 한 이상, 입이 찢기
더라도 사전 통보를 누설하는 일은 없을 것이다.

안영을 믿었다. 그 때문에,

"당신이 그렇게 말한다면, 맹세를 할 것은 없소."

이렇게 말하고, 안영의 집을 나온 석귀보는 북곽자차의 집으로 갔다. 석귀보를 맞은 북곽자차는 경봉에게 기여하지 못한다는 말을 했다.

"사람에게는 저마다 봉사 방법이 있습니다. 저로서는 그런 봉사는 할 수 없습니다."

석귀보의 복명을 받은 경봉은, 기분 나쁜 듯이 말했다.

"음, 그런가."

안영과 북곽자차의 대답을 비교해 보면, 안영이 중립을 표명하고 있는 것에 대해, 북과자차는 경봉에 편들지 않지만, 자아나 자미에게는 동조하는 일이 있을 수 있다는 것을 암시하고 있다. 최저의 난 때, 그 단상에서 분명히 안영은 공실에 편들지만 최저에게는 편들지 않겠다고 맹세했다. 그러나 북곽자차는 어떠했는가. 그것을 생각해 낸 경봉은,

"사람에게는 천성적으로 타고난 격이라는 것이 있는 듯하군."

하고 석귀보에게 말했다.

"말씀대로라고 생각합니다."

이 때만은 석귀보의 입이 명확하게 열렸다.

석귀보가 안영과 북곽자차를 만났다는 것을 재빨리 알고, 내란의 냄새를 맡은 것이 진씨였다.

이 집안은 정치 후각이 유별나게 예민했던 것이리라.

"곧 화가 일어날 것이다."

진수무는 이런 투로 말했다. 화라는 것은 나라의 재액이라는 것이리라. 그 재액이 진씨에게 무엇을 가져다 줄까, 하고 그는 적자인 진무우에게 물어 보았다.

이 때 진무우는,

—— 경씨의 나무, 백차(百車)를 장(莊)에서 얻으리라.

라고 대답했다. 마치 은어와 같았다.

경씨의 나무라는 것은 경씨가 소유하고 있는 재목이라는 것이겠지만, 그 재목을 수레에 실으면 1백 대가 필요하고, 또한 그 재목을 장이라는 곳에서 손에 넣을 수가 있을 것이다, 라고 진무우가 말한 것이 된다.

장(莊)은 지명이라고 하기보다도 큰길을 말했다. 임치의 큰길은 수레를 6대 연결시켜서 지나갈 수 있는 너비를 가지고 있었으므로, 6궤(軌)의 길이라고도 한다. 수레의 옆 너비는 6자 6치로 정해져 있고, 1치는 춘추시대에는 2.25센티미터였으므로, 곱하기를 해보면 수레 1대의 옆 너비는 148.5센티미터가 된다. 그것이 6대 나란히 지나갈 수 있는 넓이라는 것은 891센티미터이므로, 약 9미터의 너비를 가진 도로를 생각할 수 있으나, 그것은 차체만의 너비를 연결시킨 것이며, 말을 각 수레에 4마리씩 달면, 2배의 너비는 필요할 것이다. 실제로 임치는 발굴 조사가 진행되고 있고, 17미터 내지 20미터 너비의 도로가 확인되어 있다.

그것이 장이다.

거기에 경씨의 재목이 있다는 말은, 경씨가 반란을 일으키고 큰길에 진을 친다, 그 때에 필요한 재목이라는 말이 아닐까.

후세 사람들에게는 알기 어려운 그 어귀도, 아버지 진수무에게는 쉽게 마음에 가 닿았던 것으로 보인다.

"소중하게 그것을 보관하기로 하자."

이렇게 말했다.

그러나 진수무가 한 말 즉,

—— 신중하게 지켜야 할 따름.

이라고 하는 말은, 우리들은 그런 재목을 얻으려고 생각하지 말고, 자기 집안을 신중하게 지키고 있으면 된다고 말한 것으로 받아들여진다. 어쨌거나 속셈을 좀처럼 보이지 않는 진수무답지만, 흥미는 전자에 있다.

하여간 이런 대화를 나누는 아버지와 아들이었다.

진씨는 은밀히 움직이기 시작했다.

은밀히 움직였다고 한다면, 경사의 근신인 노포규와 왕하도 그러했다.

"경씨는 자아와 자미를 칠 모양이오."

노포규가 말하자, 왕하는 날카롭게 눈을 들었다.

"그 두 사람은 주군을 위해 경봉을 힐책한 것이겠지요. 하지만 이대로라면, 이 싸움은 사적인 싸움으로 끝나오."

"그뿐만 아니라 경봉이 이기면, 주살이라는 것이 벌어질 것이오."

"잠깐만, 자아나 자미가 이기면 어떻게 되오?"

"공실을 위해 행한 토벌이라는 것으로 될 걸세."

이렇게 말하면서 노포규는 자신의 말에 놀랐다. 선군 장공의 원수로서 경봉과 경사 두 사람이 토벌하려고 하면 무리가 따르지만, 자아와 자미에 통해서 일을 일으키면, 뭇사람들의 눈에는 빛나는 원수 갚음이 된다.

—— 자아와 자미가 경씨를 이길 수 있을까.

생각할 것도 없었다. 열의 아홉은 이길 것 같지 않았다.

── 나머지 하나는 계략에 의해 이기는 수밖에 없다.

이기기 위한 계략을 세울 수 있는 두뇌가 자아나 자미에게
있을까. 그 점이 노포규에게는 크나큰 불안이었다.

노포규가 입을 다물고 있으므로, 왕하는 초조한 듯이 의견
을 재촉했다.

"어떻게 하지."

"그렇게 재촉하지 마오. 우리에게 좋은 기회가 온 것처럼
여겨지지만, 우리가 조심성 있게 하지 않으면, 모든 것이 깨
지고 마오."

노포규는 자아와 자미 주변을 발소리를 내지 않는 느낌으
로 탐색하기 시작했다. 이윽고 왕하와 이마를 맞대어 사견을
섞어서 말했다.

"자아와 자미는 아무래도 대신 포국(鮑國)과 밀약을 나눈
것 같소. 포국은 충실한 인물이니까 의지할 수 있소. 그보다
더 좋은 것은, 진씨가 자아와 자미 뒤에 있는 모양이오. 모든
계략은 거기서 나오는 것처럼 여겨지오."

"진씨인가……, 그것이 안씨라면……."

왕하는 솔직히 말했다. 전에 노포규나 왕하는 장공 가까이
있으면서 안영을 깔보던 사람들이다. 그러나 장공이 죽은 뒤,
다른 나라로 망명한 두 사람은 안영이 최저와 경봉을 꺼리지
않고 단 혼자서 공실에 대한 충성을 관철했다는 사실을 알고,

── 아아!

하고 이국의 하늘을 우러러보았던 기억이 있었다.

자아와 자미 뒤에 있는 것이 안영이라면, 이것저것 따질
것없이 경씨 반대 세력에 뛰어들 수 있는데, 하고 왕하는 말

했던 것이다.

"분명히 그렇지만, 안씨에게는 안씨의 충성 표시 방법이 있었소. 우리도 우리 나름대로 하는 수밖에 없소."

노포규는 전연 경사가 알아차릴 수 없는 은밀함으로 자미에게 정의를 통했다.

이윽고 이 두 사람은 얄궂은 짓을 했다.

점을 친 것이다.

거북의 등을 사용하여 점쳐 보았던 것이다.

"경씨를 공격하면 길인가 흉인가?"

게다가 노포규는 등에 트인 금(兆:조짐이라고 한다)을 경사에게 보이며 말했다.

"어떤 사람이 원수를 공격하겠다고 하여 점을 쳤는데, 우리들은 잘 몰라서 이렇게 조(兆)를 가지고 왔습니다."

조를 내놓았다. 그 조를 본 경사는 해석해 주었다.

"이길 것이다. 그러나 피를 본다."

설마 그 원수가 자신이리라고는 경사는 꿈도 꾸지 못했을 것이다. 노포규는 마음 속으로 싱긋 웃었을 것이 틀림없다.

자아, 자미, 포국, 진수무, 진무우, 노포규, 왕하 등이 경봉 등을 토벌하기 위한 모의를 은밀하게 하고, 결행 절차를 확인한 것은 가을 끝 무렵이었다.

10월에 경봉은 임치에서 나와 래(萊)에서 사냥을 했다.

이 사냥은 거사의 결행을 정한 사람들에게 있어서 예상 밖의 일이었다. 경봉이 사냥에 끌어들인 대부 가운데 진무우가 있었기 때문이었다. 물론 경봉은 자기를 치려는 사람들의 계획은 모르는 채, 그 계획 중추에 있는 진무우를 그들로부터 떼어놓고, 그와 동시에 자기들 편에 둔다는 절묘한 수단을 쓴 셈이 되었다.

경봉과 진무우가 임치에서 나와 동쪽으로 간 뒤, 자아와 자미의 곤혹스러워하는 얼굴을 본 진수무는 머리를 감싸쥐고 싶었으나, 역시 노회(老獪)하게 살아오기만 했던 터여서, 조금도 당황하는 빛을 보이지 않고, 조용히 말했다.

"예정대로 ——."

틀림없이 경봉과 경사를 단번에 쓰러뜨린다는 당초의 예정에 뒤틀림이 생기기는 했다. 그러나 거사의 절차가 그것 때문에 변할 수는 없다. 다음은 어떻게 하여 진무우를 경봉으로부터 떼어놓는가 하는 것만을 생각하면 된다.

진수무는 집 안을 둘러보았다.

아내가 아파서 누워 있었다.

—— 이 길밖에 없다.

진수무는 신하를 불러서 명령했다.

"래에 계신 진무우에게 가라."

그 신하는 래로 급행하고, 진무우에게 알렸다.

"어머님이 위독하십니다."

또한 경봉을 면회하여 진무우의 귀가를 청했다.

경봉은 막 래에 도착한 길이었다. 지금부터 사냥을 시작하려고 하는 쾌락의 초입에 불쾌한 말을 듣게 되었다는 낯빛으로, 사관을 불러 말했다.

"점을 쳐봐라."

진무우의 어머니 병이 어떠한가 점을 쳐 보라는 것이다. 이것은 임치에서 급보를 가지고 온 진수무의 신하가 하는 말을 의심했다기보다는, 비록 지금은 병이 위독해도 앞으로 회복된다는 점의 결과가 나오면 진무우에게 그 사실을 가르쳐 주고,

"돌아갈 것까지는 없다."
라고 말할 생각이었으리라.

그러나 점의 조짐은 흉(凶)을 나타내고 있었다.

"죽는 것인가 ……."

경봉은 중얼거리며 곧 진무우를 불러 거북등의 조짐을 보이고, 측은하다는 듯이 말했다.

"죽는다고 나왔네."

깜짝 놀라서 그 등을 받아 든 진무우는 조짐을 뚫어지게 바라보다가, 이윽고 슬픔을 견디지 못하는 듯이 손을 떨고, 온몸에서 복받쳐오르는 통곡을 하늘에 쏟아 놓고 싶은 표정으로 거북등을 든 양손을 머리 위로 올리고, 이를 악물고 울기 시작했다.

반쯤 얼굴을 돌린 채 그것을 보던 경봉은 말했다.

"서둘러서 가게."

재촉하듯이 손을 흔들었다.

작별의 손이라고 해도 좋다.

진무우는 그 손에 거북등을 건네주고, 한번 절을 한 뒤 달려갔다.

진무우가 급히 귀로에 올랐다는 사실을 알고 거기서 불길한 낌새를 맡은 사람이 있었다.

경씨의 한 집안 사람으로 경사(慶嗣)였다.

그는 경씨를 포위하는 세력이 눈에 보이지 않는 곳에서 결

속을 강화하고, 이윽고 어금니와 발톱을 드러낼 때가 다가왔다는 것을 어렴풋이 느끼고 있었으므로, 진무우가 사냥의 진영에서 사라진 사실에 가슴이 설레임을 느꼈다.

직감이 두 가지 사실을 그에게 말해 주었다.

하나는 경씨의 반대 세력에 진씨가 가담했다는 사실이다.

다른 하나는 진무우가 지금 임치로 돌아가면 10월 말이 된다. 11월초에 무엇인가가 있을 것이 틀림없었다. 그 무엇인가 하는 것은,

—— 어쩌면 상제(嘗祭)와 관계가 있는 것은 아닐까.

라고 깨닫게 해준 것이다.

상제는 신이 맛보는〔嘗〕 제사〔祭〕라고 바꾸어 말할 수 있다. 신들을 불러서 접대하고, 신들이 맛본 식사를 군주가 먹는다는 제사이다.

그 제례 자리는 태공의 사당이고, 물론 제주는 경공이지만, 경봉과 경사는 군주를 보좌하는 사람으로서 출석이 예정되어 있었다.

그러나 경봉은 딱딱한 자리를 크게 싫어했으므로,

"상제엔 네가 나가는 것이 좋겠다."

하고 경사에게 말해 두고 래로 온 것이다. 상제가 있어서 사냥으로 도망왔다고 할 수도 있었다.

—— 경씨에게 재난이 있다고 하면 상제 때이다.

그 예감이 확신으로 변한 경사는, 경봉을 다시 찾아 면회하고 권고했다.

"지금 돌아가면 늦지 않습니다."

태평스러운 태도를 취하고 있는 경봉에게, 긴박감을 불어

넣어 주려는 듯 한결같은 마음으로 말했다. 진무우를 뒤쫓아 사람을 보내야 한다고도 진언했으리라. 여기서의 경사는 지금 경씨 일문이 화복(禍福)의 고비에 서 있는 것을 똑똑히 느끼고 있는 단 한 사람이었다. 그런만큼 말에 감연히 경연(硬軟)을 섞은 필사적인 태도가 있었다. 경봉으로 하여금,

"그럼 돌아간다."

하고 한마디만 하게 하면, 경씨의 재난은 가볍게 된다. 그러나 경봉은 그의 충고를 제대로 듣지 않고 말했다.

"태공의 사당 앞을 피로 더럽히는 불경스런 짓을 할 리가 없다."

"진무우의 어머니 질병은 거짓말이 아니야."

이렇게 말하며, 공실과의 관계를 개선하면 경씨의 남은 목숨은 부지할 수 있다고 말한 경사를 코웃음쳤다.

── 그런 어리석은 주군에게 새삼스레 저자세로 고개를 숙일 수 있겠는가.

경봉은 생각했다. 제나라에서는 경봉이 절대적인 권력을 가지고 있으므로, 비록 군주일지라도 경봉을 두려워하고 꺼리지 않으면 안된다. 경봉의 의향에 거슬리는 짓을 한다면, 당장에 군주의 자리에서 끌어내려진다. 그 때문에 경공은 경봉에 대해서 계속 위축되어 왔다. 경공은 계속 자기를 죽여 왔다고 해도 된다. 그 심신이 모두 꼼짝 못하는 꼴을 경봉의 눈이 보고, 어리석다고 말한 것은 아니었다.

── 대체로 주군은 심성이 무기력하다.

경봉은 그렇게 보고 있었다. 경공의 형 장공이 즉위했을 때, 자기를 위협할 듯한 공자를 죽이거나 추방했는데, 경공만

은 그 대상이 되지 않은 것에서도, 얼마나 경공의 자질이 뒤떨어지는가 하는 것을 알 수 있었다.

—— 지금의 주군에게 청정을 하게 하면, 제나라는 1년도 유지되지 못하고 궤멸할 것이다.

경봉에게는 자신이 있기에 제나라가 대국의 체면을 유지할 수 있다는 자부심이 있었다. 공실에 봉사하는 형식을 취하는 것이 좋다는 경사의 간언은, 경봉에게는 논할 가치가 없는 말이었다.

아무리 말해도 경봉을 움직이게 할 수 없다는 것을 알게 된 경사는, 어깨가 축 늘어져서 물러난 뒤, 좌우 사람들에게 말했다.

"경씨는 멸망할 것이다. 망명해서 남방의 오나라나 월(越)나라에서 살 수 있다면 다행이다."

물론 경봉의 진영에서 진무우의 뒤를 쫓는 병사는 나오지 않았다.

그러나 진무우는 조심스럽게 강을 건널 때마다 배를 부수고, 다리를 무너뜨렸던 것이다.

4

상제 전에 진무우가 래에서 돌아온 것을 알게 된 노포규는,

—— 이것으로 계획의 반은 성공했다.

고 느꼈다. 나머지 반은 경봉이 임치에 있지 않다는 것과, 경

사가 과연 상제 자리에 나오느냐 하는 것이다.

당일이 되어,

"상제에 나가지 않겠다."

라고 경사가 말하면, 계획을 처음부터 다시 짜지 않으면 안된다. 상제에 나가지 않는 이유가 경씨 타도의 기도를 알아차린 것이라면, 당연히 노포규나 왕하의 배신을 알게 된 것이므로, 노포규로서는 보신을 위해서, 한시도 경사에게서 눈을 뗄 수가 없었다. 경사의 눈에 의혹의 빛이 떠오르면, 경씨의 집을 뛰쳐 나가지 않으면 안된다.

그러한 노포규의 긴장 고조에 의혹의 눈길을 보낸 사람이 있었다.

경사는 아니고 경사의 딸 노포강(盧蒲姜)이었다. 말할 나위도 없이 노포규의 아내이다.

이 귀여운 여자는 남편을 사랑하고 있었기 때문에, 남편의 태도에 미심쩍은 눈길을 보냈다. 노포강의 묻는 듯한 눈길을 받으면, 남편은 반드시 얼굴을 돌렸다. 그렇지 않으면 흥미가 없는 화제로 도망쳤다.

—— 더욱 더 이상하구나.

이렇게 느낀 노포강은, 남편의 도망길을 막을 듯이 정면으로 단정하게 앉아, 일편단심으로 말했다.

"무엇인가 숨기고 계시는군요. 부디 말씀해 주세요."

노포규는 아내의 날카로운 육감에 놀랐으나, 큰 일을 앞두고 있는 만큼, 그 비밀 계획을 집안 사람에게조차 누설할 수 없다고 생각하고, 자리에서 일어서려고 했다.

"당신과는 아무 관계도 없는 일이오."

그 무릎을 노포강이 잡았다. 성인 남자일지라도 한 팔로 비틀어 버릴 수 있는 노포규가, 이 아내의 힘에는 거스를 수 없었다. 잠자코 아내의 눈을 보았다.

"중요한 계획이 있군요. 말씀해 주시지 않으면 성공하지 못한다고 생각합니다."

과연 명문 출신의 여자였다. 기풍에서 노포규를 능가한다고 할 수 있었다.

—— 아내는 나와 일심동체라고 생각하고 있다.

그것을 통감한 노포규는, 아내를 속이고 거사를 성공시킨 뒤에 올 허무함을 깨달았다. 자신의 내면에서 어둡게 웅크리고 있는 것을 움켜잡아 내던져 버리는 심정으로, 갑자기 아내의 어깨 위에 손을 얹어 끌어안으며, 귓가에 대고 나직히 속삭였다.

"당신 아버지를 죽여."

아내는 몸을 비틀려고 했다. 그러나 노포규는 꼭 껴안고, 그것을 허용하지 않았다. 그대로의 자세로 상제에서 일어날 수 있는 일을 아내의 귀에 계속 속삭였다. 그리고,

"아버지에게 말하겠소?"

하고 찌르는 듯이 날카롭게 외쳤다.

아내가 경사에게 몰래 말하려고 한다면, 아내를 죽이지 않으면 안된다.

—— 그런 다음 나도 죽는다.

이렇게 저절로 생각이 드는 것은 아내에 대한 애정의 짙음과 깊이였다.

아내의 몸은 꿈쩍도 하지 않았다.

거칠었던 숨결도 곧 가라앉은 것 같았다.

"그 계획은 성공할 수 없어요."

이번에는 노포강이 남편의 귀에 속삭였다.

"뭐라고 ──."

노포규는 팔을 움츠려서 아내의 양어깨를 잡고, 똑바로 아내의 얼굴을 보았다.

"당신은 아버지에게 상제에 나가라고 권하겠죠."

"당연하지."

"아버지의 성격을 아직 모르시는군요. 아버지의 마음은 비꼬여 있어서, 말리지 않으면 오히려 나가지 않아요. 제가 말려 보겠어요."

"아아 ──."

노포규의 마음은 복잡한 빛깔로 물들어 갔다.

아내는 남편의 죽음보다 아버지의 죽음을 선택했다. 그 선택 뒤에 애통함이 있었음은 틀림없으리라. 중화의 통상적인 가정에서, 여자라는 것은 남편과 아버지를 비교할 경우, 아버지를 소중하게 여기고, 남편의 뜻에는 전심전력으로 따르지 않을 수도 있다. 그러나 노포강이 깨끗하게 아버지를 버린 이 점에는, 아버지의 애정으로부터 동떨어진 곳에서 자라났다는, 남편에게도 말하지 못하는 슬픔이 있었으리라.

노포강은 이 때에 냉혹한 아버지에게 복수를 하고 싶었는지도 모른다.

상제가 있는 것은 11월 을해(乙亥:8일)였다.

그 날, 노포강은 자아나 자미의 계획을 간추려서 경사에게 들려 주었다. 남편이나 왕하의 일은 언급하지 않았다.

정말 노포강이 생각하고 있는 대로였다.

"그 놈들이 뭘 할 수가 있겠어."

경사는 대담하게 말하고, 태공의 사당으로 갔던 것이다.

"가시지 않는 것이 좋을 것이라고 생각합니다."

노포강이 이렇게 말하기 전에는, 제사 자리에 나가는데 망설이고 있던 경사였다. 아마도 그의 머리 속에는 상제를 이용하여 자아나 자미가 무엇인가를 꾸미기 시작하는 것이 아닌가 하는 예상이 있었을 것이 틀림없었다. 그러나 노포강에게서 그런 말을 듣자, 반발이 생겼다.

── 시시하다.

얼마 안 있으면 제나라 재상이 되려는 자기가, 부녀자가 품은 것과 같은 두려움 속에서 주저해도 좋은가, 하고 스스로의 나약함을 보이지 않으려는 것과, 본래 노포강과는 성격이 맞지 않았기 때문이리라.

경사는 수많은 병사를 거느리고 공궁에 가서 철저히 경비하라고 명령했다. 공궁을 포위하는 형태로 병사들은 경비에 임했다.

그 병사들을 어떻게 하여 경사로부터 떼어놓는가. 그것이 경씨 토벌 계획의 요체였다.

"우(優)를 행하여, 병사들의 주의를 끌게 한다."

이렇게 말한 것은 진무우였다. 우는 놀이나 연극을 가리키는 말이다.

"그것은 묘안이다."

포국이 동의했으므로, 공궁 바깥의 어리(魚里)라는 곳에서, 진씨와 포씨의 어인(圉人:말의 사육자)들이 희극을 연기하

기로 되었다. 두 사람의 어인은 이 날을 위해 배우가 다 되어
서 연습에 여념이 없었다. 경사가 태공의 사당으로 가고 있다
는 것을 알자, 그들은 요란하게 우의 개최를 선전하여, 대중
의 눈을 끌었다.

태공의 사당에서 상제가 시작된 지 얼마 안되어, 경비하는
병사들에게 축제 기분이 번졌다.

"이봐, 술을 가져와."

여기 저기서 들뜬 소리가 나고, 긴장이 풀리고 그러다가
환성과 기성이 솟았다. 그 소리에 놀라서 말들이 소란스러워
졌다.

달려가려고 하는 말도 있어서,

"말을 매 둬라."

하고 상관이 명령했으나, 쓸 만한 밧줄이 보이지 않았다. 상
관은 하는 수 없이 말했다.

"갑옷을 벗어서, 말에 매어 놓아라."

병사들은 앞을 다투어 갑옷을 벗고 말에 매어 놓은 뒤, 술
을 마시며 기염을 올렸다.

"어리에서 희극이 시작되었다."

이런 소리를 듣자, 그들은 일제히 일어나서 술 냄새를 풍
기고 우스갯소리를 나누면서 어리로 향했다.

"이때다 ──."

숨어서 병사들의 동정을 살피고 있던 자아, 자미, 진수무,
포국은 부하에게 신호를 보냈다. 그들은 벗어놓은 갑옷 쪽으
로 달려가서, 그 갑옷을 입었다.

그와 거의 동시에 자미는 각(桷)을 뽑았다.

각은 서까래를 말하지만, 이 경우에는 망치라고 하는 것이 좋으리라. 그것을 빼내서 사당문의 문짝을 세 번 두드렸다.

그것이 신호였다.

경사 뒤에 대기하고 있던 노포규는 곧 창을 빼서 경사의 등을 찔렀다.

"너 이놈 —."

하면서 앞으로 고꾸라지게 된 경사는, 발을 내디뎌 몸을 버티고 뒤를 돌아다보았다. 그 순간,

"선군의 원수."

하고 외친 왕하가 창을 똑바로 내리쳤다.

경사의 왼팔이 피보라와 함께 날아갔다.

기우뚱 고꾸라진 경사의 몸어 사당 서까래에 지탱되었다. 그러나 경사의 기백은 죽지 않고, 안면은 요기(妖氣)로 넘치고 눈빛은 이상하게 강해졌다.

놀랍게도 그는 남은 오른팔을 써서, 서까래를 흔들어 뽑아 그것을 휘둘렀다. 그리고 산제물이 놓여 있는 제기와 술이 들어 있는 항아리를 내던졌다. 그것에 맞아 죽는 사람이 나왔다.

경공은 두려워 떨며, 그 참상에서 빠져 나가지 못하고 있었다. 악귀와 같은 형상의 경사가 대들자, 경공은 헐떡거리며 기어갔다.

경공의 목을 잡으려는 경사의 오른손에 힘이 빠졌다.

맨 먼저 사당 안으로 뛰어든 포국의 칼을 맞고 경사는 절명했다.

포국의 부축을 받은 경공은 입술을 파르르 떨 뿐, 목소리

가 나오지 않았다.

"주군님을 위해서 한 일입니다."

포국은 경공을 격려하는 듯이 말했다. 허공을 떠돌고 있던 경공의 눈길이 진수무를 보자,

"수무, 수무."

하고 헛소리를 내지르듯이 외치며, 계속 발을 움직였다.

경씨에게 마음을 주고 있는 사람이 이 사당 안에는 있었고, 그들과 노포규, 왕하 등이 싸우고 있었으나, 진수무가 경공의 손을 잡고 사당 밖으로 나갈 무렵에는 경씨 일당은 절멸되었다.

귀로에 오르고 있던 경봉이, 이변을 알리는 급사를 만나 채찍을 휘두르며 급히 마차를 몰아, 임치의 서문을 공격한 것은 11월 정해(丁亥:20일)였다.

서문은 궁성 내궁에 가깝기 때문에, 그 수비가 견고하여 쳐부술 수가 없자, 병사를 북쪽으로 돌려 북문을 공격했다. 이 곳을 돌파한 병사는 도성 안으로 몰려들어가고, 남쪽으로 향해 내궁을 공격하기 시작했다.

그러나 아무래도 문이 부서지지 않았다.

경봉은 하는 수 없이 병사를 이끌고 악(嶽)이라는 번화가에 진을 치고, 내궁을 지키고 있는 장수에게,

"나오너라, 상대해 주겠다."

하고 사람을 보내 호소했으나 응답이 없었다.

시간이 흐르면 흐를수록 경봉은 불리해졌다. 도성 안의 대부들은 속속 주군 편에 서고, 경봉의 병사들은 그들에 의해 포위될 것 같이 되었다.

—— 이제 그만인가.

확보하고 있던 북문에서 도성 밖으로 나온 경봉은, 부하들을 데리고 동쪽으로 달려가서, 그대로 국경을 넘어 노나라로 들어갔다.

그때 사용한 마차를 노나라 대신 계손숙(季孫宿)에게 바친 것은, 노나라 양공(襄公)을 섬기기 위해서였다.

그 마차는 옻칠을 하여 사람의 얼굴이 비칠 정도의 광택이 있었으므로,

"수레에 이 정도의 광택이 있다는 것은, 경씨의 다스림을 받고 있던 백성들이 초췌해 있으리라는 것을 뜻한다. 망명하지 않을 수 없는 것은 당연한 일이다."

하고 핵심을 찌른 대부가 있었다.

노나라 대부들 가운데 경봉을 받아들이는 것에 대해 난색을 보인 사람이 많았다는 것이리라.

노나라는 예의를 존중하는 나라이다. 그 예의에 무관심한 경봉이 오래 살 수 있을 리가 없었다. 그의 무례함에 대신들이 질리게 되었을 무렵,

"어떤 이유에서 노나라는 경봉의 망명을 허용하게 되었는가."

이러한 문책의 사자가 제나라에서 왔다.

갑자기 노나라의 조정이 경씨에 대해서 경화되었다.

"흥, 소심한 군주와 신하들이로군."

침이라도 뱉을 듯한 말투로 노나라에 협기가 없음을 욕한 경봉은 곧 노나라를 떠났다. 목표로 삼은 것은 남쪽이었다. 초나라로 가지 않고 오나라로 간 것은, 전에 초나라와 친분이

있던 장공을 죽인 최저에게 경봉이 편을 들었으므로, 초나라
는 자기를 기꺼이 맞아 주지 않을 것이라고 판단했기 때문이
리라.

"허어, 경봉이 왔는가."

오나라 군주는 구여(句余)였다.

오나라는 중화 문화를 계속 동경하는 한편, 무를 숭상하는
나라였으므로, 문화 국가 제나라의 재상이고, 게다가 호방한
성격의 경봉을 반갑게 맞아 주었다. 구여는 곧 경봉에게 주방
(朱方)이라는 읍을 내려 주었다. 이 읍은 강수(江水) 하류에
있어서, 물산이 풍부하고, 곡물의 결실도 좋았다.

"오나라는 기름지고 아름다운 땅이다."

눈부신 햇빛 아래에서 만족스러운 경봉은, 뿔뿔이 흩어졌
던 한 집안 사람들을 모아 영주할 것을 결의했다. 그 뒤 경봉
의 부유함은 제나라에 있었을 때보다 웃돌게 되었다. 그 소문
이 흘러서 노나라에 들어갔을 때, 한 대부가 말했다.

"하늘은 악인을 부유하게 하는 모양이다. 경봉은 또 풍족
하게 되었다."

그 말을 들은 대신 숙손표(叔孫豹)가 말했다.

"선인이 부유해지는 것은 상이지만, 악인이 부유해지는 것
은 재앙이라고 한다. 하늘은 역시 경봉에게 재앙을 내린 것이
다. 경씨 일족을 모아, 언젠가는 몰살당하게 할 것이다."

과연 경봉이 노나라에 망명했던 해로부터 8년째에, 오나라
의 주방은 초나라 군대에 포위되고, 경봉은 초나라 왕에 의해
살해되었다.

물론 경봉이 제나라에서 떠난 시점에서 경공의 청정은 시

작되었다. 그것은 안영이 재상의 자리에 오르게 될 첫 단계이
기도 했다.

조정의 높은 자리

1

최저나 경봉이 없는 제나라의 조정은 미처 생각지도 못했던 일이었으므로, 경봉이 나라 밖으로 탈출했다는 사실을 안 경공은 한 동안 믿을 수 없다는 듯이 어리둥절하고 있었다.

이윽고 제정신이 든 경공은 근신들의 얼굴을 하나하나 바라보았다. 모두 감격하여 울 듯한 표정을 짓고 있었다.

하기야 이 근신들은 경공의 어린 마음에 남아 있는 감정에 물들기 쉬운 체질을 지닌 사람들이 많아서, 경공이 화가 나면 같이 화가 나고, 울면 같이 우는 것이므로, 근신들의 표정은 그대로 경공의 표정이었다고 할 수도 있다.

눈시울을 누른 경공은, 3년 동안 자기와 함께 최저와 경봉의 위협을 견뎌온 근신들을 치하하려는 생각이었으리라. 쉴 새 없이 고개를 끄덕여 보였으나, 기뻐하는 눈물에 젖어 있을 수만은 없었다.

"앞으로 어떻게 하면 좋겠소."

양구거에게 하문했다.

경공의 총신 중의 우두머리는 이 사람이었다.

"우견을 말씀드리겠습니다. 최씨의 난 때, 많은 공자가 외국으로 망명했습니다. 앞으로는 공실을 강하게 하지 않으면 안되므로, 그 공자들을 불러들여야 합니다."

"그런가……."

경공은 이렇게 말했지만, 그 공자들은 최저를 두려워하여 도망쳤다기보다도, 형 장공에게 주살당할 것이 두려워 피난한 것이다. 더 말하면, 장공이 즉위하기 전에 제나라의 태자가 된 공자 아(牙)를 동정하고 있던 온건파이고, 그들이 돌아온다고 해서 경공에게 적극적으로 협력해 줄 것같이 여겨지지는 않았다.

—— 해는 되지 않지만 이익이 되지도 않는다.

망명 공자들을 귀국시키는 문제에 대해서 경공이 그렇게 생각했다는 것은, 이 군주는 감정의 표현은 어리지만 사고에는 신랄한 면을 가지고 있음을 나타냈다.

그러나 같은 핏줄인 공자들을 불러 들이면,

"정이 두터운 분이다."

하는 말을 듣게 되고, 하나의 은혜를 베푸는 것이 된다고 느낀 경공은 허락했다.

"그럼, 그렇게 하겠다."

경공이 진언을 받아들였음을 알게 된 양구거는 가슴을 펴고 소리 높여 말했다.

"이번에 경씨 박멸에 공이 큰 신하를 포상하지 않으면 안됩니다."

자아, 자미, 진수무, 포국과 같은 대부의 이름 이외에, 공

실을 위해 내통하여 직접 경사에게 손을 쓴 노포규, 왕하 등
의 이름을 들었다.
"알고 있소."
경공은 눈으로 끄덕였다.
"현명하신 생각, 황공합니다."
"하지만 그대는 두 사람의 이름을 잊고 있소."
"네 ——."
양구거는 곤혹스러워 하는 눈을 고정시켰다.
"가장 높은 상은 안영과 북곽좌(北郭佐)이오."
경공은 단언했다. 북곽좌는 북곽자차를 가리킨다. 군주는
신하의 자(字)를 부르지 않고 본명을 부르는 법이므로, 자차
라고 하지 않고 좌라고 한 것이다. 곁들여 말하면, 자아의 본
명은 조(竈)라고 한다. 부뚜막이라는 뜻이다. 자미의 본명은
채(蠆)라고 한다. 전갈이라는 뜻이다. 이름과 자는 어떠한 관
계가 있지 않으면 안되므로, 자미의 경우의 미(尾)와 전갈은
이해하기 쉽다. 그러나 자아의 경우의 아와 부뚜막은 어떠한
가. 아(雅)는 하(夏)와 통하여 무악(舞樂)의 형태이기도 하다.
한편 부뚜막은 불의 신인 축융(祝融)을 모시는 곳이므로, 하
(夏)와 불, 무악과 제사라는 호응(呼應)이 고려된다. 이름과
자 사이에는 오묘한 뜻이 있어서 흥미깊고, 게다가 그 사람의
성격을 막연히 나타내고 있는 듯하다. 자아에 관해서 말한다
면, 좀 색다르게 자를 붙인 것에서, 역시 성격에 별난 데가
있는 사람이었다.
경공은 그 자아와 자미 위에 안영과 북곽자차의 이름을 놓
았으므로, 양구거는 눈을 번쩍 떴다.

경공이 말하려는 것을 모르는 바는 아니다.

이번 정변의 주역이 된 사람들은, 최저와 경봉이 전권을 휘두르고 있을 때에는 바람이 세게 부는 곳을 피하려는 듯이 보신을 하고 있던 사람들뿐이다. 거기에 비해 안영은 혼자 폭풍우에 맞서서 공실을 감싼 점이 있다. 북곽자차도 경봉의 유혹을 단호하게 물리쳤다. 그들의 정의에 대한 용기는 집단으로 보인 용기를 웃돌고 있다. 경공은 그렇게 말하고 싶었으리라.

"그렇지만, 그러면……."

양구거는 걱정을 했다. 실제로 경씨를 배제한 사람들이 불만을 품지 않을까.

"나는 그렇게 하기로 결정했다."

경공은 즉위하고 나서 처음으로 고집을 부렸다.

"명확한 판단이라고 생각합니다."

양구거는 경공이 스스로의 의지를 명확하게 나타내기 시작한 것을 기뻐하면서, 다소의 우려를 겨드랑이에 낀 꼴로 이견을 삼갔다.

공신에게 상을 내리겠다고 조정에 고시하게 한 경공은, 맨 먼저 안영을 불렀다.

이 사실이 신하들뿐만 아니라 서민에게까지 무엇을 알리게 되는 것인지를, 경공은 알고 있었을까. 어쨌든 조정 안은 수군거림이 와글와글 돌았다.

—— 안자가 상급 상인 듯하다.

그 한 가지 일로, 주군은 그런 분이었구나, 하고 새삼스레 호의를 품은 듯한 표정을 한 신하가 많았다.

"패전(邶殿)의 속읍(屬邑) 60."

이것이 상의 내용이었다.

래(萊) 지방에 패전이라는 읍이 있다. 그 곳은 경봉의 식읍이었으나, 경봉이 도망침으로써 소유자가 부재로 되었으므로 공실이 수용한 것이다.

그 패전은 읍이라고 불리지는 않고, 도(都)라고 불린다. 읍이나 도도 마을을 가리키고, 그 규모에 의해 읍과 도를 가려 부르는 것은 아니며, 도는 선군의 사당이 있는 읍인 듯하므로 패전은 본래 공실의 지배지였는지도 모른다. 그것을 경봉이 어떠한 형식으로인가 소유하고 있었다고 생각된다.

안영에게 주겠다고 한 속읍 60이라는 것은, 패전에 소속한 읍이 60이라는 것으로, 마을은 비(鄙)자를 사용하는 것이 알기 쉬울 것이다.

《안자춘추(晏子春秋)》에 그렇게 되어 있다. 읍이란 글자는 마을이라고도 읽으므로, 이것은 이해하기 어렵지만, 그렇게 해석하고 싶다.

더 말하자면, 패전이라고 하는 도[邑]는 60읍[鄙]으로 성립되어 있었는지도 모른다.

경공은 그것을 고스란히 안영에게 주려고 했다.

그러나 안영은 조금도 기쁨이나 주저를 보이지 않고 사양했다.

―― 내가 생각하고 있던 대로의 사람이구나.

경공은 안영이 욕심없음에 만족했다.

그러나 그 일로 해서, 다음의 수상자는 상을 받기 어렵게 되었다고 할 수 있으리라.

수상자의 한 사람인 자미는 감정을 숨기는 일이 없는 귀족이었으므로, 안영을 붙잡고 따지듯이 말했다.

"부는 사람이 탐내는 것이지 않소. 어찌하여 혼자만 탐내지 않는 것이오?"

안영의 대답은 극히 명쾌했다.

"경씨는 그 읍을 얻었다기보다도 욕심을 채웠던 것입니다. 그 때문에 망명하게 된 것입니다."

욕심이라는 것은 충족시키면 자신을 파멸시키는 무서운 것으로 변한다. 안영은 그 점을 자기에게도 적용했다. 지금은 경봉의 식읍을 받아서 가산을 비대하게 하더라도, 망명하게 되면 60읍은 커녕 1읍도 관리할 수 없게 된다. 그러므로 안영은 자미에게 솔직하게 말했다.

"나는 부를 미워하고 있는 것이 아니라, 지금 가지고 있는 부를 잃는 것을 두려워하고 있습니다."

"으음 ……."

자미는 격렬한 기질을 가지고 있지만 머리가 나쁜 사람은 아니다. 안영의 말에 느껴 깨달음이 있는 듯한 눈빛을 했다. 그 눈이 사람의 말을 받아들이고, 자기 안에 간수하는 여유를 나타내고 있다고 본 안영은 부를 직물에 비유했다.

"부자라는 것은 포백(布帛)에 일정한 폭이 있는 것과 같습니다."

포(布)는 무명, 백(帛)은 비단이고, 그 포백의 폭은 2자 2치이다. 이것이 지켜지지 않으면 불편이 생긴다. 그것을 지키는 것을, 안영은,

"이(利)에 폭(幅)하다."

라는 독특한 표현을 썼다.

편리함에는 기준이 필요하고, 부에는 분별이 필요하다는 것이리라.

사람이 각자 편리성을 추구하면 불편해진다. 혹은 이익이 지나치게 많아지면 패망의 원인이 된다. 그것을 한마디로 말하면 이런 것이다.

── 이(利)가 지나치면 패(敗)를 낳는다.

직물 하나를 보더라도, 경씨의 전말 하나를 보더라도, 그 원리는 분명하지 않은가. 사회라고 하는 것은 그러한 것이다.

이의 폭을 지키고 있는 한 사람은 재난을 만나지 않는다. 그것을 알기 때문에 60읍 따위라는, 이의 폭에서 비어져 나온 것을 받지 않는다.

"무엇이거나 폭입니다."

하고 안영은 자미에게 말했다.

그러나 그 발언은 매우 깊은 철리(哲理)에서 나온 말이라고 할 수 있을 것이다. 왜냐하면 사람이 자신의 폭을 정확하게 파악하느냐 하면 그렇지 않다. 그 폭은 경우가 달라지고 신분이 바뀌면 신축하는 것이리라. 그러나 사람에게 절대의 폭이라는 것이 있다면, 그것은 하늘에 의해 정해진 폭이고, 그 길이를 치수 구별로 확인할 수 있는 사람은 1억 명에 1명이라고 해도 좋으리라.

안영은 그 한 사람이라고 해도 무방하다.

이 귀족 전성 시대에 귀한 문중에서 태어나서, 그 사람만큼 엄격하게 자신을 다루어 간 사람은 달리 볼 수 없다.

예를 들어 정나라의 자산(子産)은, 지식의 넓이에서 남이

따를 수 없는, 참으로 인류 문화의 거인이었지만, 정나라의 정권을 잡은 뒤에 다소의 오만함을 보였다. 그것에 비해 제나라의 정권을 잡은 뒤의 안영은 윤리와 법에서 벗어나지 않고, 자신의 절대 가치에서 벗어나지 않고 평생을 끝까지 다루었다는 사실은, 인간이라는 존재의 불안정성을 생각해 보면 기적에 가깝다.

바꾸어 생각하면, 뒤에 공자가 자산을 존경한다고 한 것도, 공자의 지향 속에는 지식욕 이외에 참정욕(參政欲)도 있고, 말하자면 위정(爲政)에서 지식을 활용하고 싶다는 바람이 있었기 때문으로, 그 바람의 눈으로 과거를 보면, 자산이 빛나 보였다는 말일 것이다. 그러나 공자의 제자 증자(曾子)는 안영을 존경했다. 증자는 부모 효행으로 유명한 사람이고, 그런만큼 사람의 도리를 중시했다. 공자가 조직에서의 개체를 염두에 두었다고 하면, 증자는 절대의 개체를 상정했다. 그 이상적인 상이 안영이었다. 안영이 유가(儒家)와 대립한 묵가(墨家)를 일으킨 묵자(墨子)의 존경을 받은 것은, 안영의 인기가 귀족 계급에 머무르지 않고 민중에게도 미쳤다는 사실을 나타내고 있고, 안영의 이름이 민중에 의해 구전(口傳)되어 왔다고 할 수 있다.

자산은 백성들로부터 존경을 받았을 것이지만, 사랑을 받았다고 할 수는 없다. 그 점, 안영은 유례를 볼 수 없는 인덕을 갖추고 있었다고 할 수밖에 없을 것이다.

"폭이라 ── ."

자미는 안영의 말이 영향을 주었는지, 경공으로부터 상으로써 식읍이 내려지자, 일단 받아들였다가 얼마가 지나서 그 모든 것을 공실에 반환했다.

"충(忠)이다."

경공은 말했다.

안영, 북곽자차, 자미, 자아의 수상 태도에 개성이 나타나 있다. 북곽자차는 60읍을 당연한 듯이 받았다. 자아는 약간의 망설임을 보였다. 즉 경공이 읍의 수를 말하자,

"신에게는 너무 많습니다."

하고 사양했다. 그리하여 읍의 수를 줄이자 자아는 받았던 것이다.

── 믿을 사람은 안영과 자미구나.

이와같이 경공이 은근히 생각한 것은 무리가 아니었다. 욕심이 강한 사람일수록 다른 사람의 탐욕을 미워하고, 욕심없음을 나타내는 사람을 신용한다고 할 수 있을 것이다.

"안영에게 묘당(廟堂)의 자리를 주어라."

경공이 이렇게 말하여 또 한번 양구거는 놀랐다.

묘당의 자리라는 것은 경의 자리라고 바꾸어 말해도 되고 달리 말하면,

"입각시켜라."

하는 것이다. 제나라의 각원은 경봉이 떠난 뒤,

국약 : 국좌의 아들

고지(高止) : 고고(高固)의 손자, 고후(高厚)의 아들

자아 : 제나라 혜공(惠公)의 손자, 공자 견(堅)의 아들

자미 : 제나라 혜공의 손자, 공자 기(旗)의 아들

진수무 : 진무우의 아버지

포국 : 포숙아(鮑叔牙)의 증손

등인데 그 가운데서 고지가 제일 젊었다. 그러나 안영이 입각하면 고지보다도 젊고, 이만큼 젊은 대신은 제나라 역사상 유례를 볼 수가 없다.

"좋아."

경공이 자기 주장을 관철한 이면에는, 진수무와 자미의 지혜가 숨어 있었다.

"인심을 편안하게 하려면, 안영을 묘당의 높은 곳에 끌어올려야 합니다."

그들은 은밀히 진언했던 것이다.

난 뒤에는 인심이 동요된다. 그 난이 어떠한 의미가 있었는지 백성과 신하들은 알고 싶어하는 법이다. 안영을 경에 임명하는 것만으로도 그 난의 정체는 분명해진다.

안영이 상급 상의 대상이 되고, 경의 무거운 자리가 주어진 것을 알면, 신하들이나 백관 그리고 서민은 정의가 행하여진다고 볼 것이다.

진수무와 자미는 그 점을 말했다.

"나도 그렇게 생각한다."

기세를 얻은 경공은 안영에게 묘당의 자리를 주었다.

"삼가 받겠습니다."

안영이 대답했을 때는 이미 해가 바뀌었는지도 모른다. 안영이 국정에 참가한 것은, 제나라 경공 4년(B.C. 544)이라고 생각해도 좋을 것이다. 물론 안영은 채 40세가 안된, 37세 정도 였을것이다.

<h1 align="center">2</h1>

　안영이 각원(閣員)에 들기 전에 이 나라가 한 것은 최저의 관을 발견하는 것이었다.

　시역의 죄를 범한 최저가 이미 죽었다고는 하지만, 그 죄가 없어진 것은 아니었다. 죽은 자가 되어도 그 죄를 문책하지 않으면 안된다는 것이 이 시대의 생각이다.

　최저는 자기의 집에서 자살했으나, 그 시체가 사라지고 말았다. 그의 신하가 어디엔가 매장한 것이 틀림없고, 조정에서는 관리를 동원하여 찾게 했으나 발견되지 않았다.

　그러는 동안에 최저의 신하가 관아를 찾아와서 말했다.

　"가르쳐 드리겠습니다."

　그러나 보수 없이는 가르쳐 줄 수 없으며, 최저의 부장품 가운데 대벽(大璧)이 있는데 그 대벽을 준다면 관이 있는 곳을 가르쳐 주겠다는 것이었다.

　벽(璧)은 커다란 구슬을 말하는데, 한가운데에 구멍이 뚫린 원반형의 보석이었다.

　나라가 보유하면 국보가 되고, 집이 보유하면 가보가 되는 것으로서, 보통 벽이라고 해도 큰 것이지만 그 신하는 정확히 말하여,

　"공벽(拱璧)."

이라는 말을 사용했다.

　두 손으로 들어야 할 정도의 큰 벽이라는 것이다.

　관아로부터의 보고를 받은 자미가 말했다.

　"주어라, 최저를 벌하는 쪽이 중요하다."

최저는 다시 지상에 나타났다.

그 유해는 1년이 지났으나 백골로 변하지도 않았다. 시중에 효시한 그 유해를 본 사람들이,

"최저다. 최저다."

하고 떠들어댔던 것으로 보아, 피부의 부패가 심하지 않았던 것이리라. 범죄자의 시체를 드러내 보이는 것을,

"육(戮)하다."

라고 한다. 여기서는 그 방법에 색다른 점이 있었다. 횡사한 장공의 유해를 파내서 관에 넣어 안치하고, 그때 사용한 관에 최저를 넣어서 시중에 효시한 것이다. 이것에 의해 장공의 원한을 진정시키려고 했다.

장공의 개장(改葬)은 2월에 거행되었다.

남은 문제는 두 가지였다.

하나는 노포별의 조치였다. 이 사람은 자택에서 경봉을 살게 하고, 날마다 경봉과 주색을 같이 해왔으나, 사냥에서 돌아온 경봉이 공궁을 공격할 때, 경봉 진영에 가담하지 않았다. 그것은 경봉의 아들 경사를 상제 자리에서 창으로 찌른 노포규와 어떠한 타협이 있었음을 나타내고 있다.

"주살당하지 않도록 내가 경에게 부탁해 보겠소. 얌전히 있도록 하시오."

노포규로부터 이런 말을 들었을지도 모른다.

"노포별은 흉칙한 짓을 한 자이다. 죽여 마땅하다."

강경한 발언을 한 사람은 고지였다.

고씨의 집안은 국씨의 집안과 더불어 제나라에서는 최고의 명가였다. 그 존엄성을 떨어뜨린 것은 최저와 경봉이었다.

경봉을 크게 도와준 노포별을 용서할 수가 없었다.

그러나 자미는 노포규로부터,

"내 공로를 생각해서라도……."

하고 노포별의 구명을 부탁받았던 만큼, 고지의 강경한 발언을 묵살하고 주장했다.

"추방이면 된다."

다른 사람들의 동의를 구하여 경공의 허락을 받았다.

추방이라고 해도 국외 추방이 아니라, 제나라 안의 북쪽 변두리로 보낸다는 것이었다.

노포별은 제나라와 연나라 국경 근처로 옮겨 살게 되었다.

마지막 문제는 고지의 존재에 관해서였다.

"그 사람만이 이질적이야."

자미는 드러내놓고 말했다.

이 나라 정치에서는 최저가 내정, 경봉이 외교를 담당해 왔으나, 본래 국씨가 내정, 고씨가 외교를 맡고 있었으므로, 경공은 고지에게 그 임무를 맡겼다. 그것이 고지에게 착각을 일으킨 모양이었다.

── 나는 경 가운데서도 위다.

이렇게 생각한 고지는, 경공은 다시 두 경의 시대를 출현시키려고 생각하고 있다고 잘못 생각하기에 이르렀다. 하기야 고지라고 하는 대신은 터무니없이 자존심만 강할 뿐이지, 이렇다 할 능력이 없었으므로, 각원 내에서는 고립되었는데, 그것조차 깨닫지 못하고,

── 비로소 우리 집안에 봄이 왔다.

하고 그 두꺼운 얼굴을 미소로 장식했다.

"그 사람에게서는 전대의 망령이 보이는 걸."

자미는 자아나 진수무에게 이렇게 말했다. 어렵사리 이 정도로 질이 높은 각원이 갖추어졌는데, 고지 한 사람이 질을 나쁘게 하고 있다며, 까짓것 내가 곧 처리해 버리겠다고 은밀한 결의를 두 사람에 흘렸다.

자미의 생각으로는, 대신들이 균일한 힘을 가지고, 각 내에 균형을 이루고, 그 총력으로써 공실을 받드는 것이 좋았다. 이전과 같이 재상이 전권을 휘둘러서 공실을 능멸하고, 다른 대신을 위압하는 것은 좋지 않다고 생각했다. 그런데 고지는 벌써 명문의 냄새를 피우면서, 다른 대신의 머리 위로 행세하려 하였다.

—— 이대로 내버려 두면, 고지는 최저나 경봉의 악덕을 이어받는다.

자미가 굳이 말하지 않아도 자아는 이것을 알아차리고 협력을 약속했다.

"조정을 깨끗하게 해둬야 해. 탁하고 더러운 것을 쓸어내는 것이라면 나도 돕겠소."

두 사람은 성질이 느긋하지 못하여 당장이라도 고지 배척에 착수하고 싶었으나, 무엇보다도 행사가 많았고, 그러는 동안에 고지는 병사와 인부를 데리고 이웃인 기(杞)나라로 가버렸다.

진나라 평공의 어머니가 기나라 출신이라는 사실 때문에, 평공은 제후에게 명령하여, 기나라의 성벽 공사를 하게 했던 것이다.

—— 기나라와 같이 왕실과 아무 관계도 없는 나라를 위해,

다른 나라들의 국비를 쓰게 하다니.

성을 쌓기 위해 순우(淳于)에 모인 여러 나라 대신들은 진나라 평공을 은근히 비판했다.

그러나 평공의 심정에는 일리가 있는 점이 있었다.

기는 래 가까이 있는 작은 나라로서, 그 국세는 빈약하고 본거지가 일정하지 않아서, 그 공실에서 진나라로 시집간 평공의 생모는 자기가 태어난 나라의 비참함을 군주가 된 자기 아들에게 호소했던 것이리라. 평공은 그것에 부응했다.

"제가 나라의 도읍을 만들겠습니다."

순우 땅을 택하여, 기나라 백성들이 마음놓고 살 수 있도록 성벽을 쌓게 했던 것이다.

그 공사를 분담하게 된 제나라는 고지를 현지에 보냈다. 고지는 거기서도 권위를 행사하여, 진나라 중신들에게도 건방진 인사밖에 하지 않았으므로, 이 공사 전체를 관장하고 있던 진나라 순영(荀盈)도 역시 발끈하며, 거친 목소리로 말했다.

"어떻게 된 사람이야, 저자는."

순영은 순씨 가운데서도 분가에 해당되는 지씨(知氏)의 당주이다. 결국 이 집이 뒤에 가서 본가인 중행씨를 능가하고, 나아가 진 나라에서는 최대의 영지를 갖게 된다.

순영 곁에 있었던 사람은 여제(女齊)라고 하여, 숙향과 나란히 진나라의 영재로서 이름이 높은 사람이다. 그 여제가, 고지는 전횡을 일삼으며, 저런 주군은 집안을 멸망시키는 사람이라고 말하고,

"사치하면 스스로 쓰러지고, 전횡을 일삼으면 남한테 쓰러

집니다."

하고 단언했다.

고지가 자기 집안의 봄을 즐길 수 있었던 것은 이 공사가 끝날 때까지였다고 할 수 있다.

자미와 자아가 고지의 귀국을 기다리고 있는 동안에 제나라 조정에 한 빈객이 찾아왔다.

계찰(季札).

춘시대를 훑어보아 진정한 군자라고 부를 수 있는 사람은 이 사람말고는 없다. 군자 중의 군자라고 해도 좋으리라.

오나라의 공자였다.

아버지는 명군의 명성이 높은 수몽(壽夢)이다.

수몽에게는 네 명의 아들이 있었다.

제번(諸樊), 여제(餘祭), 여매(餘昧), 계찰 네 명이었다. 차남은 구여(句餘)라고도 한다. 제나라에서 오나라로 도망간 경봉을 받아들인 사람이다. 곁들여 말하자면 3남도 역시 구여라고 불리었는지 모른다. 나중에 오나라 서쪽 이웃인 월나라에 구천(句踐)이라는 무(武)에 뛰어난 왕이 나타나는데, 구(句)는 시체를 구부려서 장사지내는 것인 듯하며, 그것은 달리 구(丩)라는 글자로도 나타내는 점에서 이 글자는 거룩한 힘을 가지고 있었는지도 모른다.

수몽은 자신의 아들을 바라보며 생각했다.

―― 계찰에게 뒤를 잇게 하고 싶다.

그 때문에 임종 때 계찰을 불러서 말했다.

"네가 오나라를 다스려라."

그러나 계찰은 고사했다. 하는 수 없이 장남인 제번에게 집안 감독을 맡겼다. 제번은 아버지의 유지가 계찰에 있다는 것을 충분히 알고 있었고, 오나라 국민도 계찰의 즉위를 바라고 있다는 것을 고려에 넣어서 거상이 끝나자 계찰에게 자리를 물려주려고 했다. 계찰은 이때에도 고사했다.

장남은 적자이고 적자가 나라 군주 자리에 오르는 것은 당연하다. 막내인 자기가 그것을 범해도 좋은 것일까. 그렇게 하는 것은 자신의 절의(節義)에 어긋난다.

계찰은 그렇게 말하고 물러서려고 했다. 그러나 제번은 계찰을 붙잡으며 말했다.

"돌아가신 아버님의 희망을 수행하는 것이 아들로서의 의무이다. 도의(道義)의 기초는 효도에 있으므로 효도에 따라야 한다."

예와 의를 존중하는 계찰은 아픈 곳을 찔리었다고 말할 수 있으나 아버지의 유지라면,

"오나라의 안태."

에 있다고 생각했다. 그것을 수행하는 것이 아들로서의 의무이리라. 자기가 형을 제쳐두고 나라의 군주 자리에 오른다는 것은 오히려 그 안태를 깨는 것이 되고 아버지의 유지에 어긋난다. 그와 같이 강력하게 자신을 타이르고 형의 손을 뿌리치고, 집의 재산을 다 버리고 시골로 내려가 농경을 시작했다.

제번은 그것을 알고 양위를 단념하기는 했으나 자신이 죽을 때 동생들을 모두 모아놓고 또 다시 선군의 유지를 입에 담았다.

"오나라 군주 자리는 내 아들에게는 물려주지 않겠다. 계

찰에게 돌아가도록 도모해라."

동생 여제를 사자(嗣子)로 삼았다. 여제가 위에 오르자, 야인이 되어서 혼자 살며 깨끗함을 관철하고 있는 계찰의 집을 찾아가서 부탁했다.

"나를 도와달라고 말하지는 않겠다. 최소한 읍 하나만이라도 다스려다오."

계찰은 가까스로 일어나서 둘째 형의 청을 받아들이고 연릉(延陵)이라는 읍(지금의 常州市)에서 살게 되었다. 오나라 국민은 계찰의 깨끗한 이름을 자랑하여 그를,

"연릉의 계자(季子)."

라고 부르며 존경하고 있었다.

오나라는 서쪽 이웃인 초나라와 싸우는 일이 많은데 남쪽의 월나라가 힘을 쌓기 시작했으므로 이 해에 월나라를 공격하여 포로를 얻었다.

군주인 여제는 그들 포로들에게 문이나 배를 지키는 일을 맡겼는데, 자기 배를 서찰하던 도중에 그 간수의 습격을 받고 죽었다.

그 때문에 계찰 바로 위의 형인 여매가 군주 자리에 올랐던 것이다.

오나라는 진나라 동맹 하에 있는 나라이므로 이 갑작스런 즉위를 진나라 조정에 보고하지 않으면 안되었다. 계찰은 그 임무를 자진해서 맡고 진나라에 가는 길에 있는 나라들에 인사를 하기 시작했다.

계찰은 서(徐)나라에 들렀다가 노나라로 가고 이어서 제나라에 온 것이다. 계찰에 관해서는,

"예의의 진수를 아는 사람."

이라는 평판이 제나라에도 미쳐 있었다.

문화라는 것은 기묘한 점이 있어서 가장 문화 정도가 높은 것은 중원(中原)이라는 황하 중류 지역에 있는 나라들이었을 것이다. 그 문화의 정교한 아름다움은 나라들이 건강할 때에는 온전한 형태로 보존되지만, 나라가 병들면 그 정교한 아름다움도 무너지고 마침내 본래의 형태를 몰라보게 된다. 그러나 문화는 변두리 지역에서 보존된다는 원칙이 있고, 중앙에서 비롯된 문화는 지방으로 전파되어 거기서 원형이 손상되지 않고 존속되는 수가 있다.

오나라는 중국 전체에서 볼 때 변두리 지역이었다. 거기에 주나라 왕조의 옛 예가 살아있었고, 계찰은 그 옛 예를 터득하고 있었으므로 오히려 중원 사람들은 여러 가지 일들에 관해서 계찰에게 본 뜻을 물었다.

"본래는 어떠했는가."

안영은 보기 드물게 마음에 어떤 탄력을 느꼈다.

—— 이 공자는 주나라 왕조가 번성했던 시절에 살고 있었던 것 같은 사람이다.

이렇게 생각했다. 용모, 예의, 말씨, 그 어느 것을 보더라도 현대의 경박함과는 거리가 멀었다. 이 사람은 참으로 중국이 지향했던 인간상의 정중(正中)에 있다고까지 안영은 생각했다.

그 계찰은 제나라 대신들과 이야기를 나누고 나서,

"말하기에 족한 사람은 안영뿐."

이라고 주목했다. 그러나 무엇보다도 안영은 대신들 가운데서는 젊었다. 그래서 계찰은 나중에 안영하고만 이야기하는 시간을 만들어 직언했다.

"당신은 하루 빨리 읍과 정사를 반납하시오."

봉토를 공실에 돌려주고 내각 밖으로 떠나면 앞으로 제나라에서 생길 내분에 말려들지 않게 된다. 제나라의 정권은 머지않아 누군가에게 돌아갈 것이지만, 그때까지는 어려운 사태가 계속되리라. 계찰은 거기까지 예언했다.

제나라 대신들을 바라보고 있는 동안에 계찰은 미래를 통찰한 것이다.

제나라 내각 안은 겉보기로만 균형을 유지하고 있는 것에 지나지 않았다. 각 대신의 세력이 동등하다는 것은 얼핏 보아 이상적이지만, 뒤집어 보면 주도자가 없고, 나라의 결단이 둔하고, 책임 소재도 분명하지 않다. 그래서는 나라의 윤활성이 결여되어 있다. 그 점을 시정하려면 대신들 가운데 누군가가 주도적인 힘을 발휘하지 않으면 안되고, 그 사람 밑에 서기를 좋아하지 않는 사람과의 사이에서 알력이 생긴다. 그렇게 되었을 경우, 대신들 가운데서는 최소의 세력밖에 가지고 있지 않다고 여겨지는 안영이 대신의 자리에 머물러 있는 한, 중립을 지켜 나간다는 것은 곤란한 일이었다. 차라리 지금 사임하는 쪽이 좋다고 권한 것이었다.

── 하늘의 목소리라고 할 만하다.

안영은 이렇게 느끼고 대답했다.

"그렇게 하겠소이다."

계찰의 조언에 솔직하게 감사했다.

그 일이 있은 뒤, 계찰이 제나라를 떠나 정나라로 갈 때,

안영은 경공에게 사의를 표했다. 직접 경공에게 하지는 않고, 자미에게 보였다.

"과실도 없는데 사임시킬 수는 없소."

자미는 도무지 받아들이지 않았다.

"과실은 아직 메울 수 있소이다. 그러나 신은 경에 어울리는 재능이 없으므로, 군주를 기만하고 백성들을 속이고 있는 셈이 됩니다. 과실보다 큰 죄를 짓기 전에 묘당의 높은 자리에서 내려 주시기 바랍니다."

안영이 아무리 이야기해도 자미는 상대해 주지 않았다.

안영의 사의를 자미가 각하했다고 하면, 다른 대신들에게 그것을 보이더라도, 모두 자미를 따를 것이리라. 받을 것 같은 사람은 고지뿐이지만, 그 교만한 대신은 순우에 가 있어서 부재중이었다.

—— 이런 일은 재빨리 하지 않으면 하늘의 꾸중이 있을 것이리라.

그것을 알고 있는 안영은 곧 돌파구를 발견했다.

진무우였다.

진무우는 영공의 딸을 아내로 삼고 있고, 같은 영공의 아들인 경공과는 처남 매부 사이이다. 경공은 진무우에게 각별한 친밀감을 느끼고 있는 것 같다. 진무우의 입과 손을 통하여 사의를 보이면 경공에게 보일 수밖에 없었다.

안영은 진무우를 만나서, 숨김없이 말하고 이해를 구했다.

"오나라 공자로부터 이런 조언을 받았소이다."

진무우와 같이 민활한 사람에게는, 말에 무엇인가를 감추고 있는 듯하면, 지나치게 지레짐작을 하게 되므로 완전 털어

놓는 것이 좋을 때가 있다. 이 경우가 그렇다고 안영은 생각했다. 과연 진무우는,

"우리나라에 머물러 있었던 것이 얼마 안되는데 오나라의 계자가 거기까지 꿰뚫어보았군."

하고 크게 감탄하며 딴 뜻을 캐보려 하지 않았다. 그대로 안영의 진정을 받아들였다.

"정권은 누군가의 손으로 돌아간다고 계자가 말했다면, 다음 대의 재상은 누구일까."

"춘부장이신지도 모릅니다."

안영이 서슴없이 말했으므로 진무우는 순간 어리둥절했으나, 곧 쓴웃음을 지으며 말했다.

"안자의 집안이나 우리 집안도, 대대로 주군을 섬겨 오진 않았소. 제나라 공실 집안 출신이 아닌 사람이 재상의 지위에 오른다는 것은 극히 어려운 일이오."

겸손하기 때문은 아닌 것 같았다.

"관중(管仲)의 예도 있습니다."

예전의 명재상은 제나라 공실과는 아무런 인연도 없는 출신이었다.

"환공(桓公)이 있었기에 관중이지."

진무우의 쓴웃음이 더욱 깊어졌다. 환공은 세상에 보기드문 명군이었고, 제나라에는 다시는 그런 정도의 영주가 나타날 것 같지 않다. 그렇게 되면 대대로 주군을 섬겨오지 않은 사람이 재상으로까지 올라가게 되는 일은 없을 것 같았다.

안영은 진무우의 쓴웃음에 물들지 않고,

"때가 관중을 발탁했다고도 할 수 있습니다. 어쩌면 다음

대의 재상은 당신일지도 모릅니다."
하고 깊이 숨어 있는 것을 넌지시 비치는 투로 말하였으므로,
마침내 진무우는 소리를 내어 웃었다.
　"안자, 그렇게 말하는 그대가 재상일는지도 모르오."
　진무우는 안영의 사의를 받은 뒤, 될 수 있는 대로 우리 집
안도 조심을 해야겠다고 중얼거렸다.
　다음날, 진무우는 경공을 설득하여 안영이 경의 자리에서
내려오는 것을 허락받았다.

3

　제나라에서는 권력 투쟁이 얼마 동안 계속되었다.
　처음은 고지의 추방이었다.
　안영이 내각 밖으로 떠난 지 얼마 안되어 고지는 기나라에
서 돌아왔다. 자미와 자아는 지체없이 고지의 집을 덮쳐서,
고지를 죽이지는 못했으나 그 명가를 쇠퇴시켰다. 고지는 연
나라로 망명했다.
　2년 뒤에, 자미가 여구영을 죽였다.
　여구영은 새삼스럽게 말할 것도 없지만, 최저의 난 때 자
기의 아내를 현수막에 싸서 노나라로 망명하려고 한 장공의
측근이다. 그 사실에서 알 수 있듯이, 사람이나 사물에 구애
되고, 성격은 점성(粘性)을 띠고 있었다. 최저가 죽은 뒤, 어
느 때인가 귀국한 뒤, 얼마 동안 얌전히 지내고 있었으나, 최
저나 경봉을 두려워하여 각 나라로 망명하고 있던 공자들이

귀국하는 것을 보고 야망을 크게 품었다. 그들 공자와 관계를 친밀하게 하고, 공족의 힘을 하나로 통합하여 큰 세력을 형성하려고 했다. 그는 무에 뛰어났으므로, 자기의 무의 위력을 보이기 위해 자미에게도 아첨하여, 자미가 고지를 토벌할 때 무장으로서 크게 활약했다.

그러나 자미는 예민한 사람이었다.

—— 어렵쇼. 이 놈은.

여구영의 야망이 이만저만이 아닌 것을 깨달았다.

당장 손을 쓰지 않으면 여구영과 그 뒤에 있는 공자들의 세력이 공실의 권위를 무너뜨릴 위험이 있다는 것을 심각하게 예감했다.

그리하여 한 계책을 생각해 냈다.

여구영에게 노나라를 공격하게 한 것이다. 노나라로부터 맹렬한 항의가 들어왔다. 물론 그것은 자미의 계책 속에 있었던 것으로서, 그 항의에 대한 해명으로서,

"여구영에게 책임이 있다."

하고 말하고, 그의 목을 베었다.

공자들이 우르르 나라 밖으로 도망쳤다.

—— 이것으로 국내의 이상한 낌새는 털어 버렸다.

자미는 이렇게 생각했으리라. 여구영의 잔당을 국내에서 쓸어 버리면, 일단 제나라의 이물(異物)을 모두 배제한 것이 된다.

안영은 일개 대부로 돌아가서 그런 피비린내 나는 바람을 받지 않고 평온 속에서 세월의 흐름을 보고 있었다.

그러나 한 가지 불행이 있었다.

선대로부터 이 집안을 계속 지탱해 온 가재가 죽었던 것이다. 그를 육친과 같이 생각하고 있던 안영은 너무나도 낙담하였다.

"비오는 날이나 바람부는 날에도, 한결같이 내게 죽을 날라 주었다."

안영은 지난 날의 사소한 일들을 회상하며 유해에게 말을 했다. 이따금 소리를 내서 울었다.

—— 이만한 가재는 어디를 찾아봐도 있지 않으리라.

흉곽에 바람이 불어 지나가는 것 같았다.

안영은 가재의 매장이 끝날 때까지 고기 요리를 멀리하고, 음악을 금했다. 하기야 이 집은 좀처럼 고기 요리를 상 위에 올려 놓지 않았으므로, 그 점은 집안 사람들의 고통이 되지 않았으리라.

정적의 외로움 속에서 벗어난 안영은, 고규(高糾)라는 사람을 가재로 임명했다. 고규의 근무 상태를 본 안영은 마음에 들지 않았으나, 감히 주의를 주지는 않았다.

안영의 집안에 이렇다 할 일이 없었던 것과 같이, 제나라 조정에도 이렇다 할 만한 사건은 일어나지 않았으며 또 2년이 지났다.

어느 날, 조정에 나온 안영 곁으로 재빨리 다가온 자미가, 빠르게 토해냈다.

"진나라 한기(韓起)가 오네. 진나라에서 거물이 올 때에는 나중에 반드시 큰 일이 터지지. 사개가 왔을 때 공실의 보기(寶旗)를 가져갔고, 그것이 진나라와의 싸움으로 되었소. 그대도 알고 있을 거요."

어쩐지 부산해 보였다. 한기는 방문지 노나라를 떠나서 이쪽으로 오고 있는 모양이다. 자미는 환영 준비를 지시하고 있는 듯했다.

"알고 있습니다. 그 보다 훨씬 전, 경공(頃公)시대에, 진나라 극극이 방문한 뒤에도, 진나라와 불화가 생겼지요."

안영으로부터 이 말을 들은 자미는 허어, 하고 눈을 반짝였다.

"그대는 아직 태어나지 않았을 때요. 내가 관을 쓰기 이전의 일이오. 허허, 그런가요 ……. 당신 아버지 환자(桓子)는 단도(斷道)의 모임에 가서 포로가 되었지만, 멋지게 탈출해서 귀국했소. 나도 당신 아버지의 용기를 크게 찬양했던 한 사람이오."

"황공합니다."

"오늘은 내게 황공해 할 것이 아니라 주군에게 황공해 하지 않으면 안되겠소."

"무슨 일입니까?"

"경으로서 묘당 자리에 앉아 주시오. 이것은 나의 부탁이기도 하지만, 주군의 명령이오. 하지만 거절을 하는 것이라면 진무우 등을 통하지 말고, 직접 주군께 말씀드리시오. 알아듣겠소."

한기는 차경(次卿)으로서 재상 조무(趙武)를 보좌해 왔던 사람이다. 진해 12월에 조무가 죽었으므로, 진나라의 재상 자리에 올랐다. 명장으로서 이미 이름이 높았다. 동시에 행실이 독실한 사람이라고도 했다.

그 한기가 제나라에 오는 것은 취임 인사 이외에, 제나라 공주를 진나라 공실에서 맞기 위해 예물을 바치기 위한 것이었다.

그것을 안 경공은 측근에게 말했다.

"전에 아버님 영공은 공주를 왕실에 보낼 때, 그 예절을 안환자에게 문의했다. 지금 우리 공실에서 딸을 진나라 공실로 보내려고 하는데, 안환자의 아들이 묘당에 앉아 있지 않는 것은 불안하다."

영리한 양구거가 곧 자미에게 그것을 귀띔한 것이다.

—— 과연, 예절에 관한 일로, 한기에게 수치를 당하지 않기 위해서는 안영을 곁에 두어야만 한다.

그렇게 마음 먹은 자미는 안영에게 좋고 싫음을 묻지 않고, 묘당 자리에 복귀시켰다.

경공은 즐거운 듯이 안영을 바라보았다.

—— 아아, 이 주군은 …….

안영은 자기의 마음 어딘가에서 미소를 지은 것처럼 느꼈다. 그 미소에는 명암이 있었다.

경공이라는 군주는 순진한 사람일 게다. 생모 목맹희(穆孟姬)가 노나라 출신인 만큼, 경기(經紀)에 관해서 성가시게 들으면서 자라났을 게다. 경(經)은 날실을 가리키고 기(紀)는 실의 끝쪽을 가리키는데, 종합하면 사람으로서의 도리, 군자로서의 자세라고 해도 좋으리라. 그러나 경공은 공자로서 생애를 보낼 생각이었는데, 뜻밖에도 군주라는 나라 최대의 중책을 짊어지게 되었다. 그렇게 되고 나서, 스스로를 속박해 온 경기가 귀찮게 느껴졌다. 아니 그보다는 나라의 군주는, 자신이 배운 경기를 초월한 곳에 있다고 해도 좋고, 만일 경기에 구애받는다면 더욱 큰 것이 필요하다.

청정이란 그런 것이다. 대신이 진언한 것을 듣는다. 그 듣고 허용한 것이 도리에 맞고, 선정과 이어졌다, 하고 알 수 있는 기준이 없었다. 불안이라고 한다면, 이보다 더 큰 불안은 없다.

자미와 자아는 틀림없이 공실을 위해서 힘써 왔다. 그러나 그들의 건의가 제 배를 채우려는 것일지라도, 경공으로서는 물리칠 근거가 없다. 그렇게 되면, 사람이나 사물을 좋아하거나 싫어하는 것으로밖에 볼 수 없고, 만일 판단에 망설이는 일이 있으면, 측근에게 의견을 물어보는 수밖에 없는 것이다. 그 측근이 어느 정도 신용될 수 있는가 하고 생각을 골똘히 해보면, 측근이 사심을 가졌느냐, 나쁜 짓을 꾸미는가 하는 것은 별도로 하고, 나라의 대계를 알 수 있는 정도의 견식을 가지고 있는가, 하고 생각하면, 사람이라는 것은 무서우리만큼 의지가 되지 않는다.

경공이 기뻐하는 것을 본 안영은, 그것이 불안에 흔들리고 있는 경공의 심상(心象)이 뒤집혀서 나온 것이라고 생각했다. 물론,

―― 내게는 호감을 가지고 있다.

하고 이해가 된다.

안영은 사직을 최상위에 놓고 있다. 군주일지라도 사직을 섬기지 않으면 안된다고 선군인 장공을 향하여 주장한 적도 있다. 단적으로 말하면, 군주가 살해되어도 나라는 파멸되지 않지만, 사직이 무너지면, 국민은 망국의 백성으로서 고난을 겪지 않으면 안된다. 신하라는 것은 사직을 위해 살고, 사직

을 위해 죽어야만 한다고 안영은 믿고 있기 때문에, 군주의
환심을 사는 일이나, 정쟁에 끼어드는 일도 사직과는 관계없
는 것으로 보아서 피해왔던 것이다.
　나라를 위해 사는 것은 어떤 것인가. 그것을 알고 있는 신
하는 제나라뿐만 아니라, 중화 전체에서도 몇밖에 안되리라.
그것을 알고 있는 사람은,
　"진나라의 숙향, 오나라의 계찰, 정나라의 자피(子皮) 정도
일까."
하고 안영은 손꼽아 보았다. 거기에 더한다고 하면 정나라의
자산(子産)일까, 하고 중얼거리는 때가 있었다. 정나라의 자
피는 대신으로서 보기 드물게 기량이 큰 인물로, 자기에게 돌
아온 재상의 자리를 자산의 현명한 지혜를 알아보고 양보했
다. 뒤에 공자는,
　── 자피가 자산을 이루게 했다.
라고 말하고, 자산을 성공시킨 것은 자피의 힘이고, 현자를
추천한 사람이야말로 현자이다, 하며 자피를 춘추시대 최고
의 현신이라고 격찬했다. 그러나 자피의 위대성을 인정한 것
은 안영 쪽이 빠르다.
　그것은 제쳐두고, 경공의 마음의 명암이 다소 농담(濃淡)
이 변했다고는 하지만, 곧장 자신의 마음으로 떨어져 왔다고
느낀 안영은 남몰래 생각했다
　── 작은 정성이나마 바쳐 보자.
　그것은 경공이 품은 호감까지 안영이 받아들였다는 것을
뜻한다.
　한기를 맞는 예절에 관해서 경공은 일일이 안영에게 물었

다. 안영은 느슨한 말을 하지 않는 사람이었으므로 가차없이 말했다.

"그것은 이렇게, 이것은 저렇게."

그와 같은 표현을 하는 사람을 아직껏 본 적이 없는 경공은 처음에는 놀라는 듯했으나, 이윽고 익숙해져서 도리어 안영에게는 허물없는 말씨를 쓰게 되었다.

"군주에게는 공사가 없기 때문에 언사에 표리가 있어서는 안됩니다."

하고 주의를 받았다.

야단맞은 아이가 성을 내고 싶고 울고 싶은 듯한 얼굴 표정을 한 경공이었지만, 하루가 지나자 깨끗이 잊고 있어, 안영의 쓴웃음을 자아내게 했다. 분명하게도 이런 것이었다.

—— 이 주군은 교육을 다시 받지 않으면 안된다.

그러나 40세에 가까운 군주를 다시 교육한다는 것은 불가능이라고 해도 좋다. 그럼에도 안영은 자기 가슴에 물었다

—— 일생을 바쳐서 해 볼까.

하겠다고 정한 이상 해내는 것이 안영이었다. 이 군주가 어리다면, 십수년이면 끝나는 교육도, 장년 때부터 시작하면 죽을 때까지 걸릴지도 모른다. 장년이나 만년의 암군(暗君)일지라도, 죽기 직전에 명군(明君)이라면, 경공은 명군으로서 끝난다. 그러면 되지 않는가. 안영이 이렇게 말하면 웃지 않는 사람이 없으리라.

—— 암군은 죽을 때까지 암군이다.

신하의 교육으로 암매(暗昧)한 성질이, 사람이 달라진 듯이 영매(英邁)하게 될 수 있을까. 헛된 일은 하지 말아야 한

다고 말할 것이다. 그 헛된 일에 일생을 바치는 어리석음을 자각하지 않는 안영은 아니었지만,

　—— 군주의 어둠은 백성의 어둠으로 이어진다.

고 알고 있는 만큼, 자기가 얼마 안되는 밝음을 위해서 전력하는 처지에 있다고도 통감했던 것이다.

　—— 성급했을까.

계찰의 조언을 생각해 낸 안영은, 군주에 가까운 자리에 앉은 자신을 그렇게 보았다.

한기가 왔다.

마치 안영의 충실한 제자와도 같이 경공은 예의를 벗어나지 않았다.

　—— 자질이 없는 것은 아니다.

안영은 경공을 그렇게 보았다. 하기야 한기는 싸움터 밖에서는 온화한 인물이고, 그 따스함이 경공의 행동거지에 여유를 주었다고도 할 수 있다.

　—— 이 진나라 재상에게는 이해심이 있다.

한기가 진나라로 돌아가더라도, 제나라와 진나라 사이에는 아무런 불온한 일은 생기지 않을 것이라고 안영은 생각했다. 그 안영의 생각은 반쯤 들어맞고 반쯤 빗나갔다. 한기가 제나라 군주나 신하들에게 별로 불쾌감을 느끼는 일은 없었고, 문제는 제나라 공주가 진나라 공실로 시집갔을 때 생겼던 것이다.

한기를 환영하는 자리에 자아는 자기 아들을 불렀다. 자아의 아들은 자기(子旗)라고 한다.

지금 제나라 조정을 운영하고 있는 것은 자아와 자미 두

사람이라고 해도 지나친 말은 아니었다. 대신들의 힘의 균형을 노린 두 사람이, 스스로 그 균형을 깼던 것이다. 따라서 자아는 상경(上卿)으로서 머지않아 자신의 뒤를 이어서 상경이 될 자기를 진나라 재상에게 보여서 알게 하려고 생각했던 것이었다.

그때까지 온건한 말을 해오던 한기는 자기를 보자 매우 신랄한 말을 했다.

—— 보가(保家)의 주(主)가 아니다. 불신(不臣)이로다.

"집안을 유지할 주군이 아닙니다. 불충(不忠)의 신하입니다."

라고 말한 셈이다. 대부로서는 실격이고, 제나라 군주의 신하로도 되지 못한다는 것이리라. 내용은 심했지만, 한기는 시원스럽게 말했으므로, 열석한 대부들은 실소를 자아냈다. 농담으로 들렸던 것이다. 그러자 자미도 자기 아들을 불렀다. 자미의 아들은 자량(子良)이라고 한다.

한기는 자량을 보자 똑같은 말을 했다. 아까보다 실소가 늘었다.

자미는 쓴웃음을 짓고, 자아는 소리내서 웃었다.

표정을 조금도 바꾸지 않은 것은 안영 한 사람뿐이었다. 나중에 다른 대부가 말했다.

"이번 진나라 재상은 농담을 잘 하는군. 풍미가 이색적이어서 좋지 않은가."

이 말을 들은 안영은 쌀쌀하게 말했다.

"그 사람은 군자요. 군자는 농담도 망언도 하지 않소이다. 그가 두 경의 아들을 보고 장래를 말하는 어떤 근거가 있는 것이 틀림없소이다."

4

경공이 여자를 진나라 공실에 보낼 것을 허락했으므로, 예물을 제나라 공실에 바친 한기는 진나라로 돌아가 복명했다.

마치 되돌아오듯이 제나라 공주를 맞기 위한 사자가 진나라를 떠났다. 그 사자는 한수(韓須)라 하고, 신분은 공실의 가족인 대부였다. 이 공족 대부는 다른 나라에는 없는 신분으로, 말하자면 경과 대부 사이에 있는 계급이었다. 한수는 한기의 아들로서, 부자가 제나라 공주의 시집가는 일에 관여하고 그것을 마무리지었다.

진나라 평공의 비 가운데 한 사람이 되기 위해 제나라를 출발하려는 공주는 소강(少姜)이었다.

여기까지 문제가 될 만한 일은 하나도 없었다.

그러나 경공은 약간의 곤혹을 느꼈다. 그리하여 안영의 자문을 받았다.

"누가 데려가야 하는가."

이것이 문제였다. 전례를 관장하는 관리에게 물으니, 공주를 맞으러 온 사람의 신분에 상응하는 사람에게 데려가게 하는 것이 예의라고 했다. 한수는 공족 대부이므로, 그 신분을 제나라에서 찾는다면 상대부라는 직급이 된다. 그러나 혼례의 사자는 진나라에서 한기와 한수가 왔던 것이며, 제나라로서는 경의 신분에 해당되는 사람으로 공자를 보내지 않아도 되는가, 하고 경공은 안영에게 물었던 것이다.

"진나라 군주가 공족 대부를 파견했다는 것은, 진나라 군주는 공주님을 부인으로 삼지 않고 비로 삼겠다고 암암리에 나타낸 셈입니다. 부인으로 삼으시려면 경 가운데 한 분이 와야 합니다. 그러기 때문에 이 쪽으로서는 공주님의 시중꾼은 상대부로도 무방하리라고 생각합니다만, 처음 사자가 한기라는 상경이었다는 점에 경의를 나타내시겠다면, 우리나라의 상경인 공손(公孫) 조(자아)든가 공손 채(자미)를 보내셔야 합니다."

안영은 정중하게 말했다.

"그렇군. 음, 참으로 그렇군."

이렇게 중얼거린 경공은 곧 자아와 자미에게 말했다.

"안영이 이렇게 말했다."

라고 강하게 말을 할 수 없는 경공은, 이 두 경의 기분을 살피는 듯이 말했다.

—— 진나라에 공주를 데리고 가라.

자아와 자미는 자기 아들이 한기에게 헐뜯기어서 내심 재미가 없었다. 입을 맞춘 듯이 완강하게 말했다.

"진나라로부터 공족 대부가 왔으므로, 이 쪽은 상대부면 됩니다."

"그렇군. 음, 참으로 그렇군."

중얼거림에 약간의 탄식을 섞은 경공은, 그 상대부로 진무우를 선택했다.

일이 얽히고 설킨다는 것은 이런 경우일까, 하고 어처구니 없어 할 만한 순조롭지 못한 일이 생겼다.

　진나라 평공은 10대 중반에 즉위하여 17년이 지나고, 18년째로 접어들었는데, 제나라 경공보다 젊었다. 참으로 범용한 군주로서 그 성정은 경공보다 뒤질지도 모른다. 암군이라고 단정해도 좋지만, 그렇게 보이지 않는 점이 평공을 양육하고 보좌하고 있는 숙향의 비범성이라고 할 수 있었다.

　평공은 음악과 여자를 사랑하는 이외의 능력은 없는 듯했다. 그만큼 성정에 섬세함이 있다고 하면 그럴지도 모르나 그 섬세함은 탐닉의 그림자를 가지고 있었다. 예컨대 그가 기꺼이 가까이 붙어 있게 하는 거문고의 명인 사광(師曠)에게 거문고를 계속 타게 하고,

　"더욱 슬픈 음악을 ——."

하고 계속 요구하는 것에서도, 그 성정이 퇴폐의 위험성을 가지고 있음을 알 수 있다.

　평공은 음악을 사랑하듯이 여자들을 사랑했다. 그의 젊은 정기는 청정에 쏟아지지 않고 여체에 쏟아졌다. 그의 위안은 여자가 거처하는 방밖에 없었다고 할 수 있었다. 그의 활력은 계속 음란하게 방출되고 마침내는 쇠약해졌다.

　지난 해 평공이 병으로 쓰러진 것은 그것이 원인이었다.

　"여인을 사랑하는 것을 적당히 하십시오."

　의사가 말했을 때 평공은, 아마도 질려서 후궁의 비첩들을 몇 사람 밖으로 내보내기도 하며 절제에 힘썼다.

　제나라 소강을 맞은 평공은 건강이 회복되어 있었다.

　소강을 본 평공은 마음의 거문고가 울린 듯이 느꼈다. 소강은 젊다. 소녀라고 해도 좋다. 이 소녀는 미모이고, 게다가 영리하며, 타고난 우아함을 밝게 감싸고 있었다.

—— 좋은 여자다.

가슴이 두근거리는 것을 느낀 평공은 밤에 소강의 아름다운 몸을, 남자로서는 드물게 희고 가는 손가락으로 더듬고, 그 손가락 끝에서 안심을 느끼어, 그의 마음은 밝은 기쁨으로 젖어들었다.

합성(合性)이 좋았다는 점도 있었다고 할 수 있었다. 평공은 소강을 지나치게 귀여워했다. 그 증거로,

"소제(少齊)."

라고 호칭을 바꾸었다. 비의 호칭에 국호가 쓰인다는 것은 정부인으로 인정했다는 것이다. 며칠이 안되어서 소강은 소제가 되고, 평공의 아내 가운데서 가장 상위에 앉게 되었던 것이다.

이 때 진무우는 진나라 수도를 떠나지 않고 있었다.

진무우는 갑자기 체포되었다. 그의 신병은 북쪽 중도(中都)라는 읍으로 보내지고, 그곳에 구류되었다.

"부인이 될 공주를 상대부가 데리고 온 것은 무례하기 짝이 없다."

이것이 체포와 구류의 이유였다.

이만큼 도리에 맞지 않는 일은 없었다.

군주의 의향이 급변함으로써 제나라의 예의는 무례로 바뀐 것이다. 대국의 거만함이란 이런 것인지도 모른다.

그 사실을 알게 된 소제는 놀라 진무우의 구명을 평공에게 호소했다.

평공에게는 편협한 점이 있었다.

자신이 제나라에게 모욕당했다고 여기고, 대국의 주인으

로서의 모습이 더럽혀졌다고 느끼고 있었다. 그에 따라서 생긴 노기가 응어리로 되어 좀처럼 사라지지 않았다.

아무리 소제를 사랑하더라도 이것과 그것은 별도였다.

소제는 마음이 아팠다.

물론 친정인 제나라 공실에 알려졌으리라.

"무슨 일이야."

탄식을 입에 올리고 당황한 경공은, 그러나 자아나 자미를 꾸짖을 수도 없었다. 결국 안영에게 말하는 수밖에 없었다.

"진나라에 가서, 진무우를 도와주기 바라오."

아마도 이것이 겨울의 일이었다. 안영이 출발할까 말까 할 때에 진나라로부터 급보가 들어왔다.

"이게 무슨 일인가?"

경공은 마치 하늘에 묻는 듯이 위를 올려다보았다.

소제가 죽었던 것이다.

허무하다. 참으로 허무하다. 반짝이기 시작했다고 보였는데, 곧 사라져간 별과 같은 일생이었다. 사인은 알 수 없었다. 경공은 낙담하였으나, 더욱 낙담한 것은 평공이었다.

공허해졌다. 소제를 잃고, 군주의 고독으로 되돌아간 모습이 거기에 있다고 해도 좋았다.

동시에 마음의 응어리도 잃었다.

그것을 통찰한 숙향은 진무우를 감금해 둔 비리를 호소하고, 석방을 권고하여 허락을 받았다.

중도를 나온 진무우가 나는 듯이 제나라로 되돌아왔다. 안영을 만난 진무우는 깊은 감개에 젖어 말했다.

"소제님이 한 목숨을 바쳐서 나를 구해 주셨다고밖에 생각되지 않소."

그런데 진나라에서 죽은 소제는 경공의 딸이 아니라 경공의 형인 장공의 딸이었다.

다음 해, 진나라 공실과의 우호를 회복시키기 위해서 경공은 안영을 진나라로 보내고, 그때 소제의 일을,

── 선군의 적(適).

이라고 말하게 했다. 선군은 영공이 아니라 장공이리라. 적(適)은 적(嫡)을 말하며, 정부인이 낳은 여자를 뜻했다.

소제가 지나치리만큼 귀여움을 받았다면, 소제의 자매가 있으므로 용모가 닮은 사람을 뽑아 진나라 공실에 시집 보내면, 평공은 기뻐하고 양국의 서먹서먹한 관계가 개선되지는 않을까. 그 타진을 위한 사자로서, 경공은 망설이지 않고 안영을 선택했다.

안영은 경이다. 그렇다면 진나라에서 빈축을 사지 않을 것이다. 작위뿐만 아니었다.

"큰 일의 사자는 안영에 한한다."

경공은 측근들에게 말했다. 국운이 걸린 외교는 참으로 어렵고, 그것을 담당하는 사람은 성의와 해박함과 고견을 겸비하지 않으면 안되며, 무엇보다도 상대국의 군주와 신하의 신용을 얻을 수 있는 인격을 가지고 있어야 한다. 과거를 돌이켜 보면, 제나라의 신하 가운데, 외교에 뛰어났던 사람은 안약밖에 없었고 재주 많은 최저조차 외교는 서투른 점이 있었다고 생각하면, 안약의 아들 안영이 외교에서 빛나는 이름을 얻은 것은 핏줄의 힘에 따른 것인지도 모른다.

"다녀 오겠소."

안영은 집사람에게 말했다.

이미 안영에게는 처자가 있었다. 적자의 이름은,

"어(圉)."

라는 것은 알 수 있으나, 안영의 아내가 어느 나라 어느 집안의 출신인가 하는 것은 알 수가 없다. 추측하건데 안영이 죽은 뒤 안씨의 당주가 된 어가 제나라 내란에 말려들어서 이웃 노나라로 망명한 것으로 보아, 어머니의 친정은 노나라에 있었다고 여겨진다.

안영에게는 어 이외에 아들이 있었는데, 그 몇 명인지 알 수 없는 아들이,

"평씨(平氏)."

라고 하여, 그 집안을 존속시켰다. 안영은 죽은 뒤에 안평중 (晏平仲)이라고 불리었으므로, 그 평을 씨로 삼은 것이다.

안영은 출발 전에 가재에게도 말을 했다.

그러나 이때의 가재는 고규(高糾)가 아니었다.

안영은 고규를 파면했다.

갑작스런 일이라 고규는 대들었다.

"무엇 때문에 파면을 하시는지 들려주시기 바랍니다."

안영은 고규를 응시하고 분명히 말했다.

"우리 집안에는 가속(家俗)이 셋 있다. 그런데 너에게는 한 가지도 없다."

"무슨 말씀이십니까?"

고규는 발끈 화를 냈다.

가속이라고 하는 것은 집안의 풍습이라는 것이다. 안영 밑에 있는 사람은 평소에 이러하지 않으면 안된다는 암묵의 규

정이다.

그 가속의 첫째는 집안 일이 바쁘지 않을 때에는 차분하게 담론을 하는 것이고, 그것을 하지 못하는 사람은 물리치면 된다. 둘째는, 집 밖에서는 상대의 장점을 찬양하고, 집안에서는 학문과 기예를 닦는다, 그것을 하지 못하는 사람과 같이 있어서는 안된다. 셋째는 나라 일에 관하여 논하지 말고, 사에게 교만하고, 식자를 깔보는 짓을 하는 사람은 만나서는 안된다. 이상이 안씨의 가속인데, 고규는 그 하나도 볼 만한 것이 없었다고 말한 안영은 엄한 어조로 말했다.

"나는 녹봉을 주기만 하는 주군이 아니다. 이제 그만두기 바란다."

고규는 대꾸할 말이 없어 안씨의 집을 떠났던 것이다.

임치를 출발한 안영이 황하를 건너, 중모(中牟)라는 읍에 가까이 갔을 때, 길가에서 몇 사람의 노동자가 휴식을 하고 있는 것을 보았다. 풀을 베는 노동자인 듯했다.

"노예인 것 같습니다."

같이 타고 있는 신하가 말한 뜻은, 이런 곳은 빨리 지나갑시다, 하고 안영에게 넌지시 권유한 셈이었다.

"노예종이라……."

이렇게 중얼거린 안영은 마부에게 마차를 세우게 했다. 같이 탄 신하는 얼굴을 찌푸렸다.

유난히 안영의 눈길을 끈 사람이 그 노동자들 가운데 있었던 것이다.

호문(虎門)의 공방

1

그 사나이는 찢어진 관을 쓰고, 가죽옷을 뒤집어서 입고 있었다.

거죽의 털이 닳아 빠진 탓이리라.

등에는 여물을 지고 앉아 있었다.

늙어 보이는 것은 몸에 걸치고 있는 것의 초라함과 햇볕에 타고, 먼지를 뒤집어쓴 얼굴 때문일 것이다. 자세히 보면 어깨 언저리는 늙은이의 쇠잔함이 아닌 건장함이 있었고, 눈길에 공허함이 있기는 했지만 미간에는 비천함이 없었다.

—— 군자임이 틀림없다.

이렇게 생각한 안영은, 같이 탄 신하에게 말했다.

"저기서 휴식하고 있는 이가 이들 노예종의 주인인 듯하다. 저 노예종과 얘기를 하고 싶다. 그렇게 주인에게 양해를 얻고 와라."

신하는 종종걸음으로 가서, 나무 그늘에 깔개를 펼쳐 놓고, 집안 사람과 환담을 나누고 있는 주인에게 말을 걸었다.

"저, 제나라 경이신 안자님 ──."

주인은 놀라는 듯했다. 물론 싫다고 하지는 않았다.

노예종이라는 것은 집안 노예이다. 안영이 눈길을 준 사나이는 아무리 보아도 학식이 있는 것 같아서 노예종의 신분인 것이 이상했다.

안영은 그 노예종 곁에 앉았다.

사나이는 시치미를 떼는 태도로 고개를 돌리고 있었다.

"성명을 알고 싶소."

"월석보(越石父)라고 합니다요."

사나이는 말했다. 보(父)는 존칭이다. 노예종이 되기 전에 사람들의 존경을 받고 있던 사람임을 알 수 있다.

"어떻게 해서 중모에 왔지."

"사람 때문입니다. 노예종으로서 계속 일하면 머지 않아 돌아갈 수 있겠죠."

사람 때문입니다 라는 말에서 범죄 냄새가 났다. 어떤 사람의 대신이 되었던가, 어떤 사람을 위해 배상이 필요했던가, 그러한 일임이 틀림없다. 요컨대 이 사나이는 자진해서 노예종이 되었다. 그 점이 다른 노예종과는 달랐다. 긍지를 잃지 않고 있었다.

"노예종이 된 지 얼마나 되었나?"

안영을 절대로 보지 않았지만, 월석보의 대답은 안영의 물음을 피하지 않고 있었다.

"3년입니다."

몇 년이 지나면 노예종의 신분에서 벗어날 수 있는가. 안영은 그것을 물어보려고 하다가,

―― 아직 상당히 앞날의 일이다.

라는 느낌이 들었다. 그리하여,

"배상할 수 있나."

하고 물었다. 당신을 살 수 있는가 라는 것이었다. 그 말을 들은 월석보는, 처음으로 안영에게 고개를 돌리더니 힘차게 말했다.

"할 수 있습니다."

"좋아."

안영은 일어나서 근신에게 명령했다.

"참(驂)을 가지고 배상하고 싶다고 저 주인에게 교섭하고 와라."

참은 3이라는 것으로, 세번째 말을 가리키며, 2두 마차의 부마(副馬)이다. 그 말과 월석보를 교환하자고 제의했다. 사람의 목숨은 싸다고나 할까, 말 값이 비싸다고나 할까, 월석보의 주인은 망설이지 않았다.

"좋습니다."

노예종 한 사람을 안영에게 넘겨 주었다.

곁들여 말하면, 부마는 참(驂)과 비(騑)가 있으며, 4두 마차의 경우, 참이 왼쪽 바깥 말, 비는 오른쪽 바깥 말이다. 안영이 타고 있던 마차는 4두 마차였는지도 모른다.

"월석보의 의관을 갈아입히고 뒤따르는 마차에 태워라."

중모의 여관에 도착한 안영은 근신에게 이렇게 분부하고, 월석보를 시종으로 하여 여행을 계속하기로 했다.

진나라 도읍에 들어간 안영은 곧 경공의 요망을 진나라 공실에 올리게 했다.

그것을 받은 한기는 평공의 의향을 묻고, 숙향에게 내락의 전갈을 가지고 안영에게 가게 했다.

약혼은 성립되었다.

소제에 이어서 제나라 공실이 보내는 여자에 관해서, 진나라로서는,

"내주(內主)를 얻을 수 있다면."

이라는 표현을 썼다. 내주는 정부인이라는 것이다. 안영이 멋지게 사명을 수행했다고 할 수 있었다.

공실의 향례를 받은 안영은 숙향 개인의 초대를 받기도 했다.

여기서의 대담은 후세의 사가가 반드시 특기해야 할 재미와 사료적 가치를 지니고 있다.

그러나 그것을 들어보면, 두 사람의 푸념이었다. 춘추기를 대표하는 현인의 푸념이란 이런 것인가, 하고 생각하면 더욱더 취향의 경향에 현묘함이 생길 것이다.

숙향이 입을 열었다.

"제나라는 어떻습니까."

이 어떠냐 라는 물음에는 허식을 떼어버린 제나라의 실정을 듣고 싶다는 목소리가 들어 있었다.

안영은 별로 숨기려고 하지 않는다.

"계세(季世)입니다."

지금이라면 말세입니다, 라고 대답한 것이다.

왜냐면, 제나라의 실권을 진씨가 잡아가고 있고, 머지 않아 제나라는 진씨의 것으로 될 것 같기 때문이었다.

틀림없이 지금은 자미와 자아가 장악하고 있으나, 그것은

표면적인 위세이고 발판이 약했다. 참으로 한 나라의 지배자가 되려고 하는 사람은 눈 앞의 정권 따위에 손을 내밀지 않는다. 발판을 굳히고 굳혀서, 결코 발돋움하여 서지 않고, 백성의 선망이 높아지는 것을 틈타서 한 나라를 환골탈태(換骨奪胎)해 버린다. 그것이 불의거나 불충이거나간에 반역도 아닌 환경이 조성되어 버리면, 군주의 자리를 빼앗아도 그 찬탈자는 자기 나라에서 비난받지 않는다. 그 행위가 민의의 발현이기 때문이다.

—— 진씨가 노리는 것은 그것이리라.

안영은 예단하고 있었다.

진씨의 움직임은 교묘했다. 그 단적인 예를 안영은 숙향에게 말했다.

"제나라에는 본래 네 개의 되가 있습니다."

두(豆), 구(區), 부(釜), 종(鍾)이 그것이다.

4승(升)이 1두, 4두가 1구, 4구가 1부이다. 종만은 4진법에 해당되지 않고, 10부가 1종이 된다. 바꾸어 말하면 1종은 10부, 40구, 160두, 6백 40승이다. 춘추기의 1승은 0.194리터이지만, 승은 제나라의 네 가지 되에 들어가지 않는 듯하다.

"그런데 진씨의 되는 다릅니다."

안영이 말했다.

진씨의 1두는 제나라 말로 치면 5승이 된다. 구나 부도 제나라 되로 고치면 5진법에 해당된다. 따라서 진씨의 1종은 10부임에는 틀림없으나, 그 내용은 50구이다. 본래의 승으로 고치면 1종은 1천 2백 50승으로, 제나라 되인 1종의 배에 가까운 양이다.

진씨가 자기 영지에서 독자적인 되를 만든 것이 문제가 될 것은 없다.

그 되의 사용법에 진씨의 사상이 나타나 있었다. 안영은 진씨가 두 종류를 가려 쓰고 있는 것에 대해서, 한마디로 말했다.

—— 가량(家量)으로써 꿔주고, 공량(公量)으로 되받는다.

물건을 꿔주는 경우, 진씨는 자기 집의 되를 쓴다. 그러나 돌려받을 때에는 공적인 되를 쓴다. 그렇게 되면, 예컨대 1구의 곡물을 진씨로부터 꾼 사람은 실제로는 4두가 아니라 5두를 꾸었는데 갚을 때에는 4두를 갚으면 되고, 1두가 이득이 된다. 백성들은 그 사실을 잘 알고 있었다.

"진씨의 백성이 되면 생활에 여유가 생긴다."

이렇게 말하며, 앞을 다투듯이 진씨의 영지로 이주하고 있었다.

진씨는 물가에도 신중한 배려를 하여, 생선, 소금, 조개류 따위 바다에서 생산되는 것이 시중에서 팔릴 때, 중간에서 이익을 얻을 수 없도록 하고 있다. 그 때문에 해산물의 값은 해변에서나 읍내에서나 똑같다. 목재에 관해서도 마찬가지 조치가 취해지고 있으므로, 진씨의 백성은 물가고에 시달리는 일이 없다. 그 때문에 백성들은 저절로 진씨에게 귀의한다. 사람들이 진씨를 향해 이동해 가는 모습을,

"유수(流水)와 같다."

라고 안영은 표현했다. 물의 흐름은 아무도 막을 수 없는 것이다.

제나라 공실은 물의 혜택을 잃고, 얼마 안 가서 말라 죽을 것이라고 안영은 암암리에 말했다.

그 생각을 이해한 숙향은 울적함을 숨기지 않고 말했다.

―― 우리 공실만 해도 이미 또한 말세이다.

또, 라고 말한 것은 제나라와 마찬가지라는 말이었다.

서민은 피폐했다고 하는데, 궁전은 더욱 더 사치스러워지고, 길에서 굶어 죽는 사람이 줄지어 있다고 하는데, 총애를 받는 비의 집은 부유하게 번영하고 있다. 백성은 공실의 명령이 떨어지면, 두려워서 도망쳐 버린다.

정권은 대신들에게 장악되어 있고, 군주는 하는 일이 없으며, 백성들은 의지할 데가 없었다. 그 점을 숙향은,

정사, 가문에 있고, 백성 의지할 데 없다. 군주, 낮에 고치지 않고, 즐거움을 가지고 수심을 보낸다.

하고 말했다. 춘추 중기의 각 나라 풍경은 바로 이것이리라. 상급 귀족의 전성기이고, 그 영화 그늘에 군주와 백성이 있었다.

숙향은 개인적인 일에서의 탄식도 안영에게 드러내 보였다.

안영은 푸념을 주고받으며 심부름을 성공시킨 듯했다. 제나라 공주를 한기가 맞으러 온다고 하는 확약을 받고, 귀국길에 올랐다.

―― 주군께서 걱정하고 계시겠지.

안영은 수행하고 있는 관리를 한 발 앞서 돌아가게 했다.

그 관리가 심부름의 결과를 경공에게 보고했다.

"내 예상대로구나. 이것으로 진나라와의 우의가 성립되었어. 큰 일의 사자는 안영에 한한다. 여보게, 양구거, 집 말인데 안영의 답답한 집을 허물고 지저분한 이웃집을 없애 버린 뒤 안영을 위해서 큰 집을 지어 줘라. 서둘러라."

경공은 희열을 터뜨리듯이 명령했다.

사실은 안영이 경에 복귀했을 때, 경공은 미복(微服)으로 갈아입고 양구거 등 측근을 거느리고 도읍 안을 남몰래 구경한 적이 있었다.

그때, 시장 가까이에서 안영의 집을 발견했던 것이다.

"추(湫) · 애(隘) · 효(囂) · 진(塵)."

주거로서는 최악이었다.

눅눅한(湫) 곳에 세워져 있고, 좁고(隘), 주위는 시끄럽고(囂), 먼지(塵)가 많았다. 나중에 안영을 만난 경공은 그와 같이 표현하고,

"건조한 높은 곳에 집을 지으면 어떨까."

하고 권했다. 그러나 안영은 거절했다.

"그 땅은 돌아가신 아버님이 거처를 정하신 곳입니다. 후사로서 부족한 대로 그 땅에서 살 수 있는 것을 과분하게 생각합니다. 저는 덕이 모자라는 소인에 지나지 않지만, 시장 가까이 살고 있는 덕분에 아침 저녁으로 장을 보기가 쉬워 득이 되고 있습니다. 굳이 마을 관리에게 번거로움을 끼치고 이전할 것은 없다고 생각합니다."

경묘한 사양의 말이었다.

—— 특이한 사람이야.

라고 경공은 생각했을 것이 틀림없다. 저도 모르게 소리를 내서 웃었다.

"과연 그대의 집은 시장에서 가깝군. 그렇다면 시장에서 무엇이 비싸고 무엇이 싼지 알고 있는가."

장난스럽게 물었다.

"시장에서 가까운 것을 편리하다고 여기고 있는 한, 모르는 것이 있겠습니까."

"허어, 그럼 말해 보라."

안영이 모른다, 하고 말하면 그 이상의 질문을 할 생각은 없었을 경공이다. 이 군주에게는 짓궂은 면이 있었다.

"용(踊)은 비싸고, 신발은 쌉니다."

비꼼이 아니었다. 안영은 사실을 말한 것이다.

용이라고 하는 것은 발 잘리는 형벌을 받은 사람이 신는 의족이다. 그것이 시중에서 비싸다는 것은, 그만큼 수형자가 많다는 것을 나타내고 있다. 그것에 비해 수형자가 아닌 사람이 신는 보통 신발은 싸므로, 얼마나 제나라의 형벌이 가혹한가를 경공은 비로소 알게 되었다.

바꾸어 생각하면, 이보다 더 멋진 풍간(諷諫)은 없다. 그러나 이 풍간의 선명성이 퇴색하지 않은 이면에는, 경공의 천성에 다정함이 있는 동시에 작은 용기를 가지고 있었다는 사실을 잊어서는 안된다.

경공이 그 뒤 사법 장관을 불러서 명령했다.

"우리나라의 형벌은 너무 많은 것이 아닌가. 검토해 보아라."

실제로 형벌을 줄였던 것이다.

　이것은 상경인 자미와 자아의 머리를 건너 뛰어서 내린 명령이다. 백성을 측은하게 여기는 마음이 상경에 대한 조심성을 능가했다고 할 수 있었다.

　—— 청정이란 이런 것인가.

　경공은 이것을 깨닫고, 자신감을 가졌다.

　경공 가까이에는 양구거라는 지나치게 영리한 사람이 있었다. 그는 형벌이 경감되자 그것에 대한 평판을 수집하여 보고했을 것이다.

　"신하들과 백성들은 모두 이번 주군의 명단을 찬양하고 있습니다."

　경공의 기분이 나쁠 리 없었다.

　—— 음. 안영은 그런 사람인가.

　이 시점에서 경공은 깨달은 바가 있었다. 안영이 진나라에 가서, 거침없이 사명을 수행하고 돌아오고 있었다.

　"집을 지어 주고 싶다."

　자기에게 자신을 심어 준 안영에 대한 사례였다.

　안영이 임치에 도착했을 때, 그 광대한 집은 준공되어 있었다.

2

　임치의 성문 밖에서 출영을 받은 안영은 집의 신축 이야기를 듣고,

　"그래 ——."

하고 놀라움을 나타냈으나, 기쁨을 나타내지는 않았다. 그는 자택에는 들르지 않고 그대로 공궁으로 가서 경공에게 복명했다.

성공적으로 돌아온 안영을 크게 치하한 경공은,

"한시 바삐 여행의 먼지를 털어버리고 싶겠지. 자택으로 돌아가는 것이 좋다."

하고 아무렇지도 않은 듯이 말했으나, 싱글벙글하는 가운데 치기(稚氣)를 보였다.

안영이 자택으로 돌아가면, 틀림없이 놀랄 것이다. 내일 안영이 무엇이라고 말할지 그것이 즐거웠다. 경공은 자기가 몰래 행한 취향의 즐거움을 억누르지 못하고 있는 것 같았다.

공궁에서 물러난 안영은 막 준공된 집 앞에 서서 한번 흘끗 보고 나서, 복잡한 얼굴을 하고 서 있는 가재를 불러서 엄한 어조로 말했다.

"이 집을 허물고, 예전 집과 같이 하고, 이웃 집도 본래의 것과 같이 세워서, 이웃 사람을 불러들여라."

그리고 자신은 지체없이 안리의 집으로 가서 양해를 얻었다.

"집을 다시 짓게 되어서, 얼마 동안 신세를 지겠네."

다음 날 입궐하는 안영을 경공은 기다리고 있었다.

안영이 왔다. 얼굴 어디에서도 웃음을 찾아볼 수 없었다.

—— 기뻐도 기쁜 얼굴을 짓지 못하는가.

경공은 그렇게 생각하면서 눈을 가늘게 뜨고 물었다.

"집은 어떤가."

"집은 허물고 있습니다."

경공의 눈이 더 이상 떠지지 않을 정도로 커졌다. 안영이 말한 것이 도저히 사실이라고 여겨지지 않았다. 어느 신하라도 군주가 집을 지어 주었다면, 군주의 은혜를 느끼고 자만할 것이리라. 그럼에도 안영은 부질없는 짓을 해주었다라고 하는 듯이, 집을 다시 짓고 있다고 했다. 경공의 호의는 톱밥처럼 버려진 것이다. 과연 경공은 화가 나서, 떨리는 목소리로 말했다.

"그 집의 어디가 부족한가."

"부족하지는 않습니다. 너무 큽니다."

이렇게 대답한 안영은 속담을 꺼냈다. 살기 편한 집이란, 집 그 자체의 구조보다도 환경에 있다. 더욱 분명히 말하면, 이웃 집 주민을 잘 만난 집이야말로 살기 편한 집이라고 할 수 있다.

—— 집을 점치는 것이 아니라, 오직 이웃을 점친다.

주거를 정할 때에는 주택이 좋고 나쁜 것을 점치는 것이 아니라, 이웃사람을 점쳐야 한다. 속담에는 그렇게 되어 있다. 따라서 집을 이전의 크기로 되돌리고, 이웃 사람을 불러들이고 있다고 안영은 말했다.

"안돼. 안돼."

경공은 불쾌감을 감추지 않고 이렇게 말했다. 안영을 물리친 뒤에, 몹시 기분이 나빴다.

—— 거, 참, 또 진씨를 찾아가야 할까.

고개를 저은 안영은 진무우에게 사정을 털어놓고, 경공을 달래 달라고 했다.

경공은 진씨의 말이라면 순순히 듣는다.

주택 개축의 일도 진무우의 중재로 낙착되었다.

집으로 들어간 순간, 가재가 다가와 말했다.

"월석보가 떠나겠다고 합니다."

"갑작스런 일이군. 만나야겠다."

안영은 중모에서 월석보를 노예종의 신분에서 해방시켰다. 그 뒤 한 번도 이야기를 나눈 적이 없었다. 월석보가 안영 밑에 머물러 있거나 떠나거나 마음대로이지만 여기까지 따라와서 갑자기 떠난다는 것이 기묘했다.

"무엇인가 무례하게 한 것이 있었나?"

안영은 그런 투로 물었다.

그러자 월석보가 속담을 끄집어냈다.

—— 사(士)는 자신을 몰라주는 사람에게 굴(詘)하고, 자기를 알아주는 사람에게 신(申)한다.

사라고 하는 것은 자기를 알아 주지 않는 사람에게는 굴복하지만, 자기를 알아주는 사람에게는 뜻을 신장시키는 것을 말한다.

"나는 3년 동안 남의 종이 되어 있었습니다. 그 사람은 나를 알지 못했어요. 그러나 당신은 나를 보상해 주었습니다. 당신이 나를 알았다는 것이죠. 그럼에도 당신은 나를 잊었습니다. 오늘도 한 마디의 말도 없이 먼저 집에 들어가게 했습니다. 이래가지고는 나를 종으로 삼고 있는 것이나 다름없습니다. 이 상태가 계속되는 것이라고 하면, 나는 몸을 팔아서 당신에게 말의 대가를 돌려주는 것이 낫다고 생각했던 것입니다."

"아아 ——."

명민한 안영도 말문이 막혔다.

남의 일은 알지만, 자기의 일은 모르는 것이다. 자성(自省)이 엄격한 안영조차도 자기를 망각하는 수가 있었다.

"자기의 행동을 뒤돌아보는 사람은, 잘못을 질질 끌고 가지 않는 법이오. 상대의 진실을 헤아리는 사람은 겉으로의 말이 잘못되어도 비난하지 않는 법이오. 당신은 군자이니까 내 말이 어떠하든 나를 버리는 일은 없을 것이오. 나는 지금 즉시 스스로의 잘못을 고칠 생각이오."

안영은 월석보에게 사과하고 곧 자리를 깨끗이 하고, 술을 준비하여 월석보에게 최고의 예의를 보였다. 그러나 월석보는 겸손하게 사양했다.

"저에게는 이런 최상의 예의가 맞지 않습니다."

사람을 잊는다고 하는 것은 자신을 잊는다는 것이다. 그 점을 안영은 월석보에 의해 알게 되었다.

이 날부터 안영은 월석보를 중요한 손님으로 삼았다.

월석보가 안영의 집에 언제까지 머물러 있었는지는 알 수 없으나, 안영의 예우를 이만큼 받은 사람은 그 한 사람이었다.

안영의 집 재건축이 끝난 것은, 아마도 여름 끝 무렵이었으리라. 그 전에 진나라로부터 한기가 왔다.

여기서 이해할 수 없는 일이 일어났다.

한기는 평공의 후실이 될 공주를 맞으리 온 것이었으나, 실제로 그가 데리고 간 것은 공주가 아니라 자미의 딸이었다.

자미가 바꿔치기를 한 것이다.

그 바꿔치기를 한기가 묵인한 것도 수수께끼였다.

　그때 제나라 재상은 자미라고 해도 좋다. 진나라 재상이 된 한기가 다스리고 있는 영지는 그다지 넓지 않고, 진나라 각 경이 가지고 있는 세력에 비하면 작은 편이었으므로 한기로서는 살아가기 어려운 점이 있어서 세력 확대를 지향하고, 그 일환으로 제나라 실력자인 자미와 결탁하고 싶었던 것인지도 모른다.

　자미도 기묘했다.

　공주와 자기 딸을 바꿔치기 하고, 그 딸이 평공의 총애를 받게 된 뒤에,

　"실은 저는 제나라 공주가 아니라 자미의 딸입니다."
하고 말하게 하려는 생각이었을까. 총애를 받지 못하면 그 딸은 제나라 공주인 채로 생애를 마치지 않으면 안된다. 자미에게 득이 된다고 여겨지지는 않았다.

　자미는 고사하고 한기가 사기와 같은 짓을 저지를 사람이 아니라는 것을 생각하면, 이 바꿔치기 사건의 실상은 이런 것이 아니었을까.

　경공은 소제의 자매 한 사람을 택하여 자미에게 말했다.

　"저 애를 진나라로 보낸다."

　지난번의 혼인에서 상경을 딸려 보내지 않았던 것을 진나라로부터 힐책받았으므로, 이번에는 자미에게 그 임무를 명령했다.

　자미는 그 공주를 보고 불안을 느꼈다.

　―― 소제를 닮지 않았다.

　이것이 불안의 최대 원인이었다.

　당연히 자미는 경공에게 물었으리라.

“다른 공주는 ——.”

“그 애밖에 없소.”

경공이 말했다. 실제로 미혼인 공주는 한 명밖에 남아 있지 않았던가, 또 있었다고 하더라도 그 공주보다 어떤 점에선가 뒤진다고 생각했다.

—— 곤란하구나.

자미는 고민했다. 제나라에서 보내는 공주가 진나라 평공을 불쾌하게 만든다면, 시집 보내는 경사가 또 한번 불화를 불러일으킨다. 그리하여 한기와 의논을 했다. 한기에게 공주를 보여 주고, 고민을 털어놓았다.

“저 공주가 진나라 군주를 만족시킬 것이라고는 생각되지 않습니다. 그렇기는커녕 노여워할 원인이 되지나 않을까요.”

한기는 말을 분명히 하는 사람이었으므로 정직하게 대답했다.

“그렇군요.”

소제와 이번의 공주와는 너무나 차이가 났다. 자미는 궁여지책으로 자기 딸을 한기에게 보이고, 바꿔치기를 비쳤다.

“어떻겠소.”

“음, 그렇게 할까요……”

한기가 보증해 주지 않으면 도저히 있을 수 없는 일이었다. 자미의 딸은 진나라 공실에 들어갔으나,

“나를 속였구나.”

하고 평공이 화를 낸 사실은 없었으므로, 한기가 평온하게 일을 수습했던 것이리라.

자미 밑에 남아 있던 공주는 자미 집에서 다른 집으로 시

집갔던 것이다.

어쨌든 이 무렵, 자미의 권세는 절정이라고 해도 좋았다.

행인지 불행인지, 이 해 겨울에 자아가 죽었다. 이제까지 서로 손잡고 난국에 대처해 온 자아를 잃은 것은 자미에게 허전함을 느끼게 했을지도 모르지만, 바꾸어 생각하면 국정을 전단할 수 있게 된 셈이었다.

그것에 대해서 안영이 말했다.

―― 강(姜), 그것 참으로 위험하구나.

강이라는 것은 강성의 집안 사람이라는 말이다. 그 일족의 수장은 제나라 공실의 주인, 즉 경공이고, 자아의 집안이나 자미의 집안도 공실에서 갈리어 나온 것이므로, 당연하게도 강이라는 성이다. 자아와 자미가 앞을 다투어 번영하고 있는 동안에는 아직 괜찮겠지만, 그 한쪽이 쇠퇴해 버리면 나머지 한쪽도 쇠약해지지 않을 수 없고, 그것에 따라 공실도 약화될 것이다. 그 대신 번창하기 시작하는 것은 규(嬀)성이었다. 규성은 진씨를 가리킨다. 안영의 예상은 일관되게 진행되고 있었다.

자미의 위세는 천하에 알려져 있었다.

그 증거로 다음 다음해 봄에, 정나라로부터 자피(子皮)가 자미의 집을 찾아왔다.

"자미의 집에서 내 아내를 맞고 싶다."

이것이 그 방문의 이유였다.

"자피가 ――?"

자미보다 안영 쪽이 더욱 기뻐했다.

자피가 자미 집에 머무르고 있다는 것을 알고, 안영은 서

둘러 찾아가 면회를 청했다. 물론 자피는 안영의 명성을 듣고 있었다.

두 사람은 한눈에 서로 흉금을 털어놓게 되었다.

안영은 매일처럼 자미의 집으로 갔다.

사람을 만나고 사람과 이야기하는 행복감을 몸이 떨리는 듯한 기쁨 속에서 느낀 것은, 안영으로서는 이것이 최초이고 최후였을지도 모른다.

숙향과 이야기를 나눌 때에는 웬일인지 두 사람은 음침해졌다. 안영은 본래 음침한 사람이 아니므로, 그 어두움은 숙향으로부터 나오는 것이리라. 그러나 자피와의 대화는 아주 달라서 밝고 풍부했다. 하늘을 가리켜 현천(玄天)이라든가, 현궁(玄穹)이라고 하듯이 아무리 푸르게 개어서 눈부신 하늘일지라도 그 끝에서는 어둡다. 자피를 보고 있으면서 안영은 생각했다.

—— 이 사람은 현천이로구나.

사람의 상상을 초월하는 기량을 가졌으며 게다가 따뜻했다. 이 사람과 같은 시대에 태어난 것을 다행이라고 생각하지 않으면 안된다. 안영의 심신은 저절로 들떴다.

"안자는 어떻게 된 거야."

진무우는 의아하다는 듯이 안영을 만났을 때 물었다.

"자피를 종종 만나고 있다고 들었소."

자피의 어디가 그렇게도 좋으냐고 묻는 것이었다.

"선인을 쓸 줄 알기 때문입니다. 그 사람이야말로 백성의 주인입니다."

안영은 즐거운 듯이, 아주 딱 잘라 말했다.

그가 말하는 선인이란 자산(子産)을 가리키는 것이다. 자
피는 자산을 써서 선정을 펴게 하고 있다. 안영이 그렇게 말
한 것은 틀림없지만, 이것은 진무우에게 들려주는 말이었다.

"당신은 머지 않아 자피와 같은 실력자가 되겠지만, 자산
과 같은 현명한 재상을 써서 백성의 행복을 생각해야만 한
다."

안영은 진무우에게 그렇게 말하고 싶었던 것이다.

진무우는 준수하고 똑똑한 사람이었으므로, 아마도 그 숨은
뜻을 알아내고, 장차 있을 자기의 모습을 자피에게서 보았다
고 해도 좋았다.

동시에 진무우는 마음을 먹었다.

── 내가 쓸 선인이란, 여기 있는 안영이구나.

정나라에서의 자피와 자산의 관계를 제나라에 바꾸어 놓
으면, 자기와 안영의 관계가 된다. 그 미래상을 진무우가 뇌
리에서 그렸다고 하면, 거꾸로 보면 자미가 집정 자리를 떠난
뒤 진무우가 정권 정면 무대로 뛰쳐 나가는 것을 안영이 한마
디로써 봉쇄했다고도 할 수 있었다.

진무우가 정면에서 정치를 행하면, 그는 인심을 달래고 위
로하는 것을 잘 하므로, 인심은 공실에서 떠나 진씨에게 기운
다. 공실은 단번에 쇠약해지고 만다. 안영 혼자서는 어떻게도
할 수 없는 흐름이 되기 전에, 손을 써야 한다는 생각이 안영
이 보여주는 공실에 대한 충성의 표시인 것이다.

이 한마디도 그 수단이리라.

안영의 매서움이란, 어쩌면 이런 태연한 점에 있는지도 모
른다.

진무우와 같이 만사에 소홀함이 없는 사람도 안영의 이 말에는 감쪽같이 넘어갔다. 진씨가 제나라 공실을 못살게 굴기 시작한 것은 진무우의 아들때부터였다는 것을 생각하면, 안영이 얼마나 공실의 지주가 되어, 진씨의 비대화를 계속 억눌렀는지 알 수 있는 일이다.

진무우의 아버지인 진수무의 이름이 《춘추좌씨전》에 보이는 것은, 그들이 경봉과 경사를 주살하려고 한 해까지이다. 서력으로는 기원전 545년에 해당된다. 다음해쯤에 진수무는 은퇴한 것이리라. 그러나 언제 죽었는지는 알 수 없다. 《환자맹강호(洹子孟姜壺)》라는 금문(金文)에 의하면, 진수무가 죽자 국장으로 장례를 치룬 사실을 알 수 있다. 그리고 진무우의 아내 맹강(孟姜)은 영공의 딸이었고, 동생인 경공을 움직여서 청원을 이루었다.

"시아버지의 거상을 입는 것은 3년이지만, 그것을 1년으로 할 수 있게 천자의 청허를 얻어 주세요."

즉 진수무가 죽었을 때, 맹강의 남편 진무우는 경의 자리에 있었다. 각 나라의 경은 군주에 의해 임명되는 동시에, 주나라 왕의 인가도 필요했다는 말이다. 맹강은 자기를 위해서라기보다 남편을 위해서 거상 기간의 단축을 바라고, 경공과 주나라 왕의 허락을 받았던 것이다.

환자(洹子)는 환자(桓子)를 가리킨다. 진수무는 죽은 뒤에 문자(文子)라고 존칭되고, 진무우는 환자라고 존칭되었다.

그 진무우가 제나라에서 뛰어난 실력자가 되어, 안영을 부릴 시간이 다가오고 있었다.

3

자미가 죽었다.

그 죽음을 계기로 진씨는 거대하게 된다.

"이제야 자미가 죽어 주었구나."

내심 기뻐한 것은 진무우가 아니었다.

자기(子旗)였다.

일찍이 진나라 재상인 한기가 한눈에 헐뜯은 그 자기였다.

"집안을 지킬 주군은 아닙니다. 불충한 신하입니다."

자기는 아버지인 자아가 죽고나서부터 햇수로 5년, 자미에 의해 머리를 억눌리고 있는 것처럼 느끼고 있었다. 그 무거운 돌이 머리 위에서 제거된 것이다.

자미가 볼 때에는, 자아가 죽은 뒤 자기로서는 집안 운영에 불안한 점이 있었으므로 간접적으로 가계를 관리했다. 그 호의를 자기는 거북하게 느끼고 자신을 속박하는 것이라고 악의적으로 해석했다.

"당신 아들로서는 집안 운영이 걱정되기 때문에, 내게 맡겨 주시기 바라오."

당상에 안치된 자미 유해를 보며 마음 속으로 짓궂게 말을 건 자기는, 귀가하자 가재를 무릎 가까이까지 바싹 불러들여 속삭였다.

"양영(梁嬰)을 죽여라."

자미의 집안을 관리하기 위해서는, 그 곳 가재인 양영을 처리할 필요가 있었다. 자기는 눈 앞에 있는 것밖에 보지 않는, 좁은 시야를 지닌 사람이었고, 그 시야를 막고 있는 사나이가 양영이었다. 이 사나이를 배제하지 않으면 시야는 밝아지지 않는다. 계책은 아무것도 없다. 암살할 뿐이다. 여기에서도 자기라는 귀인의 사고가 유치함을 엿볼 수 있지만, 자기의 가재는 자신의 의견을 말하지 않고, 그 우열한 명령을 실행했다.

"잘 했다."

가재를 칭찬한 자기는 양영이 없어진 집으로 진입하려고 했다.

그러나 양영을 죽인 것이 자기가 아닐까 하고 느끼게 된 친족들이, 자미의 가독(家督)을 이어받은 자량(子良)에게 입을 맞추어 충고했다.

"자기를 가까이 하게 되면, 가신을 빼앗깁니다."

그것을 알게 된 자기는 한마디 내뱉았다.

"귀찮은 놈들이다."

자기는 신하를 시켜서 그 친족들을 추방했다. 이리하여 자기에게 거역하는 사람은 없어지게 되었다. 자량을 알몸으로 만들어 놓은 것과 다름 없었다.

자기는 웃음을 얼굴 속에 감추고, 심각한 듯한 표정으로 자량에 게 얼굴을 맞대고 이야기했다.

"선대를 섬기던 가신이란 번거로운 것이오."

자량에게 옷을 내던져 주는 것 같은 거친 태도로, 자기가 택한 신하를 가재에 앉혔다. 말하자면 가신 중의 우두머리라고 할 수 있다.

이것으로 자기는 자량의 집을 손에 넣은 듯이 생각했을 것이지만, 자량의 신하들은 그렇지 않았다. 그들은 몰래 모였다.

"우리 주인은 유자(孺子:나이 어린 아이)가 아니다. 성인이 된 사람을 돕겠다고 가재를 붙인 자기의 꿍꿍이속이 들여다보인다. 이 집안을 병탄하고 싶은 것이다."

그들은 격앙되어 무기를 들고 자기를 공격하려고 했다.

"진씨는 우리들을 도와 줄 것이다."

그들 중에 이렇게 말하는 사람이 있었다.

진무우와 자미는 교의가 있었다. 당연히 이쪽을 동정해 줄 것이다.

"좋아, 진씨에게 호소하자. 진씨의 조력 유무를 확인한 뒤에 일을 일으키자."

그 목소리를 뒤로 하고, 진씨의 집으로 간 사람이 있었다. 그는 진무우를 면회하여, 자기의 횡포를 호소하고, 이제부터 자기를 공격하려는 것에 대해 진무우의 조력을 청했다.

"좋습니다. 도와 드리겠소."

진무우가 즉답을 주었으므로 자량의 신하는 감격하여 돌아갔다.

그러나 진무우의 병사는 곧 출발한 것이 아니었다.

사람이 모이고, 갑옷을 입고, 무기를 들 때까지 시간이 걸린다.

자량의 신하와 진무우의 신하들의 움직임이 심상치 않다고 자기에게 보고한 사람이 있었다.

"무슨 일이 있는가."

자기는 수상하게 여겼다. 설마 자신이 공격당하리라고는

꿈에도 생각지 못했다.

자기는 일어나서 가재에게 일렀다.

"자량의 집에 간다."

마차를 타고 가는 도중에 진씨가 사람을 모으고 있다는 보고가 들어왔다. 자기는 마부에게 명령했다.

"진씨 집으로 돌려라."

방향을 바꾼 마차가 진씨 집에 다가가고 있을 때, 진무우는 갑옷을 다 입고, 병사를 향하여,

"나간다."

하고 실제로 문을 나섰을 때, 앞서 달려가던 병사가 급히 되돌아왔다.

"자기가 옵니다."

── 난처하구나.

진무우는 문 안으로 되돌아왔다.

그의 입장은 어디까지나 자량에 대한 조력이다. 그에게는 직접 자기를 공격할 의사가 없다. 무엇보다도 이 싸움은 친족 사이의 사적인 싸움이다. 이제까지의 진무우라면, 말이나 행동으로 상관하지 않았을 터이다. 그러나 이 두 집안은 국정을 좌우할 수 있는 대가이고, 앞으로 제나라의 실권을 잡으려는 진무우로서는 어느 쪽인가 한 집안을 쳐부수어 놓는 것이 신하의 정점에 서야 할 행로에서 전망이 좋아진다. 어느 쪽인가 한 집이라고 했지만, 그 주인을 비교해 보면, 자기는 직정적이고 게다가 떼를 쓰는 버릇을 가지고 있으므로 다루기가 까다롭다. 그 점에서는 자량 쪽이 얌전하고 범용하며, 게다가 젊으므로 자량의 집안을 남겨 놓는 쪽이 진무우에게는 다루

기가 쉬울 것이다. 진무우는 자량의 신하를 만난 짧은 동안에 그 점을 생각했던 것이다.

그런데 자기가 왔다.

—— 하는 수 없다. 자량을 칠까.

보다 정확하게 말하면, 자기에게 자량을 치게 할까, 하는 것이다.

진무우는 생각을 바꾸었다. 곧 평상복으로 갈아입고 자기를 나가 맞았다.

"자량 집에서는 무기를 정비하여 당신을 공격하려고 하고 있습니다. 그런 소문이 있습니다. 당신은 듣지 못하셨소?"

"전연."

당상에 앉은 자기는 이렇게 말했으나, 여기에는 다소의 거짓말이 섞여 있었다.

진무우는 걱정하는 빛을 미간에 나타냈다.

"무기를 드시오. 내가 돕겠소."

진무우는 말투에서 교묘한 속임수의 가벼움이 배어나지 않도록 조심하고 있었다.

집 안으로 들어온 자기는 병사들의 술렁거림을 육감으로 알아차렸으리라. 무엇을 위한 무장이냐 묻는다면, 당신에 대한 조력이다, 하고 대답할 준비를 한 진무우였다.

진무우는 넌지시 자기의 표정을 살피고 있었다. 그러나 그 얼굴에는 전혀 의심하는 빛이 나타나지 않았다. 반대로 곤혹의 빛이 떠올랐다. 자기의 표정이 약해진 것은 진무우에게는 뜻밖이었다.

"그 자는 아직 어린애다."

자기는 입언저리가 씁쓸한 듯이 말했다. 그 자라고 하는 것은 자량을 가리킨다. 어린 아이는 집안의 운영을 할 수 없다. 신하들의 말대로 되고 만다. 그 때문에 자신이 자량을 돕고 있다. 여기서 자신이 자량을 공격하면, 죽은 자미의 얼굴을 볼 수 없다. 여기까지 말한 자기는, 눈에 강한 빛을 되찾고 진무우를 바라보며 침착하게 말했다.

"당신은 자미와 친했었기 때문에, 자량이나 그의 신하들의 잘못된 생각을 나무라야 합니다. 그럼에도 나에게 싸움을 부추기는 것은 뜻밖이오."

—— 분별이 있는 사람처럼 말하는군.

진무우는 자기의 위선을 마음 속으로 웃었으나, 자기가 정말 싸울 생각이 없는 것이라면, 이쪽은 자기의 의향을 받아들여 자량 쪽의 신하들의 폭발을 눌러놓는 것이 득책이다.

—— 어차피 이 두 집안은 언젠가는 옥신각신한다. 저절로 어느 집안인가가 쓰러진다. 그때까지 자신의 힘을 잘 보존하자.

진무우는 또 한번 생각을 일전시켰다. 그는 자기를 보고, 매우 죄송하다는 듯한 태도를 보였다.

"말씀대로 하겠습니다."

자신의 얕은 생각을 사과하고, 자량의 집으로 갔다.

"자미님이 돌아가신 지 2개월도 채 안되는데, 이런 싸움이 일어났다면 자미님은 틀림없이 지하에서 탄식할 것이오. 나는 지금 자기님의 진의를 알아보고 왔소. 거기에는 사욕이 없소. 만일 자기님이 이 집안에 해를 끼치려고 한다면, 언제라도 나는 조력을 아끼지 않을 생각이오. 여기서는 모두 무기를 거두고 갑옷을 벗도록 하시오."

진무우는 살기등등하던 신하들을 설득하고, 자량을 타일러, 싸움을 미연에 방지했다.

두 집안은 진무우의 중재에 의해 화해를 했다.

이 화해는 형식적인 것은 아니었다. 시간이 지남에 따라 우의는 더욱 깊어졌다. 두 집안의 주인과 신하가 교류하기 시작하자, 하나의 사실이 부각되기 시작했기 때문이었다.

진무우의 교묘한 속임수였다.

처음에 진무우는 자량 쪽에 붙겠다고 하고서는, 자기를 만나자 다시 자기 쪽에 붙는 듯한 말을 했다. 그 한 가지 일이 무엇을 나타내고 있는가.

"진자는 두 집안의 어느 쪽인가를 궤멸시키고, 나머지 집안도 조만간 폐쇄시키려는 속셈이 아니었던가. 진자에게는 두 집안에 대한 진정한 동정이 없다."

신하들 사이에서 수군거림이 오가기 시작했다. 이윽고 이 목소리가 크게 되었을 때, 한 신하가 말했다.

"헤아려야 한다, 헤아려야 한다."

지금 진무우가 교의를 깊게 하고 있는 상대는 포국(鮑國)이다. 그것은 앞으로의 제나라 국정을 그 두 명의 대신이 행하려는 것이나 다름없다. 자기와 자량 두 사람이 싸우면 싸울수록, 정권의 기름진 맛을 진자와 포자에게 주게 되는 것이다. 그 점을 헤아리지 않으면 안된다, 하고 그 신하는 말하는 것이다.

"과연, 두 집안의 적은 진자와 포자이다."

이것을 따르는 목소리가 일었다.

이와 비슷한 목소리는 각각의 집안에서 투덜투덜 일어나고, 규중(閨中)안에서도, 여자들의 입술로부터 헐뜯는 소리를 듣게 되었다.

"진자와 포자가 병사를 일으킨다는 한결 같은 소문입니다."

자기와 자량은 둘 다 사태의 심각성을 깨달았다.

—— 쉽지 않은 일이 될 것 같구나.

자량을 완전히 따르게 한 자기는 종종 자량을 주연에 불러냈다.

"머지 않아 진과 포의 당주를 추방하지 않으면 안되오. 그 때에는 죽을 힘을 다해 일에 임합시다."

자량은 아무 쓸모 없는 사람이었지만, 지나치리만큼 술이 셌다. 술을 마시면 기개와 도량이 커지는 것 같아서, 언제나 믿음직스럽게 대답했다.

"좋소. 그 때는 내가 앞장서서, 그 선인인 체하는 무리들을 쫓아버리겠소."

그 주연은 진씨와 포씨를 타도하기 위한 협의의 자리로 변했다.

그러한 움직임을 진무우가 모를 리 없었다.

—— 주연을 구실삼아 모여서, 갑자기 이쪽으로 병사를 향하게 할지도 모르는 일이다.

그는 이렇게 생각하고 스스로 경계를 하며, 나아가 그 염려를 포국에게 말했다.

포국은 성실한 사람이다. 그가 진무우와 손을 잡은 것은 권세욕만으로는 해결할 수 없는 문제를 가지고 있었던 것처럼 여겨진다. 요컨대 그는 공실 존중파의 한 사람이고, 경공이 진무우를 신뢰하고 있는 것을 보고, 진무우를 지원하는 것이 경공을 위한 것이라고 판단했으리라. 자기와 자량을 보고 있으려니, 작은 경봉이나 다름없어서, 그들이 참정하면 국정이 문란해질 뿐이라는 것을 포국은 알고 있었다.

"주연에서의 일은 우리 귀에도 들어와 있소. 다음 번 주연이 위험할 듯싶소."

진무우보다 포국 쪽이 정보 수집 능력은 위인 것 같았다.

"싸움이 된다고 하면, 승패의 귀추는 ——. "

진무우가 말을 걸자, 포국은 단정했다.

"군주를 잡느냐, 못 잡느냐입니다."

"과연."

그 길밖에 없다. 자기와 자량 가문의 세력을 합치면, 진씨와 포씨가 합친 세력을 능가한다. 분명히 말해 병력만으로는 이쪽이 진다. 그러나 경공을 끌어안으면, 저절로 대의가 따르게 된다. 이 대의야말로 병력 부족을 메꾸고도 남는다.

—— 저쪽 당주들은 스스로의 힘을 과신하고 있으므로, 거기까지 마음을 쓰지는 못할 것이다.

진무우는 적을 이렇게 보았으나, 실제는 그렇게 어수룩한 것은 아니었다.

—— 더운 여름이 될 것 같다.

귀가하는 도중에 진무우는 한여름의 하늘을 쳐다보았다.

땅이 뜨거워짐에 따라 두 세력이 펼치는 권력 싸움의 기운도 높아졌다.

어쨌든 기선을 제압하지 않으면 안되므로, 진무우는 긴장

을 풀 수는 없었다. 가족이나 신하 그리고 가문의 사람에게는
경계의 말을 전해 놓고 있었다.

"자기와 자량의 집에 이상한 움직임이 있으면 급히 보고하
라."

그러한 긴장된 상태에서 날을 보내는 동안 진무우는 마음
의 이완을 느꼈다. 그로부터 상당한 날수를 보냈는데도 아무
런 이변이 일어나지 않았다.

—— 아냐, 아냐, 이런 때가 위험해.

진무우는 스스로를 타일렀다. 그 순간에 급보가 들어왔다.

"자기와 자량이 병사를 일으키려고 착수했습니다."

"포자에게 알려라."

진무우는 신하를 포국에게 달려가게 하는 동시에, 갑옷을
입어라, 무기를 들어라, 하고 명령했다. 그리고 그는 마차를
타고 포국의 집으로 급히 갔다.

—— 아니.

앞쪽에서 마차가 온다. 수레 위의 주인을 보니 자량이다.
자량도 진무우를 알아본 듯 서서 수레의 가로대에 기대었다.
비틀거리는 것처럼 보였다. 술에 취한 듯했다.

진무우는 흘끗 바라보고 지나갔다.

—— 이제부터 병사를 일으킨다고 하는데 술 취한 꼴을 보
일 리는 없는데.

진무우는 고개를 갸우뚱거렸다.

—— 잘못된 보고가 들어왔나.

마음 속이 개운치가 않았다. 포국 집에 도착하자 한창 무
장을 하는 중이었다.

"오보인지도 모르오."

진무우는 포국에게 이렇게 말하고, 경거망동을 피하고 싶다는 속뜻을 비쳤다. 포국도 동의하고 신하에게 소리쳤다.

"두 집을 살피고 와라."

두 집을 살피고 온 신하들이 보고했다.

"술잔치인 듯합니다."

"그 술잔치가 괴물이로군."

포국은 판단을 망설였다. 자세한 보고를 기다리는 수밖에 없었다.

진무우은 가슴이 설레었다.

자세한 보고 내용이 나쁜 것이라면, 이미 이쪽은 뒤쳐진 꼴이 된다. 적도 경솔하지는 않다. 얼마 안 가서 이쪽의 불온함을 알게 될 것이다. 만일 무장을 해제하면 도리어 공격에 몰리게 된다. 그보다는 이대로 밀고 나가는 것이 어떨까. 진무우는 포국에게 그렇게 말했다.

거의 같은 때 자기와 자량은 술잔치를 중지했다.

"무기를 정비하라."

그들은 신하에게 명령하고, 가문 사람들에게 징집 명령을 내리고 있었다.

진무우와 포국의 병사가 집에서 나왔다. 기습할 생각이므로, 공궁을 장악할 것까지도 없다는 관측이었다. 단숨에 적의 두 집안을 궤멸시킬 기세였다.

—— 술잔치가 한창이겠지.

수레 위의 진무우는 좌우 신하들과 우스갯소리를 할 여유가 있었다.

4

진무우와 포국이 헤어져서 적의 두 저택을 공격하기로 했다. 진무우는 자량의 저택을 맡았다.

정보에 소홀함이 있었다.

이미 자량은 귀가하여, 목소리를 높이고 신하의 무장을 서두르게 했다. 게다가 그는,

"주군을 얻으면 이긴다."

라는 신념을 마음 속에 가지고 있었고, 자택의 방어는 염두에도 없었다. 그는 술이 들어가면 이런 대담성이 생겼다.

진무우의 병사는 물밀듯이 자량의 집으로 육박했다. 기습할 생각이므로, 될 수 있는 대로 소리를 내지 않고 포위의 진을 쳤다.

—— 이것으로 자량의 집안은 끝장이다.

자기의 집에서 주색으로 넋을 잃고 있는 자량이 여자를 안는 것에 진력나고, 술이 깨면 돌아갈 집이 없게 될 것이다. 그런 그림이 진무우의 머리 속을 스쳤다.

포진의 충분한 준비를 확인한 진무우가,

"덤벼라."

하고 명령하려고 문을 바라보았을 때 문이 조용히 열렸다.

기묘한 침묵이 흘렀다.

다음 순간, 문 안에서 갑옷의 병사들이 급류처럼 쏟아져 나왔다. 그 함성에 진무우의 호령은 지워져 버렸다.

자량의 병사의 기세에 대항하기 어려워서, 진무우의 병사는 후퇴했다. 그 때 자량의 수레가 보였다. 그는 칼을 뽑아서 앞쪽을 가리키고,

"돌진."

하고 거듭 외치고, 눈깜짝할 사이에 포위망을 돌파했다.

"앗."

진무우는 새파래졌다.

자량의 병사는 곧장 공궁을 향하기 시작했다.

── 주군을 빼앗을 생각인가.

순간 그 사실을 깨달았기 때문이다. 진무우는 한두 걸음 물러났다. 진을 수습하여 추격의 형태를 취하기까지 시간을 낭비했다.

── 내가 왜 그랬을까.

진무우는 초조와 후회 속에서 마차를 질주시켰다. 뒤돌아보니 몇 대의 수레가 따르고 있을 뿐이었다.

시계에 자량의 병사가 들어왔다.

마부는 고삐를 잡아당겼다. 수레 속도가 떨어졌다.

"돌진해라."

진무우가 마부를 질타했다.

"위험한 길입니다."

마부는 고삐를 늦추지 않았다. 후미의 병사 한복판으로 수레를 몰고 들어가면, 포위되어 죽고 만다. 거리를 두고 따라가는 수밖에 없다.

"비켜라 ──."

진무우는 마부를 밀어제치고 스스로 고삐를 잡았다. 뒤쪽

수레의 병사는 주군이 돌격하는 것을 알고, 속도를 내서, 두세 대의 수레가 나란히 달려 앞으로 나갔다. 무서운 속도였다. 그대로의 기세로 자량의 병사들 속으로 돌입했다.

"진자다, 사로잡아라."

창과 모난 창칼, 그리고 갈라진 창이 진무우에게 쇄도하기 시작했다. 진무우의 시종은 일문 안에서 열 손가락에 드는 용사들뿐이었다. 진무우를 중심에 두고, 병사의 수레를 원진(圓陣)으로 만들어 감싼 뒤, 각자는 창을 휘두르며 분투했다.

갑자기 자량의 병사가 후퇴했다.

한숨 돌린 진무우는 이마의 땀을 손등으로 닦았다. 한여름의 전투이다. 갑옷 밑에서 땀이 솟아나고 있었다.

"포자의 병사입니다."

차우(車右)가 살았다는 듯한 목소리를 냈다.

자기를 공격하기 위해 병사를 몰고 온 포국은 도중에,

—— 만약의 경우를 위해 공궁의 문을 장악해 둘까.

하는 생각이 들어서, 병사의 일부를 궁문으로 돌렸던 것이다. 그것이 진무우의 지원군이 되었다.

포국의 병사는 자기의 집을 공격하기 전에, 곧 출격해 온 자기의 병사와 노상에서 만나 전투를 시작했다.

"주군을 구해야 한다."

진무우는 소리치며 자량의 병사를 뒤쫓았다.

이 무렵 자량은 궁문에 이르러 있었다.

자기는 공격을 하지 않고 문을 열어줄 것을 청했다.

"진씨와 포씨가 반란을 일으켜서 궁중을 방어한다, 문을 열어 주기 바란다."

이 때 궁중에 안영이 있었다. 보고를 들은 경공은 몸을 일으키고, 좌우 사람들에게 명령했다.

"진무우와 포국이 반란을 일으킬 리가 없다. 문을 열어서는 안된다."

그러나 곧 불안이 덮쳐 왔다.

"안영을 ──."

급히 측근을 보내 안영을 가까이 불러들였다.

"어떻게 할까."

경공은 불안한 목소리로 말했다.

"병사로써 궁문의 개방을 강요하는 자는 어떤 사람일지라도 들여 놓아서는 안됩니다. 비록 그것이 진무우나 포국이라도 말입니다. 신이 타이르고 오겠습니다."

안영은 현단위모(玄端委貌)라는 예복인 채로 호문(虎門)으로 향했다. 현단(玄端)이라는 것은 검정색 베로 만든 예복이다. 위모(委貌)는 관의 일종으로, 얼굴〔貌〕을 보기 좋게〔委〕 보인다는 것인데, 이것은 예식용의 관으로 면류관과는 다른 상용의 관이다.

안영이 움직이자 위병이 우르르 따랐다.

호랑이 그림이 걸려 있는 궁문 바깥에 선 안영은 자량을 향해 의연하게 말했다.

"궁중 경비에는 시인(寺人)이 있고 문에는 수위가 있소. 걱정할 것은 없소. 그래도 주군을 지키고 싶다면, 문 밖에서 하시오."

자량은 몸 안에 술기가 남아 있었다. 붉어진 눈을 안영에게 향하고, 무섭게 위협했다.

"안자는 돌아가신 우리 아버지와 친분이 있지 않았소. 대가 바뀌면 그 친분이 스러지는 것인가요? 올바른 뜻으로서 천하에 알려져 있는 안자에게 우리의 정의가 보이지 않을 리는 없소. 문을 여시오. 그렇지 않으면 주군에게 위해가 미칠 것이오."

그러나 안영은 코끝에 칼끝이 와닿아도 태연할 수 있는 대담성을 가지고 있다.

"병사를 물리치고, 그 군복을 벗고, 의관을 고치지 않는 한, 이 문을 들어설 수는 없소."

안영은 자량의 위협을 물리쳤다.

"흥, 안자는 죽고 싶은 모양이군."

자량의 눈에 핏발이 섰다. 칼이 번득였다.

안영의 좌우에 있던 위병은 창날을 자량 쪽으로 향했다.

자량은 재빨리 몸을 젖히고 하늘을 향해 웃었다. 그런 뒤 칼을 곧장 세운 채 슬슬 물러나서, 부하 병사들 쪽으로 들어갔다. 칼만이 보였다. 그 칼이 다시 번득였다.

"문을 부숴라."

자량의 명령이 들려왔다.

"방패를 나란히 세워라."

위병 우두머리는 곧 방어의 진을 호문 밖에 쳤다.

무서운 교전이 되었다.

문짝을 꿰뚫을 정도의 강한 화살이 안영의 좌우를 스쳐갔다. 문짝은 요란한 소리를 냈다. 그러나 호문 앞에 선 안영에게는 맞지 않았다.

―― 주군을 차지해야 한다.

라고 하는 자량의 전술에 잘못이 없었다고 하더라도, 그에게 있어서의 실패는, 군주의 허가를 얻으려고 문 밖에서 기다렸던 점에 있으리라. 그 동안에 진무우와 포국의 병사가 호문으로 육박해 왔던 것이다.

자량의 병사는 협격당하는 꼴이 되었다.

"물러서지 않겠다."

호언을 한 자량은, 술이 그렇게 시키는 것인지 머리에 명석함이 있었다. 비록 위병과 진무우의 병사 사이에 끼었다 하더라도, 머지 않아 자기의 병사가 올 것이고, 그대로 버티고 있으면, 형세는 역전되리라고 내다보았다.

이 전망에는 차질이 없었으나, 일부분의 옳은 판단이 대국의 흐름에 유리하게 이어지지는 않았다.

즉 군주를 안아들인다면, 이 싸움을 제압할 수 있다는 착상에는 잘못이 없다. 군주를 강탈하는 것을 삼가고, 교섭하는 것도 결례가 되지 않는다. 그 교섭이 제대로 되지 않아 일전하여 무력을 행사하려고 한 것도 수긍하지 못할 것은 아니다. 그러나 그 무력은 진무우와 포국의 병사에게만 향했어야 했다. 자량의 병사가 위병을 공격한 사실에 의해, 저절로 반역의 병사가 된 것을 자량은 깨닫지 못했다.

도읍 안에는 대부나 사가 있다.

그들은 이 전투가 사적인 싸움에 지나지 않는다면 손을 쓰지 않을 생각이었으나, 공궁이 공격당한 것을 알자, 허둥대며 병사를 모으기 시작했다.

"주군을 도와야 한다."

그들의 병력은 자량의 생각 밖에 있었다. 진무우는 용사들과 함께 혼전 속으로 돌진하여 호문에 이르렀다.

"아아, 안자 ——."

뜻밖의 것을 보았다는 진무우의 눈초리였다. 갑옷 병사들 사이에 혼자 예복을 입은 안영이 있는 야릇한 풍경이었다.

"난을 빨리 진정시키지 않으면 안되오. 주군의 명령을 받고 싶소. 여기를 지나가게 해주시오."

진무우는 거리낌없이 말했다.

이제까지 안영의 부탁을 듣고 경공에게 중재해 온 진무우로서는, 자기의 부탁을 안영이 거부하리라고는 생각하지 못했다. 그러나 안영은 엄연하게 대꾸했다.

"주군의 명령은 이미 내려져 있습니다. 병사를 물러가게 하고 군복을 벗고 의관을 새로 갖추지 않는 한, 아무도 이 문을 들어서게 하지 말라는 명령입니다."

"안자에게는 권변(權變)의 재능이 없소. 그 정도의 위병으로 문을 지킬 수 있겠소. 내가 주군을 호위하겠소. 이러쿵저러쿵 말하지 말고 통과시키지 않으면 주군의 운명에 관계되는 큰 일이 생기오."

진무우는 호문으로 접근하려고 했다. 일제히 위병의 창이 내려졌다. 진무우의 병사도 창을 거누었다.

"안자는 인정을 모르는군."

진무우는 욕설을 퍼부었다.

"다만 사직이 있을 뿐."

곧게 서 있는 안영은 평소의 큰 소리로 대꾸하지 않고, 낮고 조용하게 말했다.

양쪽 병사에 살기가 넘쳐 흘렀다.

"아냐——."

진무우는 휙 안영에게 등을 돌렸다.

그는 자량이 저지른 우를 범하지 않았다. 호문을 공격하면 조정의 적이 되고 만다.

—— 하지만 …….

위병만으로는 궁문을 지킬 수 없다는 것은 분명하다. 어떻게 할까, 하고 생각할 겨를도 없이 큰 물결이 밀려왔다. 자기의 병사와 포국의 병사가 뒤섞여서 호문으로 밀려온 것이다. 진무우는 곧 그 기세에 날려가듯이 호문에서 멀어져 갔다.

"저 고집불통이 호문에서 죽는구나. 애석하다."

적병을 쓰러뜨리면서 진무우는 안영의 장렬한 죽음을 예감했다.

호문으로 다시 화살이 쏟아졌다. 화살 하나가 안영의 관을 꿰뚫었다. 그러나 안영은 얼굴빛 하나 까딱하지 않고, 천천히 그 화살을 뽑았다. 위병들에게 있어서 안영은 부동의 핵이 되었다. 이 방어의 진은 기적적인 견고성을 가지고, 자기의 병사들이 펼치는 맹공을 물리쳤다.

안영의 시계에 자기와 포국도 나타났다.

"안자, 우리 편을 들어라."

그들의 목소리가 들려 왔다. 안영은 그들을 똑바로 보고 대답했다.

"주군의 명령에 따를 뿐이다."

이윽고 안영은 가까이에서 친밀한 얼굴을 보았다. 가재가 병사를 거느리고 달려온 것이다. 그 병사의 수는 약 1백명이었다. 가재는 주군이 위험한 처지에 놓인 것을 우려했다.

"진씨와 포씨를 돕지 않으시는 것입니까."

진씨와 포씨 편을 든다고 하면, 그들에게 호문 방어를 맡기고 위험한 처지를 벗어날 수 있다.

"그들을 좋다고 할 수 있느냐?"

"그럼 자량과 자기를 돕는 것입니까?"

"더 나은 점이 있느냐?"

"그렇다면 부디 귀가하시기를."

"주군이 공격당하고 있는데 귀가할 수 있느냐?"

안영은 움직이지 않았다.

이 무렵 궁중에서 경공은 슬픔에 쌓인 채, 화가 난 듯한 목소리로 측근을 달려가게 했다.

"안영을 죽여서는 안된다. 불러들여야 한다. 빨리 가 봐라. 안영이 죽게 된다."

빗발치는 화살을 맞으며 창의 숲 속에서 안영이 서 있다는 보고를 듣고, 경공은 창백해져서 자리에서 비틀거리면서 일어났다. 악몽으로 가위에 눌린 듯한 동작이었다.

안영의 모습을 본 경공은 어린아이와 같이 기뻐하며 자리에 다시 앉았다. 점를 치게 하여 왕흑(王黑)이라는 대부를 지휘관으로 명하고, 호문을 방어하게 했다.

"영고피(靈姑銔)가 나왔다."

호문에서 펄럭이는 공기(公旗)를 본 병사들은 환성인지 탄성인지 분간을 할 수 없는 소리를 질렀다. 영고피라는 공실의 깃발을 향해 활을 쏘는 사람은 과연 없었다.

── 호문은 공격받지 않는다.

이렇게 판단한 병사들은 스스로 성 밖으로 향하여, 결국 직문(稷門) 근처에서 결전이 벌어졌다. 자량과 자기의 병사는 대패하고, 다시 시가에서 진을 쳤으나 여기에서도 패배했다. 백성이 진씨와 포씨 쪽에 붙은 이상 열세의 만회는 불가능했다. 패주한 두 사람은 산천을 넘어서 이웃 노나라로 도망쳐 들어갔다. 난은 종식된 것이다.

군복을 벗고, 의관을 고쳐 입고 입궐한 진무우는 안영을 만나자, 앞서의 원망스런 욕설을 깨끗이 잊은 듯이 시원스러움을 보였다.

"주군을 잘도 지켜 주셨소."

안영은 눈에 부드러움을 나타내고 충고했다.

"진자에게는 자기와 자산의 재산 중 반쯤이 주군으로부터 하사될 것이지만, 그 모든 것을 주군에게 되돌려 바치는 것이 좋겠소."

겸양은 덕의 근본이다. 겸양을 의덕(懿德)이라고 한다. 덕 가운데서도 큰 것이다. 혈기로 날뛰는 사람에게는 투쟁심이 있다. 그러나 이(利)를 억지로 취해서는 안되고, 의를 생각하기를 우선해야 한다. 의는 이의 근본이다. 이를 쌓으면 화가 생긴다. 얼마 동안은 이를 쌓는 것을 삼가는 것이 좋다.

"그것이 오히려 이를 늘리고, 불리는 것이 됩니다."

안영의 충고였다.

"과연, 그렇게 하겠소."

진무우는 안영의 말대로 상을 도로 바치고, 게다가 물러날 것을 청했다.

"그렇다면 너무나도 ……."

진무우를 측은하게 여긴 것은, 경공의 생모 목맹희(穆孟

姬)였다. 그녀는 경공을 설득하여 진무우에게 고당(高唐) 읍
을 주게 했다. 고당은 황하 동쪽 기슭에 위치한다. 진씨는 그
읍에 본거지를 옮기고 나서 거대해지기 시작한다. 한편 포국
은 자량과 자기의 재산을 반 받았다. 그는 이를 취했기 때문
에 이름을 잃었다고 할 수 있다.

진무우의 은퇴는 허락되지 않았으나, 정치의 정면에서 물
러났다. 그 정면에 혼자 선 사람이 안영이었다. 그 밖에 경으
로서 국약이 있었으나, 안영이 떨친 명성의 그늘에 가리워져
가는 사람이었다.

안영은 제나라의 재상이 되었다.

그는 경공으로부터 초나라를 방문하라는 명령을 받았다.
진나라가 초나라와 화목해졌는데, 제나라의 외교가 그쪽에
소홀해져 있었기 때문이었다.

그러나 그 때의 초나라 왕은 영왕(靈王)으로서, 극악무도
한 점에서는 따를 만한 군주가 없는 폭군이었다. 영왕은 제나
라에서 안영이 온다는 말을 듣자, 안영의 키가 보잘 것 없다
는 사실을 알고 명령했다.

"작은 문을 만들어라."

개뿐이 들어갈 수 없는 문을 큰 문 옆에 만들게 하고는 큰
문을 닫아 놓고, 안영의 도착을 기다리고 있었던 것이다.

천하의 명재상

1

안영의 키는

── 여섯 자에 미치지 못한다.

고 한다. 춘추 시대의 1자(尺)는 22.5센티미터이므로 6배를
하면 1미터 35센티미터이고 안영의 몸집은 그 길이에도 미치
지 못하는 것이 된다.

안영이 제나라의 재상이 되었을 때 이웃 노나라 출신인 공
자(孔子)는 20대였고 키는 9자 6치(2미터 16센티미터)였다. 키
다리였다. 사실 고향 사람들은 공자를 보고 키다리라고 부르
며 그 유례없는 키에 경탄했다.

춘추시대를 대표하는 사상가이기도 한 두 사람은 신분이
다른 점도 있어서 실제로 나란히 서는 일은 한번도 없었으나
두 사람 모두 보기 드문 키였다고 할 수 있다.

안영의 극히 작은 키에 얽힌 이야기로서,《사기(史記)》에
그의 마부와 그 아내의 말다툼이 실려 있다. 이 이야기는 사
실《안자 춘추》에 있으므로 사마천은 그곳에서 이야기를 끌

어냈던 것 같다.

이런 이야기이다.

안영의 마차는 4두 마차이다. 수레 위에 큰 우산이 서 있다. 어느날, 마부의 아내가 문틈으로 그 마차가 출발하는 것을 바라보고 있었다. 남편인 마부는 네 마리의 말에 채찍질을 하면서 의기양양하여 재상의 마차를 자기밖에 몰 수 없다는 만족감이 온몸에 넘쳐흐르는 것 같았다.

—— 한심스럽다.

아내는 곰곰이 그 일에 대해 생각을 했다. 그리하여 남편이 귀가하자 한마디 했다.

"친정으로 보내주세요."

남편은 놀라지 않을 수가 없었다. 그가 이혼하고 싶다는 까닭을 물어보자, 아내는 이렇게 대답했다.

"안자는 키가 여섯 자도 안됩니다. 그럼에도 그 몸은 제나라의 재상으로 이름이 제후들에게 알려져 있어요. 이번에 안자가 마차를 타고 가시는 것을 보았는데, 무척 생각이 깊으신 듯한 모습이고 게다가 겸손하셨습니다. 그런데 당신은 키가 여덟 자나 되면서 남에게 고용된 마부에 지나지 않습니다. 그럼에도 당신은 자신에게 만족하고 있습니다. 내가 헤어지고 싶다는 까닭은 그것입니다."

그 말을 들은 남편은 곰곰이 생각에 잠겼다.

그러나 이 남편을 위해 다소의 변명을 해둔다.

마차를 관리하는 사람에게는 어(圉)와 복(僕)과 어(御)가 있는데 어(圉)는 말의 사육 담당이고, 복은 차체의 정비 담당이며, 어(御)는 운전자라고 생각하면 된다. 그런데 이 운전자

는 말을 제어하는 기술이 뛰어나다고 하기보다는 주인의 눈
에 들고 신임을 받고 있기 때문에 그 임무를 맡고 있는 경우
가 많다. 최저의 어(御)를 하고 있던 동곽언을 생각해내는 것
이 이해하기 쉬울지도 모른다. 따라서 이 마부는 안영의 심복
에 해당되는 신하였으므로 득의만면일 때도 있었을 것이 틀
림없다.
　그러나 아내에 의해 그 자존심이 깨진 그는,
　── 그 후, 억손(抑損:소극적이 되다)하다.
라고 《사기》의 후속 글에 들어 있으므로, 매우 겸손해졌던 것
이다.
　── 이 사람은 변했구나.
하루는 안영이 무슨 일이 있었느냐고 물어 보았다.
“실은 ──.”
　겸손하게 허리를 굽혀 말하는 마부에게서 깊은 뜻이 있는
것을 본 안영은 감탄하여 이 사람을 경공에게 추천하여, 대부
로 삼게 해주었다고 한다.
　마부의 신분에서 일약 대부라는 소영주가 될 수 있을까 하
고 의문이 들지만, 경공이라는 군주는 예컨대 신하에게 상을
줄 때,

　만 종(鍾)의 자 3, 천 종의 자 5, 영(令) 3번 나와도 직계
(職計) 이에 따르지 않다.

라고 《안자 춘추》에 씌어 있듯이 만 종, 천 종이라고 하는 거
대한 녹봉을 대단한 공적도 없는 사람에게 함부로 주는 폐단

이 있었다. 직계(회계관)가 뻔질나게 내리는 명령에 따르지 않았을 정도였던 것이다. 경공은 그런 군주였다. 그것을 생각하면, 경공은 믿고 의지하고 있는 안영이 추천한 인물을 대부로 등용할 정도의 일은 손쉽게 했을지도 모른다.

안영이 경공의 사자로서 초나라로 출발했을 때, 아직 마부는 그 사람이었던 것이 틀림없다.

관리도 수행하고 있었다. 그러나 그들은 한결같이 걱정 속에 잠겨 있었다.

—— 무엇보다도 지금의 초나라 왕은…….

자연히 그들은 서로의 얼굴을 마주보면서 무거운 한숨을 짓는 때가 많았다.

초나라는 영왕의 재위 기간이었다.

영왕의 이름은 위(圍)였으며 공왕(共王)의 아들이었다.

영왕은 대체로 너그럽고 인자한 것과는 동떨어진 성행(性行)의 사람으로서, 자기 눈 위에 사람이 있는 것조차 불쾌하게 여길 정도로 자존심이 강했다. 형 강왕(康王)이 죽은 뒤, 강왕의 아들 협오가 왕위에 오르고, 그에 의해 영윤(슈尹:재상)에 임명되었으나, 그때 이미 자기 조카인 협오를 경시하고 있었다.

영왕은 영윤 위(圍)로서 사자가 되어 정나라에 가는 도중에, 협오가 병이 났다는 소리를 듣게 되었다. 그는 되돌아와서 병문안이라고 하며 입궐하여 병상의 협오를 목졸라 죽이고 이어서 왕위 계승권을 가지고 있는 협오의 아들을 살해했다. 그런 악덕을 저지르며 왕위에 앉은 것이 영왕이었다.

영왕은 계속하여 눈에 거슬리는 중신을 죽이고 재산을 몰

수했다. 그리고 마음에 들지 않는 신하는 차례차례로 파면했다. 피도 눈물도 없다고 하는 형용은 바로 영왕을 위한 것이라고 할 수 있었다.

제나라에서 오나라로 망명한 경봉을 공격하여 죽인 것도 영왕이었다. 그 때 영왕은 제후들을 거느리고 있었는데, 붙잡힌 경봉을 제후들 앞에서 창피를 줌으로써 자신의 바르고 공평함을 과시하려고 했다.

그 방법도 잔인했다. 끌려나온 경봉에게 등이 꺾일 정도의 크고 작은 도끼를 짊어지게 하고, 게다가 경봉이 제나라에서 행한 악업을 스스로 말하게 하려고 했다. 그러나 경봉은 자신의 방자한 행동 따위는 영왕의 비도(非道)에 비하면 어린 아이의 장난에 지나지 않는다고 생각했다.

영왕으로부터 다시는 그런 짓을 하지 않겠다고,

"맹세해라."

는 말을 들었을 때, 경봉은 대담하게 고개를 치켜들고,

"초나라 공왕의 서자인 위가 형의 아들을 죽이고, 대신 군주의 자리에 서서 제후에게 맹세를 강요하는 일은 두번 다시 있어서는 안된다."

하고 통렬하게 공박했다. 그 말을 듣자 영왕은 열화같이 화가 나서

"죽여라."

하고 명령을 내렸다.

경봉의 목은 땅에 떨어졌다. 그는 최저와 더불어 악명을 날린 사람이었지만 죽을 때의 이 상쾌한 일화 하나가 그의 오명을 조금은 씻어주었다.

영왕은 천하에 명성을 떨치고 있는 사람도 미워했다. 자기보다 이름이 위라는 것을 참을 수 없는 것이다.

예를 들면 이런 일이 있었다.

초나라는 오랫동안의 대립을 풀고 진나라와 화목했다. 그 증거로서 초나라 왕실에 진나라의 공주가 시집을 왔다.

그때 공주를 데리고 온 진나라의 정사(正使)는 한기였고 부사(副使)는 숙향이었다. 그 현상과 현신을 자기 나라에 맞은 영왕은 악마와 같은 눈을 하고 기분 나쁜 말을 했다.

"본시 진나라는 원수의 나라이다. 다른 것은 어떠하든 상관없다. 상경인 한기를 발베는 형벌에 처하여 문지기로 삼고 상대부 숙향을 궁형(宮刑)에 처하여 환관으로 삼으면 진나라에 창피를 주게 되고 나는 만족한다."

한기의 발을 자르고 숙향의 생식기를 베게 하는 정도는 이 왕으로서는 아무런 망설임도 없이 할 수 있었다. 그러나 이때 영왕 가까이에 위계강이라고 하는 재지 넘치는 중신이 있어서 능숙한 말로써 영왕을 설득하여 그 미친 소리를 털어내고 영왕의 의식을 제정신으로 돌려 놓았다.

그때 한기와 숙향은 무사히 진나라로 돌아갔으나,

— 과연 안자는 어떻게 될까.

라는 것이 수행 관리들의 걱정이었다.

'과연' 이라고 해야 할 만한 일이 있었다. 초나라 궁전으로 들어간 안영이 영왕을 배알하기 위해 안으로 나아가고 뜰로 나와서 또 걸어갔다.

"그 문 안쪽에 왕이 계십니다."

인도하는 신하의 말을 듣고 문짝에 손을 댔을 때 그 문은 열리지 않았다.

큰 웃음소리가 흘러나왔다. 영왕의 웃음소리인 것 같았다.

"안영, 그대가 올 곳은 그 문이 아니다. 옆 문이 눈에 들어오지 않느냐. 그곳을 기어서 빠져나와야 한다."

안영을 뒤따르는 부사의 얼굴빛이 달라졌다.

문을 들어서지 않으면 사자의 임무를 수행할 수 없고, 작은 문으로 몸을 굽혀 들어가면 웃음거리가 되어 안영이 창피를 당할 뿐만 아니라 사자를 임명한 경공의 치욕이 되기도 한다.

—— 어떻게 하실 생각인가.

부사는 숨을 죽이고 안영을 바라보았다.

그 작은 문에서 문짝이 떨릴 정도의 큰 소리가 나왔다.

"개나라에 사자로 온 사람은 개문으로 들어갑니다. 이번에 나는 초나라에 사자로서 왔습니다. 이 문으로 들어갈 수는 없습니다."

기지라고 하는 것이다.

그 말을 듣게 되자 억지로 들어오라고 하면 초나라는 사람의 나라가 아니라 개의 나라가 되고 만다.

웃음을 거둔 영왕은 그 기지를 받아 넘길 말을 찾았으나 찾지 못하고 마지 못해 말했다.

"대문을 열어줘라."

문이 열렸다.

영왕의 눈에 비친 안영은 더벅머리 어린아이와 같았다.

제나라 재상은 세상에 보기 드문 작은 몸집이라는 말은 들었으나 과연 작았다. 그럼에도 그 이름은 거인과 같이 천하를 활보하고 있다.

　——어떻게 된 일인가.

어리둥절할 뿐 영왕은 가슴 속에 언짢은 생각이 끓어올랐다. 영왕은 한쪽 발로 밟아도 어이없게 땅 속으로 사라져 버릴 것이라고 여겨지는 몰골의 덧없음을 보고 한껏 모멸했다. 영왕은 언제나 자기보다 나은 사람을 모두 말살하고 싶은 욕망을 가슴 속에 품고 있어서 모멸 정도의 감정은 어딘가에 조심스러움이 들어 있었다고 생각할 수 있다. 만약 안영이 자기 신하라면 그 몸집이 작은 것을 이유로 학대해 죽였으리라.

모멸이 그대로 말이 되어 나왔다.

"제나라에는 사람이 없는가."

"제나라 임치에는 3백 마을의 집이 있고, 사람들이 소매를 펼치면 그늘이 져서 도성 안은 일제히 어두워지며, 땀을 흘리면 비가 되어 떨어집니다. 거리에서는 어깨가 마주치고 발뒤꿈치가 이어져서 걷고 있는 상태입니다. 어찌 사람이 없다고 할 수 있습니까."

영왕이 말한 사람은 그런 뜻의 사람이 아니었지만 안영은 짐짓 정면으로 받아 태연하게 비꼬아 주었던 것이다.

잔인한 빛을 띠고 있는 영왕의 눈이 미묘하게 우울해졌다.

"그렇다면 어째서 네가 사자가 되었느냐."

"제나라에는 사자를 명할 때 규칙이 있습니다. 현자는 현군에게 심부름을 시키고 불초한 자는 불초한 군주에게 심부름을 시키게 되어 있습니다. 나는 불초한 자이므로 초나라에 심부름을 오는 것은 당연한 일입니다."

안영은 영왕을 깔보는 듯한 말투를 썼다.

영왕은 발끈하여 옆으로 얼굴을 돌렸다.

—— 불초한 군주라니 잘도 지껄인다.

그렇게 말하고 싶은 것을 참는 태도였다. 안영을 모독하면 곧 그 모욕이 자기에게 돌아온다. 재빨리 그것에 맞서서 말을 해야 할 처지가 된 영왕은 아무리 머리를 짜보아도 안영을 쩔쩔매게 할 반박의 진을 칠 수가 없었다.

안영을 인견하고 난 영왕은 분노가 가라앉지 않아 측근에게 씩씩거렸다.

"안영놈에게 무슨 수를 써서라도 창피를 주고 싶다."

이러한 왕의 측근들에게는 나쁜 지혜라는 것이 필요하다. 곧 그 나쁜 지혜를 짜낸 사람이 있었다.

"내일 안영을 대접하시겠죠. 그때 뜰을 제가 지나가겠습니다. 왕께서는 자리에서 신을 불러 세워주시기 바랍니다."

"음, 그래서⋯⋯."

영왕은 가까스로 감정을 가라앉힌 듯한 얼굴을 하고 이윽고 입매에 일그러진 웃음을 띠었다.

다음날 향응 자리가 마련되었다.

영왕은 뜻밖에 기분이 좋았다. 제나라 부사는 그것을 보고 안심이 되어 한숨을 내쉬었다.

—— 아이고, 초나라 왕의 짓궂은 장난은 이제 끝났구나.

얼마쯤 지나자 영왕이 얼굴을 들고 먼곳을 바라보는 듯한 눈빛을 했다. 뜰 한구석을 사람이 지나가고 있었다. 포박된 죄인이 연행되고 있는 것 같았다.

—— 왕의 뜰을 죄인에게 밟게 하다니.

부사는 엾짢은 느낌이 들었다. 그와 동시에 영왕이 소리를 질러 근신에게 달려가 보게 했다.

"저자는 무엇인가."

관리와 죄인이 향응 자리에 다가와서 땅에 앉았다. 영왕은 코를 약간 씰룩거렸다. 즐거움을 참을 수 없다는 표정으로 보였다.

2

영왕은 근신을 시켜 죄인에게 물었다.

"무엇하는 자이냐."

"제나라 사람입니다."

이 목소리를 들은 제나라 부사는 섬뜩해져 영왕의 악의를 다시 느꼈다.

──또 다시.

그는 홀낏 안영을 쳐다보았다. 안영은 조금도 동요를 보이지 않았다. 부사는 감탄했다.

"무슨 죄로 그렇게 되었느냐."

영왕의 물음은 계속된다.

"절도죄입니다."

죄인의 어조에는 억양이 없었다. 감정도 없었다. 그렇게 대답해야 하므로 대답했다고 하는 듯한 단조로움이 있었다.

영왕의 눈에 빈정거리는 웃음이 나타났다.

"제나라 사람이란 본시 도둑질을 잘하는 모양이로군."

이렇게 말하면서 영왕은 안영을 비스듬히 바라보았다.

안영은 지체없이 명쾌하게 대꾸했다.

"귤나무라는 나무가 있습니다. 이 나무가 회수(淮水) 남쪽에서 자라면 곧 귤나무가 됩니다. 그러나 회수 북쪽에서 자라면 탱자나무가 됩니다. 잎은 비슷하지만 열매 맛은 다릅니다. 왜 그렇게 되는가 말씀드린다면 물과 흙이 다르기 때문입니다. 그와 같이 저 사람은 제나라에서 태어나 자라났을 때에는 도둑질을 하지 않았는데 초나라에 들어와서 도둑질을 한 것입니다. 초나라의 물과 흙은 백성에게 도둑질을 잘하게 하는 점이 있지 않습니까."

발언 내용에는 영왕보다 더 짙은 빈정거림이 들어 있고 음영(陰影)이 풍부했지만, 그 목소리나 어조에는 음습함이 없고 맑게 갠 하늘로 울려퍼지는 것같이 밝고 거침없었다.

그 말을 들은 영왕은 흔쾌하게 웃으며 말했다.

"성인과 더불어 노닥거리고 있을 일이 아니로군. 나는 도리어 창피를 당했다."

《안자 춘추》에 씌어 있는 이야기이다.

그러나 영왕의 이 반응 부분은 이야기를 깨끗이 매듭지으려고 한 후세 사람들이 덧붙인 것인지도 모른다. 영왕이라는 관용력이 결여된 왕에게 안영의 해학을 부드럽게 웃어 넘길 만한 여유가 있었으리라고 여겨지지는 않는다. 그러나 만일 그렇지 않고 적혀 있는 것과 같았다고 한다면 안영이 지닌 인격의 불가사의함을 통감하게 된다. 그 영왕을 웃기고 게다가 반성하게 했던 것이다. 놀라운 일이다.

나중에 사람들이 사람은 환경의 동물이라고 하는 사실을 말하게 된 것은 이 일화에서 비롯된 것이다.

"귤(橘)이 변하여 탱자(枳)가 된다."

그러나 초나라의 물과 흙은 좋은 왕도 낳고 나쁜 왕도 낳았다. 틀림없이 나쁜 왕인 영왕은 안영이 떠나고 얼마 안되어 죽었다. 영왕에게 원한을 품고 있던 많은 신하들과 동생의 공격을 받고 자살한 것이다. 백성 모두로부터 버림받은 죽음이었다.

안영은 복명했다.

제나라는 초나라와의 서먹서먹한 관계가 해소되었다.

"잘 했소."

경공은 안영을 치하했으나, 그때에는 아직 영왕과 안영의 회견 모습을 모르고 있었다. 훗날 측근으로부터 이야기를 들은 경공은 턱이 떨어져 나갈 듯이 웃었다.

"이처럼 유쾌한 얘기를 들은 적이 없다."

영왕은 안영을 창피하게 함으로써 제나라를 깔보려고 했는데, 그 기도는 모두 자신에게 되돌아가서 오히려 초나라가 제나라 밑에 서는 추태를 보였다. 안영은 자기의 사명을 완수했을 뿐만 아니라, 제나라의 국위를 높였던 것이다.

"거참, 대단한 사람이야. 그럼에도 한마디의 자랑도 안하는군."

안영의 겸손도 경공의 마음에 들었다.

——그에게 정치를 맡겨 두면 틀림없다.

경공은 손발도 편안해지고 마음도 편안해졌다. 오랜 속박이었다고 할 수 있으리라. 최저와 경봉에게는 계속 두려워하고, 자미와 자아에게는 눈치를 보면서 군주 자리에 앉아 온 경공이다. 그러나 안영에게는 두려움이나 눈치를 볼 필요가 없었다. 안영을 재상 자리에 있으면 제나라는 편안하고 태평스러우며, 자기는 마음껏 군주의 생활을 즐길 수가 있다.

—— 환공(桓公)이 관중(管仲)을 등용시킨 것과 같다.

환공은 관중에게 국정을 맡아보게 하고 나서 자신은 아름다운 비첩과 계속 놀아났다. 그럼에도 제나라의 국력은 증진될 뿐이었고, 마침내 환공의 위광은 주나라 왕을 능가하여, 제후들은 환공에게 복종했다. 경공은 제나라의 영화기를 그런 모양으로 돌이켜보고 있었다. 안영에게 관중만큼의 능력이 있으면, 자기는 환공이 될 수 있다. 경공의 생각은 그것이었다.

경공의 반생을 바라보면, 술과 사냥으로 세월을 보냈다고 해도 과언이 아니다. 그러나 경공은 진나라 평공과 같이 여색에 빠졌던 것 같지는 않으므로 그 점은 나았다고 해야 할지도 모른다.

춘추시대 전기의 패자였던 환공의 영매성에서 천리나 거리가 있다고 할 수 있는 이 암매한 군주를 받들고, 제나라 국위에 조금도 금이 가지 않게 한 것은, 안영의 초인적인 재간에 의해 가능했다는 것은 말할 나위도 없다. 안영은 재상이 되고부터 은퇴할 때까지 경공이 방탕으로 떠돌 것 같아지면, 때로는 강하게 간하고, 때로는 넌지시 간하여, 그 사랑스럽고 평범하고 어리석은 군주를 계속 충고하고, 교육시키며 약 20년 동안을 보냈다.

그러나 경공에 관해서는, 어리석은 군주의 대표라고 일컬어지는 경우가 많았고 《논어》에서는 극히 평점이 낮았다.

—— 제나라 경공, 마천사(馬千駟) 있다. 죽는 날, 백성, 덕

으로서 찬양함이 없다.

제나라 경공은 4두 마차의 말을 1천이나 가지고 영화를 자랑하고 있었으나, 경공이 죽은 날에 백성들은 누구 한 사람도 그의 덕을 찬양하는 사람은 없었다.

공자를 주로 하는 유교 집단은 경공을 가차없이 비판했는데, 공자 자신은 안영도 비판했다.

안영이라는 절약가는 선조를 모시는데 쓰는 고기는 돼지고기로 하고, 그 양 또한 두(豆)라는 굽 높은 그릇을 덮을 정도의 양이 안되었다. 비록 안영이 현명한 대부였다고 하더라도, 그 인색함에는 섬기는 사람들이 견딜 수 없었을 것이다. 군자라는 사람은, 윗사람을 넘어서거나 흉내내는 사람도 아니고, 아랫사람을 압박하는 사람도 아니다.

공자가 안영에 대해서 계속 품어온 나쁜 감정은 한편으로 공자가 만년에 경공을 섬기려고 했을 때 안영의 방해를 받았다는 사실에서 기인하는 것 같다.

그러나 공자에게도 모순은 있다.

경공으로부터 정치의 요체를 질문받았을 때 절약을 내세웠던 것이다. 경공의 호사한 생활 태도를 보면 생각하는 것은 누구나 같다는 것이다.

경공은 공자의 진언에 마음이 움직여서 대신급의 봉읍(封邑)을 주고 고용하려고 했다.

그것을 안영이 말렸다.

"유생은 오만하고 게다가 독선이다."

공자와 같은 사람은 언제나 자신을 옳다 하고 타인과 타협을 하려고 하지 않는다. 그리고 유교의 생각은 죽은 사람의 거상을 중요시하여 장례에 재산을 쏟아넣게 한다. 유생은 본래 장의와 관계있는 집단에서 생긴 것이므로, 자기들은 그것으로 좋을지 모르지만 백성들에게까지 그것을 강요하면 풍속을 깨고 만다. 공자는 지금 시대에는 맞지 않는 옛 예의 범절을 일으키려고 했는데 예컨데 당상으로 올라가는 법, 당하로 내려가는 법, 걷는 법 따위의 그런 잡다한 예의범절을 익히는 데에는 몇 대나 걸리고 일생 동안에 다할 수 있는 것이 아니다. 공자를 쓰면 그런 번거로움에 사로잡혀서 제나라 독자의 풍속을 잃게 되고 백성에게 혼란을 줄 뿐이다.

제나라는 예(禮)의 나라가 아니고 이(利)의 나라이다.

그 국민성은 예의에는 둔감하지만 이해에는 민감하다.

인색한 나라이다. 그렇게 말하며 다른 나라 사람은 제나라를 비방한다. 그것은 어느 정도는 맞는 말일 것이다.

그런 나라에 위에서부터 유교를 덮어 씌우면 어떻게 되겠는가.

예상할 것도 없다.

—— 어떻게도 할 수 없는 나라가 된다.

그것이 안영의 생각이었다. 무엇보다도 경공의 경우를 생각해 보면 잘 알 수 있다. 경공의 성정과 능력을 빤히 알고 있는 사람은 안영인 것이다.

"이것은 안된다. 저것은 안된다."

이런 저런 금지 사항이 나열되어 있는 유교와 어울릴 수가 없다. 유교에서는 뜰을 걸을 때에는 종종걸음으로 걷게 하고, 당으로 올라가는 계단은 한걸음 올려놓고 다른 발을 가지런히 한 뒤에 또 한 걸음 올린다. 또 당상에서는 종종걸음으로 걸어서는 안된다. 그것만 보더라도 경공으로서는 지킬 수 있을 것 같지 않다.

안영은 군주가 지킬 수 없는 예의를 백성들에게 강요하는 우를 피하려고 했던 것이다.

그러나 공자가 볼 때에는 관리로서의 자신의 길을 안영이 방해한 셈이 된다. 공자라고 하는 정념 풍부한 사람의 가슴에서 안영에 대한 원한은 지워지지 않았다고 보아야 할 것이다.

그것은 그렇다고 치고 경공은 어디까지나 평판이 나쁜 군주였다.

예를 들면, 후세 사상가인 묵자(墨子) 밑에 금활리(禽滑釐)라는 뛰어난 제자가 있었다. 그는 어느날 스승인 묵자에게 질문했다.

"금수치저(錦繡絺紵)는 어떻게 사용하는 것입니까."

금수치저는 서민으로서는 절대로 입을 수 없는 최고급 직물이라고 생각하면 된다. 그러자 묵자는 탄식하며 대답했다.

"오(惡)——."

금수치저는 문란한 군주가 만든 것이다. 그 기원은 제나라 경공이 사치를 좋아하고 검약을 잊은 데에 있다. 다행히 거기에는 안자가 있어서 검약을 말하고 사치를 물리쳤던 것이지만 그래도 경공의 사치를 말릴 수는 없었다. 그렇게 가르친 묵자는 다음과 같이 마무리했다.

—— 선질(先質)하고 후문(後文)하는 것, 이것이 성인의 힘쓸 바이다.

질(質)은 먼저 하고 문(文)은 뒤에 하는 것이 성인의 의무이다. 이것은 문질빈빈(文質彬彬)이라고 한 공자의 가르침과는 대립된다.

문은 장식이라는 것이고, 질은 실체라고 바꾸어 말할 수가 있다. 빈빈은 균형이 잡힌다는 것을 가리킨다.

"질이 문을 능가하면 야비해진다."

공자는 말하고 있다.

문과 질이 반반인 생활을 공자는 이상으로 삼고 있다. 그러나 그것은 어디까지나 이상이고, 현실적인 뒤틀림에 직면하고 그것을 바로잡으려고 한 안영이나 묵자 등의 실천자는 이상의 높은 곳에 머물러 있을 수 없어서 질을 선행시킨 것이 틀림없다. 하기야 안영에 관해서는 군주의 사치가 극에 이르고 있었으므로, 재상으로서 검약을 체현해 보임으로써 제나라의 수뇌는 문과 질이 빈빈해 있었다고 하는 얄궂은 견해를 가질 수 없는 것은 아니다.

어쨌거나 경공은 몸과 마음이 가벼워지고 권신(權臣)에 의해 시계가 가리워질 염려도 없어졌으며 바라보는 한 밝은 광경이 펼쳐져 있다는 심경이 된 것은 초나라 영왕이 죽은 해, 즉 경공이 즉위한 지 19년째가 되어서였다.

이때 제나라의 경은 3명으로 안영, 진무우, 포국이 그들이었다.

—— 군주란 좋은 것이다.

경공은 최고의 행복감에 싸여 있었다고 해도 좋았다. 거리낌 없이 동심으로 돌아가서 마음껏 누릴 수가 있었다.

경공은 실제로 주연을 종종 베풀고 즐겼다. 측근들하고만 즐기는 경우도 있었고, 대부들을 초대하는 경우도 있었다. 경공이 술을 좋아하는 것은 남에게 뒤지지 않았다.

경공은 딱딱한 것은 질색이었으므로, 대부들을 초대한 주연이 절정이었을 때

"예의는 필요없다."

하고 말하여 대부들을 기쁘게 했다. 당장 상하없이 마시자고 말한 셈이 된다. 술자리가 기쁜 웃음으로 들끓었다.

그러나 안영만은 자세를 무너뜨리지 않고 정색을 한 모습으로 경공을 향해 엄숙하게 말했다.

"주군님의 말씀은 잘못 되었습니다."

이 한마디로 만장의 떠들썩하던 기쁜 웃음이 사라졌다. 경공은 금세 언짢아 하는 얼굴이 되었다.

——또야.

주연의 흥을 한창 돋구었는데 안영이 깬 것이다. 어차피 고언을 할 것이라면 나중에 하라, 하고 말하고 싶은 듯한 얼굴이었다.

안영은 사정이야 어찌 되었든 자신의 할 말을 했다.

"신하는 본래 군주에 대한 예의가 없는 것이 좋다, 라고 그것을 바라고 있는 법입니다. 왜냐하면 보통 힘을 많이 모은 사람은 그 우두머리를 이길 수가 있고 용기가 왕성한 사람은 그 군주를 죽일 수가 있는데, 그렇게 하지 못하도록 하는 것은 예의라는 것이 있기 때문입니다."

뒤에 가서 공자의 예의를 물리친 안영이지만 예의라는 것이 인간의 모임에 질서를 세워가는 근원이라고 하는 것은 명확히 알고 있었다. 그 예의를 필요없다고 말했던 것이다.

"예의를 던져 버리면 금수와 다를 바가 없습니다."

안영의 직언은 계속되었다.

동물은 힘을 가지고 지배를 하고, 강한 자는 약한 자를 범한다. 동물의 세계에서는 매일 주인이 바뀐다고 할 수 있을 것이다. 그것과 같은 일이 인간의 세계에서 일어나면, 군주는 어떻게 서 있을 수 있는가. 그 때문에 아무래도 예의는 필요하다.

안영이 여러 대부들 앞에서 경공을 간한 것은 경공의 생활이 문란함을 차마 눈뜨고 볼 수 없었기 때문이었다.

── 군주가 저렇다면…….

은근히 기뻐하고, 사리(私利)의 마수를 뻗으려는 신하가 나오기 쉬운 상황을 안영은 우려했다. 따라서 이 간언은 물론 경공에게 들려주는 것이지만, 여러 대부들 가운데서 싹트려는 나쁜 마음을 도려내려는 데에 목적이 있었다.

경공은 불끈하여 고개를 수그렸다.

── 듣고 싶지 않다.

그런 뜻을 표현한 것이었다.

술자리의 흥이 깨졌다.

이윽고 경공은 일어나서 술자리에서 떠나려고 했다.

안영은 모른 척하고 있었다.

다른 대부들은 외모를 바르게 하고 경공을 배웅하려고 서 있는데 안영만이 옆을 보고 있었다.

── 무례하다.

경공의 가슴 속에서 노여움이 배가되었다.

"무슨 사람이 그래."

걸어가면서 경공은 소리를 질렀다.

측근들이 따라가면서 어떻게 달래면 좋을지 쩔쩔매고 있

는 동안에 경공은 갑자기 휙 돌아서며 소리쳤다.

"술자리로 되돌아간다."

측근들은 허둥지둥했다.

―― 안영이 어떤 얼굴을 하고 술을 마시는지 봐야겠다.

나는 듯이 연회 자리로 되돌아가서 대부들을 놀라게 한 경공은 안영을 내려다보았다. 대부들은 일어나서 경공에게 절을 했으나, 안영만이 일어서지 않고 술잔을 입에서 떼지 않았다. 경공은 분노를 눈가에 모은 채 안영에게 다가가서 술잔을 내밀었다.

"경이 그처럼 술을 좋아한다면 나와 권해가며 마십시다."

서로 술잔을 주고받기 위해서 팔을 교차시킨 것이다.

안영이 먼저 잔을 비웠다.

이런 경우, 군주가 먼저 마시는 것이 예의였다.

"무례한 자 ――."

경공은 술잔을 던져버리고 분노를 폭발시켰다. 소매를 걷어붙이고 안영을 노려보면서 책망했다.

"경, 아까 이렇게 말하지 않았는가. 무례는 안된다고. 그럼에도 내가 출입할 때 경은 일어서지 않았소. 지금 술잔을 나누면서도 경이 먼저 마셨소. 그것이 예의인가."

이 말이 끝났을 때 안영은 깨끗이 자리에서 내려 앉았다. 이어서 경공에게 고개를 숙여 재배했다.

"제가 스스로 말한 것을 어찌 잊겠습니까. 그 때문에 무례라고 하는 것이 어떤 것인지 보여드렸던 것입니다. 만일 주군께서 예가 필요없다고 바라신다면 신하들은 모두 이렇게 될 것입니다."

안영의 간언에는 애정이 깃들어 있었다. 실제로 안영은 좋지 않은 군주를 사랑하고 있었으리라. 경공이 사리에 어두운 점을 일일이 실례를 들어서 깨우치려고 누가 나서서 할 것인가. 겉으로는 우러러 받들면서 마음 속으로 붉은 혀를 내밀고 경멸하는 것이 보통인데, 안영은 끈덕지게 경공을 가르치며 이끌었다. 이 무례한 연기도 그 일단이었다. 그렇게 하지 않고서는 이해하지 못하는 군주를 도와주지 않으면 안되는 안영의 슬픔을 누가 이해했겠는가.

한 나라의 재상이란 어쩌면 그 백성들 가운데서 가장 고독한 사람인지도 모른다.

경공에게 좋은 점이 있다면 안영의 고언만은 어떻게든지 새긴다는 것이다. 이때에도 기묘하게 얼빠진 모습을 보이면서 반성의 말을 했다.

"그렇게 하도록 한 것이 나의 죄요. 경, 자리에 앉으시오. 나는 경의 말을 따르겠소."

그러나 이 반성이 오래 가지 못하는 것 또한 경공의 특질이었다.

예상 밖으로 납득은 잘했지만 얼마 안 가서 깨끗이 잊어버렸다. 그래서 안영은 또 간언한다. 그러한 되풀이로 세월은 흘러갔지만 놀랍게도 제나라에 제2의 번영기가 찾아왔다.

경공은 그것을 당연한 것으로 받아들였다. 안영을 보고 있으려니 각별히 무슨 일을 하고 있는 것 같아 보이지는 않았다. 극히 평범한 신하로 보일 뿐이다. 이따금 이상하게 여겨지기도 했다.

"이 사람은 무엇인가."

그런 생각이 어느날 입 밖으로 나왔다.

3

추운 아침이었다.

안영이 가까이에서 모시고 있었다.

청허를 내리고 있는 동안에 몸의 냉기를 느낀 경공은 안영에게 말했다.

"미안하지만 따뜻한 음식을 가져다 주지 않겠소?"

그러나 안영은 거절했다.

"저는 상을 나르는 관리가 아니므로, 할 수가 없습니다."

"그렇다면 가죽옷을 가져다 주시겠소?"

경공은 추위로 더 이상 견딜 수 없게 되어 초조해 하며 말했다. 경공은 눈으로 독촉을 했으나, 안영은 전연 일어서려는 기색을 보이지 않고 천천히 말했다.

"저는 그 역할의 사람이 아니므로, 할 수 없습니다."

눈앞의 군주가 춥다고 하는데 아무것도 해주지 않는 안영을 보고 경공은 불만을 쏟아 놓았다.

"그럼 도대체 그대는 무엇을 해주는 신하인가."

" 저는 사직의 신하입니다."

차가운 목소리였다.

"사직의 신하란 어떠한 것이오?"

경공은 따지듯이 물었다.

"사직의 신하라는 것은 사직을 존립시킬 수 있고, 상하의 본분을 판별하며, 도리를 알고, 백관의 서열을 정하고, 그 역할을 알게 합니다. 또한 사령(辭令)을 만들고, 사방으로 분포시킵니다. 그런 일을 하는 사람입니다."

추위보다도 이 말이 경공의 오장육부를 차갑게 했다.

—— 이 사람은 나의 사적인 신하가 아니다.

경공은 그것을 새삼스럽게 깨닫게 되었다. 안영이라는 작은 사나이가 조정의 중추에 앉아 있다. 그의 체중은 대단한 것이 못되지만, 안영이라는 이름은 반석의 무게를 지니고 있다. 이 사나이가 있기에 위는 아래를 깔보지 않고, 백관은 자기의 직책에서 꾸준하고 게다가 직분에 흐트러짐이 없다. 정부가 발령하는 모든 것은 신속하게 변경 땅에까지 도달한다.

—— 이 사나이를 재상의 자리에서 내리면 어떻게 될까.

아래 위는 시끄럽고 백관은 동요한다. 그렇게 상상할 수 있을 만큼 경공에게는 정상적인 감각이 깃들어 있었다.

"경, 비례를 저질렀소. 용서하시오."

경공은 순순히 인정했다.

그 순진함이 있었기에, 경공은 신하 위에 계속 서 있을 수가 있었으리라.

—— 미워할 수 없는 군주다.

안영은 이렇게 생각했던 것이 틀림없다.

안영은 3대의 군주를 섬긴 셈인데, 처음에 섬긴 영공이 세 사람 가운데 가장 훌륭했을 것이다. 그러나 군사에서의 추태를 보인 것이 옥에 티였다. 안영은 영공의 적자인 장공에게도 간언을 했다. 그러나 그 간언은 효과가 없었다. 그 거칠고 교만한 군주는 보좌할 길이 없었다.

거칠고 교만함을 쌓으면 쌓아갈수록 스스로의 멸망을 빠르게 한다. 장공이 그러하고 초나라의 영왕도 그러하다. 역사는 어른 이전의 소년이라도 알 수 있을 원칙을 가르쳐 주고 있다. 그럼에도 장년에 이른 사람이 그것을 이해하지 못한다는 것은 어찌된 일인가. 장공의 배다른 동생 경공은 교만하기는 하지만 거칠지는 않다.

게으르고, 남을 깔보고, 제멋대로 한다는 것이 교만의 내용인데, 신하에게 해를 끼치지 않는다는 점에, 경공의 다행스러움이 있다. 그러나 안영과 같은 집정의 처지에서 그 교만을 보면, 결국 피해를 입는 것은 서민이다. 궁전을 짓는 것 하나만 보더라도, 그곳에 들이는 노동력은 서민으로부터 얻고 있다. 서민은 가업을 중지하고 임치에 모여서, 군주의 여분의 주택으로 여겨지는 건물을 짓기 위해 일을 해야 한다.

경공은 대대(大臺)라는 높은 누각을 지으려고 한 적이 있었다.

안영이 노나라에 사자로서 간 동안에 그 공사는 시작되었으므로, 경공에게는,

―― 안영이 있으면 성가시다.

그런 생각이 있었을 것이 틀림없다. 잔소리를 하는 안영이 없는 동안에 높은 누각을 만들어 버리면, 돌아와서는 고언할 길이 없을 것이다.

공사는 시작되었다.

그러나 그 공사는 경공이 생각한 대로 진척되지 않고, 겨울이 되었다. 그 해는 특히 추워서, 공사에 종사하고 있는 사람들 가운데 얼어죽는 사람이 나왔다. 그 보고는 측근인 양구

거에게까지 들어갔으리라. 그러나 그는 경공의 의향을 첫째로 생각하는 사람이므로, 얼어죽은 사람이 있었다는 사실을 말하지 않고 여쭈어 보았다.

—— 밖에는 얼음이 얼어 있습니다. 궁전 공사를 어떻게 할까요.

따뜻한 방 안에 있으면서 따뜻한 옷을 입고 있는 경공이 바깥의 추위 따위를 알 리가 없다. 서민의 고통을 헤아려주는 마음가짐은 도저히 있을 리 없었다.

—— 벌써 그런 계절인가. 공사를 서둘러라.

그로부터 노동이 지나치게 혹독해지고, 식사를 만족스럽게 하지 못하는 사람이 속출하여 얼어죽는 사람이 늘었다.

높은 누각 건조에 종사하고 있는 사람들의 고통은 극한에 이르렀다. 예기치 않게 그들의 입에서 나온 탄식이 있었다.

"안자가 왜 빨리 돌아와 주지 않나."

서민의 희망은 안영에게 집중되었다. 그들의 탄식 소리가 어떠한 형식으로든가 안영의 귀에 들어갔던 것이리라. 예정보다 빨리 귀국하고 복명했다. 경공은 안영을 치하할 생각으로 작은 연회를 열었다. 경공은 즐거운 듯이 술을 마시고 있었다. 안영은 조용하게 술잔을 입에 대고 있었으나, 갑자기 잔을 곁에 내려놓고 미소를 머금으며 말했다.

"허락해 주신다면 노래를 부를까 합니다."

"허어, 경이 노래를 ——. 희한한 일이군. 들어봅시다."

"민요입니다……"

이렇게 양해를 얻은 안영은 노래를 부르기 시작했다.

얼음물 나를 씻는다.
이를 어이하리.
태상(太上) 우리를 미산(靡散)한다.
이를 어이하리

경공은 기색이 갑자기 달라져서 안영을 보았다. 안영의 눈
에서 눈물이 떨어지고 있었다.

얼음비를 맞으면서
오늘 나의 몸을 어떻게 할까
군주는 우리를 갈아 으깬다.
내일의 나의 몸을 어떻게 할까.

지금이라면 틀림없이 이렇게 노래 불렀으리라. 경공은 무
엇이라 말할 수 없는 기분이 되어 물었다.
　"경이 눈물을 흘리는 것은, 대대(大臺)의 부역 때문이오?"
　안영은 대답하지 않았다. 경공의 가슴에 사르르 슬프게 솟
아오르는 무엇인가가 있어 맥빠진 소리로 말했다.
　"나는 이제 공사를 중지하려 한다."
　안영은 재배하고, 여느 때 같으면 여기서 무엇인가 한마디
를 했을 것이었으나, 잠자코 물러났다.
　―― 왜 그러느냐.
　경공의 눈에 불안감이 떠올랐다.
　"양구거――."
　경공은 목소리를 높여서, 그의 측근을 달려가게 하는 동안

에, 안영은 대대로 가서 매를 들고 게으름을 피우고 있는 사람을 그것으로 치면서 외쳤다.

"잘 들어라. 나는 소인에 지나지 않는다. 모든 사람은 집이 있고, 그래서 더위나 습기를 피하고 있는 것이리라. 지금 주군께서 하나의 대를 만들려고 하고 있는데, 이처럼 느릿느릿하고 있으니, 이것을 부역이라고 할 수 있느냐."

—— 이것이 그 안자인가.

백성들은 일제히 반발의 눈을 안영에게 보내고 대합창을 했다.

"안자가 주군을 도와서 우리를 혹사한다."

"멋대로 지껄여라."

매를 던져버린 안영은 대대의 공사 현장에서 자택으로 향했다. 안영이 아직 집에 도착하지 않았을 때 부역 해제가 전해졌다.

사람들은 사방으로 흩어져서 공사 현장에서 사라졌다.

여장을 풀고 한숨을 돌리고 있는 안영에게 가재가 뜻있는 듯이 말소리를 낮추었다.

"대대 공사가 중지된 모양입니다. 나리, 백성들을 위해서 그렇게 하셨군요."

"그래. 하지만 백성을 위해 베푼 것은 내가 아니다. 주군님이야."

"그렇습니까, 어쨌든 그런 것으로 해두죠."

눈으로 웃은 가재가 물러나자 빗소리가 들렸다. 얼음과 같은 비였다.

안영의 가슴에 마음이 놓이는 작은 온기가 켜졌다.

중지된 대대 공사는 시기를 보아서 재개되었으나, 속성의 무리는 피하게 되고, 얼마 안 가서 완공되었다.

경공 때에 궁전이 확장된 것은 틀림없는 것 같다.

경공은 노침(路寢)의 집도 신축했다. 노침이라고 하는 것은 침소를 가리키는 것이 아니라 바깥채를 말한다.

이 궁전이 완공되고 알마 안되어, 안영이 마차를 타고 궁성으로 가고 있을 때, 길로 튀어나온 사나이가 그에게 재배했다.

"세워라."

마부에게 명령한 안영은 마차에서 내려 사나이에게 말을 걸었다.

"무슨 일인가?"

이 사나이의 이름은 봉우하(逢于何)라고 했다.

"말씀드리겠습니다."

얼굴을 든 봉우하가 말한 것은 뜻밖이었다. 이 사나이는 어머니를 잃은 지 얼마 안되었다. 어머니의 유해를 묘소에 합장하고 싶은데, 그 묘소가 하필이면 신축된 노침 밑으로 들어갔다고 한다.

"어떻게 해주실 수 없으십니까."

봉우하는 울먹이며 말했다.

"아아, 어려운 부탁을 하는군."

내노라 하는 안영도 허공을 바라보며 탄식을 했다. 사람의 죽음과 봉우하의 효심을 소홀히 할 수는 없으나, 이제 와서 노침의 집을 헐 수 없다는 것은 잘 알고 있었다.

"그렇기는 하지만, 특별히 나는 당신을 위해서 주군께 진언해 보겠네. 그러나 청허를 얻지 못하는 경우에는 어떻게 하겠나."

"안자라면 하실 수 있다고 믿습니다. 만일 뜻을 이루지 못할 때에는 왼손으로 영구수레를 끌고, 오른손으로 가슴을 치며, 선 채 죽을 각오로 사방의 선비들에게 알릴 생각입니다. 봉우하는 자신의 어머니를 매장하지 못하는 사람이라고요."

"알았네."

입궐한 안영은 경공을 배알하고, 봉우하가 어머니를 장례 지내지 못하고 어찌할 바를 모르고 있다는 이야기를 했다.

그 순간 경공은 기분이 언짢아졌다.

"태고 때부터 오늘까지, 군주의 궁전에 합장하고 싶다고 바란 사람이 있소? 경도 그런 소리를 들은 적은 없겠지."

말에 흥이 깨진 기색을 나타내며 경공은 안영을 보았다. 보았다고 하기보다도 살폈다고 해야 하리라. 안영과의 사귐이 오래된 경공은 안영의 깊은 뜻을 알게 되었다. 깊은 마음 속에서 무엇인가가 우러나올 때, 도리어 안영은 담담하다. 그것도 알고 있었다. 그 담담한 태도나 어조에 마음을 주면, 갑자기 정신력과 같은 것이 튀어 나와 경공이 지닌 마음의 자재(自在)를 묶어 버린다.

—— 지금이 그것이 아닌가.

경공은 경계했다.

"옛 주군은 ——"

안영은 설득하기 시작했다.

옛 군주는 여분의 궁실을 짓지 않았다. 먼저 살던 사람의 거주지를 침범하는 일 없이, 집의 규모를 축소시켰으므로 죽은 사람의 무덤을 파괴하는 짓은 하지 않았다. 그 때문에 군주의 궁전에 죽은 사람을 매장하고 싶다는 사람은 없었던 것이다. 지금 군주는 사치스런 궁실을 짓고, 남의 주거를 빼앗아서 드넓은 노침을 세우고, 남의 무덤을 파괴했다. 그 때문에 살아있는 사람은 우수를 느끼고 편안하게 살 수가 없다. 죽은 사람은 따로 따로 있게 되고 뼈를 합칠 수 없다.

여기까지 말한 안영의 목소리가 더욱 깊어졌다.

"풍부함, 즐거움, 사치, 놀이는 산 사람과 죽은 사람을 동시에 깔보는 일이 됩니다."

귀를 막고 싶은 경공이었지만, 안영의 목소리는 갑자기 가슴과 배로 울려 오는 것이므로, 비록 귀를 막는다고 하더라도 헛수고였다.

"인자한 군주의 행위란 그런 것이 아닙니다."

딱 잘라 말하는 것이었으므로 경공의 어깨가 위축되었다.

이것으로 안영의 말이 끝난 것은 아니었다.

"살아 있는 사람이 편안함을 얻지 못하는 것을 근심을 쌓는다고 합니다. 죽은 사람을 매장하지 못하는 것을 슬픔을 쌓는다고 합니다. 근심을 쌓은 사람은 원망하고, 슬픔을 쌓은 사람은 두려워합니다. 주군님, 봉우하의 청원을 들어 주시는 것이 좋습니다."

등을 탁 얻어맞은 느낌으로 경공은 대답해 버렸다.

"좋아."

절을 한 안영은 재빨리 방에서 물러났다. 교대하듯이 무릎을 급히 움직여서 경공에게 다가온 것은 양구거였다.

눈에 분노의 빛이 나타나 있었다.

“예로부터 공궁에 매장하고 싶다고 말하는 자는 본 적이 없습니다. 어찌하여 허락하셨습니까.”

이상하게도 신하의 노기에 씻겨진 듯 오히려 경공의 감정은 맑아졌다.

“남의 주거를 깎아내고, 남의 무덤을 허물고, 남의 상(喪)을 억누르고, 매장을 금하면, 살아 있는 사람에게 아무런 것도 베풀지 못하고, 죽은 사람에 대해서 무례를 저지른 꼴이 된다. 시(詩)에 있지 않는가. 살아 있는 동안에는 집은 다르지만, 죽으면 같은 구멍에 들어간다고. 허락하지 않겠다고 할 수는 없다.”

경공은 종종 이런 온정을 보였다.

본래 정에 무른 사람이었다.

봉우하의 조상의 무덤은 노침 바로 밑에 있었던 것이 아니어서, 노침을 허물어야 하는 큰 일이 되지 않고도 끝나게 되었다. 예상 밖에 빨리 매장할 수 있었던 것이다.

매장을 마친 봉우하는 발을 구르며 애도를 나타냈으나 곡례(哭禮)는 하지 않고, 가슴을 두드리며 슬픔을 보였으나 배례는 하지 않았다. 그 이유는 이해하기 어려우나 장례를 생략한 것에, 안영과 경공에 대한 감사가 있었으리라. 어머니를 합장하게 된 기쁨도 있었을 것이다. 노침 아래를 떠나 공궁의 문을 나서자, 봉우하는 엉엉 울었다.

4

안영을 계속 주시한 사람은 양구거였는지도 모른다. 이 우수한 측근은 안영과 대립되는 꼴로 경공을 섬겼다.

양구거는 누구보다도 빨리 경공의 뜻과 바라는 것을 헤아려 알았고, 그 마음이 움직여 군주의 몸이 움직이는 도처마다 대기하고 있는 바지런함을 보였다.

경공이 큰 병에 걸렸던 적이 있었다. 개선(疥癬:피부병)에 걸리고 학질도 생겼다. 학질은 지금 말하는 말라리아인데, 1년이 지나도 병세가 쾌유 쪽으로 향하지 않았다.

의사가 없는 것은 아니었다. 그들은 열심히 손을 쓰고 있었던 것이다. 그럼에도 병이 낫지 않는 경우에 의술이 미숙하다고 꾸짖지는 않고,

—— 무엇인가에 뒤탈이 난 것은 아닐까.

하고 생각하는 것이 이 시대의 상식이었다. 당연히 점을 쳤다. 그 점을 치는 것이 축관(祝官)과 사관(史官)이다. 축관은 기도를 하고, 주술을 행하고, 꿈 해몽을 하고, 신을 내린다. 그것이 직무이다. 사관은 제사를 지내고, 공실의 전례(典禮)를 보좌하고, 기록을 맡아 한다.

이 축관과 사관이 점을 친 결과에 따라서 뒤탈이 되는 것을 달래기 위해서 공물(供物) 따위를 바치는 것인데, 경공의 경우 뒤탈이라고 할 정도의 것은 아닌 것 같았다.

그리하여 축관과 사관에게 명하여 귀신에게 경공의 회복을 계속 해서 빌게 했다.

그러나 길한 징조가 전연 나타나지 않는다.

—— 제나라 군주의 질병이 나쁜 모양이다.

하고 듣게 된 제후들은 문병의 사자를 보내게 되었다. 그 사자의 수가 많아졌을 때 양구거는 생각을 돌렸다.

―― 군주는 오해받고 있다.

의사가 손을 쓰고, 축관과 사관이 계속 빌고 있음에도 경공의 질병을 떨어버릴 수 없는 것은, 경공 자신의 귀신을 공경하는 마음이 약하기 때문이 아닐까. 여러 외국 사자들은 그렇게 생각하고, 귀국하여 보고하는 것이 아닐까. 그 걱정이 가슴 속에 있던 양구거는,

"내 질병이 어째서 낫지 않느냐."

하고 경공으로부터 가느다란 목소리로 질문을 받았을 때, 냉엄한 표정으로 대답했다.

"축관과 사관을 죽여야 합니다. 이 두 사람을 죽여서 천상계(天上界)로 올라가게 하고, 상제에게 직접 호소하게 하는 것입니다. 그렇게 하시지 않으면, 외국으로부터의 빈객에게 변명을 할 수가 없습니다."

"그렇군. 그렇게 할까."

이 말에 이어서, 사실은 나도 그렇게 하고 싶었다는 경공의 의향이 숨어 있었다.

양구거는 목소리로 표현되지 않은 경공의 의향을 들을 수 있는 귀를 가지고 있었다.

그러나 경공은 신하를 죽인다는 현실에 비정하게 직면할 수 있는 성격이 아니었다.

―― 말은 그렇게 했지만…….

경공은 꺼림칙함을 느끼는 것이 일쑤였고, 그 으스스한 불안을 떨어 버리려고 할 때에는 안영을 불렀다.

"안됩니다."

안영은 언제나 갑자기 강하게 간언하지는 않는다.

"이런 이야기가 있습니다."

슬며시 이야기 하듯 간언한다. 이 경우에는 진나라 재상이
던 사회(士會)가 얼마나 집안을 잘 다스렸는가 하는 이야기로
부터 시작하여, 사회의 집안에서는 축관이나 사관도 빌 필요
가 없었다고 말했다.

"그것에 비해 우리 제나라는……."

안영은 제나라의 나쁜 점을 나열해 갔다. 그 속에는 경공
의 총첩(寵妾)이나 총신(寵臣)의 나쁜 짓도 들어 있었다. 말
하자면 그 일 때문에 크나큰 성가심을 받고 있는 것은 제나라
백성이다. 지금 제나라 백성 모두가 군주를 저주하고 있을지
도 모른다.

그에 비해서, 지금 군주의 행운을 위해 빌고 있는 사람은
단 두 명이다. 두 명의 기원이 백성의 저주에 이길 수 있는
가.

바꾸어 말하면, 그 두 명을 죽여서 상제에게 직접 호소하
게 한다고 하더라도, 그 두 명은 제나라의 실정을 상제에게
말하지 않을 수 없고 반드시 군주를 헐뜯게 된다. 실정을 감
추고 직접 호소하면, 상제를 속이는 것이 된다. 그러나 상제
가 신인 이상 속일 수는 없을 것이리라.

"그 점을 잘 생각해 주십시오."

안영으로부터 말을 듣고 보니 경공으로서는 극히 지당한
말이라고 생각하지 않을 수 없었다. 안영의 지적을 받아 나쁜
점을 고치고 난 뒤가 아니면, 도저히 두 사람을 죽일 생각이
나지 않았다.

"중지하겠다."

축관과 사관을 죽이는 일을 말이다. 그 대신에 안영이 나열한 나쁜 점, 즉 폐해나 금령 따위를 제거할 명령을 내리고, 총첩이나 총신에게 엄중한 주의를 주고, 마지막으로 양구거에게 명령했다.

"그대가 빈객을 다스리는 것은 그만두도록 하라. 안영에게 겸무하도록 한다."

—— 왜 이렇게 되는가.

양구거는 아연하고 분연했다. 물론 남에게 물어볼 것도 없이 알고 있었다.

—— 언제나 이렇다.

그의 충정을 비뚤어지게 보이게 하는 사람은,

"안자, 안자, 안자이다."

하고 양구거가 외친 것은 이 날뿐이 아니었다. 그 사람이 나를 나쁜 신하로 보이게 한다고 저주하고 싶었으리라. 그 외에도 안영을 저주하고 있는 측근이 있었을 것이다. 그러나 어째서 우리의 저주는 하늘에 통하지 않는가, 하고 양구거는 탄식했다.

바로 조금 전에 안영이 경공을 간한 말의 내용을 알지 못하는 것은 양구거의 불행이라고 할 수 있다.

양구거를 한 단계 더 떨어뜨린 것은 이로부터 얼마 안되어 경공의 질병이 완쾌된 것이었다.

—— 어째서 이렇게 되는가.

양구거는 또 한번 저주로 물든 중얼거림을 흘렸다.

경공은 안영을 존경하고 양구거를 사랑했다. 처지를 바꾸어 보면, 안영은 경공을 사랑하고, 양구거는 경공을 존경했다.

안영과 양구거의 군주를 섬기는 방법의 차이는 한 마디로 나타낼 수 있다.

"화(和)와 동(同)."

건강을 되찾은 경공은 애타게 기다렸다는 듯이 좋아하는 사냥을 하러 갔다. 돌아오자 곧 안영을 궁전으로 불러서 이런저런 이야기를 하기 시작했다.

"사냥에서는 이런 일이 있었소."

경공이 문득 아래를 보자, 양구거가 분주하게 마차를 몰고 달려왔다. 군주의 귀환을 알고 재빨리 달려온 신하를 기특하다고 생각하지 않을 리가 없다.

"거만이 나와 화(和)하는구나."

경공은 만족스럽게 말했다. 그러나 안영은 수긍하지 않았다.

"거는 동(同)하는 것이지, 화하는 것이 아닙니다."

경공은 돌아다보았다.

"화와 동은 다른가."

"다릅니다. 화를 비유하면 국(羹)입니다."

국은 생선이나 고기국을 가리킨다. 이 국은 서로 맞지 않는 불과 물을 가지고 만든다. 양념을 해서 끓이는 것인데, 맛과 열이 갖추어졌을 때에 군주의 입으로 들어간다.

군주와 신하의 관계도 같은 것으로서, 군주가 좋다고 한 것일지라도 미비한 점이 있으면 신하는 진언하여, 군주의 청허를 완전한 것으로 한다. 군주가 안된다고 한 것도 좋은 점이 있으면 신하는 진언하여, 군주의 불가를 가(可)로 바꾼다.

그렇게 함으로써 정치가 정비된다.

"그러나 거는 다릅니다. 군주가 좋다고 말씀하시면, 거도 마찬가지로 좋다고 합니다. 군주가 안된다고 말씀하시면, 거도 마찬가지로 안된다고 합니다. 처음에는 물맛이었던 국의 맛을 내게 하는데, 물만을 써서 누가 먹을 수 있겠습니까."

안영은 멋지게 말을 했다.

혹평을 받은 양구거는 뱃속이 국보다 더욱 뜨겁게 끓어올랐으나, 갑자기 물과 같이 냉정하게 되어,

—— 안자 놈, 자기도 동인 주제에.

하고 어떤 생각이 나서, 안영의 코를 납작하게 만들려고 했다. 어느 날, 아무렇지도 않은 듯이 양구거는 안영에게 다가가서 잔뜩 아니꼬움을 가지고 말했다.

"당신은 세 주군을 섬겨 왔소. 그 세 주군은 마음이 하나가 아닌데, 당신은 세 주군에게 순종했소. 인자(仁者)란 본시 마음이 많은 것인가요."

안영은 느긋하게 입을 열었다.

"사람에 따라서 노력을 하면, 백 가지의 성을 가진 백성을 부릴 수가 있소. 포악하고 불충하면, 한 사람밖에 쓰지 못하지만 한 마음이 있으면, 1백 군주를 섬길 수가 있고, 세 마음이 있으면, 한 군주도 섬기지 못하는 것이오."

이렇게 말하고 안영은 유유히 사라져 갔다.

—— 그렇게 말하면, 이렇게 말한다…….

안영의 작은 뒷모습을 배웅한 양구거는 온몸이 쓸쓸해졌다.

양구거는 자기 나름대로의 신념으로 경공을 계속 섬기고,

안영을 계속 적대시했다.

그 안영이 은퇴한다는 것을 알게 된 양구거는 자기의 사적과 안영의 사적을 비교해 보고, 장탄식을 한 뒤, 안영의 거처로 가서, 모나는 행동을 삼가는 표정으로 솔직하게 말했다.

"나는 죽을 때까지 당신을 이길 수 있을 것 같지 않소."

안영은 짙은 빛깔의 눈을 양구거에게 돌리고 말했다.

"계속 행하는 사람은 성공하고, 계속 걷는 사람은 목적지에 도착한다고 하오. 나는 남과 다른 점은 없으나, 하기 시작한 일은 던져 버리지 않고 계속 걸으며 쉬지 않았던 사람이오. 당신이 내게 이기지 못한다면 그것뿐일 것이오."

말을 마친 안영의 눈매에서 무엇이라고 말할 수 없는 따스함과 부드러움이 배어 나와서, 그것이 양구거에게 통했다.

안영의 작은 몸이 조정에서 사라졌다.

양구거는 자기 가슴에 돌이킬 수 없는 공허가 생긴 것을 느꼈다.

안영은 장수한 사람이다. 그의 죽음은 80살이 넘었을 때에 찾아왔다. 기원전 500년이라는 기억하기 쉬운 해가 안영이 죽은 해이다. 제나라 경공의 재위 48년째에 해당되고, 주나라 경왕(敬王)의 재위 20년이기도 하다.

임종 때, 안영의 아내는 베갯머리에서 물었다.

"무엇인가 하시고 싶으신 말씀은 없습니까."

"가속(家俗)이 바뀌지 않는다면 그것으로 좋소. 당신은 집안을 잘 돌보아, 가속이 바뀌지 않도록 하시오."

가속은 가법(家法)이라고 바꾸어 말해도 좋을 것이며, 그것을 정한 사람은 안영의 아버지 안약(桓子)이었다. 안영은 그것을 끝까지 지켜낸 사람임에 틀림없다. 그 가법이 자신의 일생을 지켜주었다는 것이 그의 실감이 아니었을까. 가법을 지키는 것은 가법에 의해 지켜지는 것이 된다. 자신도 그러했듯이, 자신의 아들도 조상의 지혜 속에서 살아라 하고 말한 것이리라.

안영이 중병에 걸렸을 때, 경공은 발해 바닷가에서 놀고 있었다.

"안영의 병이 위독하다."

안영의 소식을 가지고 사자가 급히 달려왔다.

"안영은 막 죽으려 하고 있으므로, 주군께서 지금부터 가신다고 해도 도저히 시간이 맞지 않을 것입니다."

사자의 진언이었다.

얼빠진 듯한 눈을 한 경공은, 그 사자의 말이 귀에 들어가지 않은 듯이 명령했다.

"돌아간다."

경공은 마차에 올라타자 파발마(把撥馬)를 탄 사자도 도착했다. 마찬가지로 안영의 위독을 알리는 사자였다.

"서둘러라."

경공은 마부를 독촉했다. 마차는 질주했다. 그럼에도 경공은 소리쳤다.

"느리다."

경공은 사자의 몸을 밀어 제치고 고삐를 빼앗아 스스로 말을 몰았다. 나는 듯한 속력으로 달렸다. 그러나 경공은 고함을 내질렀다.

"이래도 말이 달리고 있는 것이냐?"

경공은 마침내 마차에서 내려 자기의 발로 달렸다.

달리면서 울고, 울면서 달렸다.

그대로 임치까지 계속 달려간 것은 아니었지만, 어쨌든 안영의 집으로 달려 들어가자, 유해에 매달려서 눈물을 씹으면서 말했다.

"그대는……, 나를 밤낮으로 간해 주었소. 그럼에도 나는 유흥에 빠지는 것을 고치지 않았고, 원한과 죄를 백성 위에 쌓았소. 지금 하늘은 제나라에 재앙을 내렸소. 재앙이 나에게 내려지지 않고, 그대에게 내렸다고 하는 것이 바로 재앙이오. 제나라의 사직은 위태하오. 앞으로 백성들은 자기들의 생각을 누구에게 말하면 좋을지 모를 것이오."

경공은 통곡을 계속하며, 장의에서의 예에서 벗어났으므로, 측근 한 사람이 속삭였다.

"예가 아닙니다."

"이런 때에 예가 무슨 소용인가. 나는 전에 하루에 세 번 간언을 받은 적이 있다. 그러나 듣지 않았다. 앞으로 내게 그렇게 할 사람은 없다. 안영을 잃으면 나의 죽음도 멀지 않을 것이다. 죽을 사람에게도 예가 필요한가."

경공은 눈물이 마르고 슬픔이 다한 뒤에야 안영의 집을 뒤로 했다.

덧없는 발걸음이었다.

경공의 죽음은 이 해부터 10년 뒤에 찾아온다.

역자 후기

미야기타니 마사미쓰(宮城谷昌光)는 중국 춘추시대의 역사 인물을 주제로 주옥 같은 소설을 잇달아 내고 있는 현대 일본문단의 독보적 작가이다. 1991년 《하희춘추(夏姬春秋)》로 일본의 권위 있는 문학상 나오키(直木)상을 수상하고, 1994년에는 진(晋)나라 문공(文公)을 소재로 한 소설 《중이(重耳)》로 문부대신상을 수상하기도 했다.

뒤따라 발표된 소설 《안자(晏子)》는 춘추시대의 시대정신과 사회상을 통찰하고 있는 작가의 농익은 필치가 빚어낸 걸작으로 출간과 동시에 일본 독서계의 화제작이 되었다.

후기를 쓰고 있는 지금, 매스컴에서는 95년도의 그의 신작 《개자추(介子推)》가 다시 한번 일본 독서계를 강타하고 있다는 보도를 싣고 있다. 작가 미야기타니는 춘추시대에 대한 깊은 이해를 바탕 삼아 걸작의 보고를 차례차례 열어가고 있는 것이다.

작가 후기에서 그는 '역사소설은 감동을 쓰는 것이다' 라는 정의를 수긍하고 소설 《안자》를 쓰게 된 경위를 밝히고 있는데 역사인물에 대한 감동을 독자에게 전달하는 작업은 결코 쉽지가 않다.

역사인물에 대한 감동과 전달은 역사적 사실의 바탕 위에서만이 가능하다. 역사적 사실이란 달리 말하면 인간의 말과 행동, 나아가서는 인간의 사상의 집적일 터이다. 따라서 소설 속의 역사적 사실은 시대성과 영원성의 양면에서 조명되고 평가될 수밖에 없다.

역사적 사실이 아무리 풍부하더라도 시대성의 측면에서만 이해되고 인정되는 인물이라면 다른 시대의 사람에게 감동을 줄 수는 없을 것이다. 역사적 사실은 빈약하더라도 인간의 가치를 추구하고 인간의 미덕을 지키기 위해 노력하는 인물을 발견할 때, 시대를 초월하여 영원성의 측면에 매달리는 인물을 표현할 때, 작가와 더불어 독자도 함께 감동을 느낄 수가 있는 것이다.

《삼국지연의(三國志演義)》가 불멸의 역사소설로 애독되고 있는 연유가 어쩌면 거기에 있을 것이다. 삼국시대의 지배자는 조조(曹操)였지만 《삼국지연의》는 유비(劉備)와 제갈량(諸葛亮)이 지배하고 있다. 그들만이 충의(忠義)와 인덕(仁德)과 같은 인간의 영원한 문제를 추구하도록 구성되어 있기 때문이다.

《삼국지연의》는 7할이 역사적 사실이고 3할이 창작'이라는 말은 그래서 매우 시사적이다.

안영(晏嬰)은 역사적 사실이 매우 풍부한 사람이다. 그리고 감동을 느끼는 사람도 역대에 걸쳐 수없이 많다.

그와 동시대의 후생(後生)인 공자의 언행록 《논어》에서도 우리는 안영을 만나게 된다.

'안평중(晏平仲:안영의 字)은 사람과 잘 사귄다. (사귄 지 오랜된 사람은 마구 대하기 쉬운 법인데) 오래 사귄 사람들은 안영을 공경한다(子曰晏平仲善與人交. 久而敬之).' 《논어》 「공야장편」

아마도 안영은 엄청난 친화력의 소유자이면서 타인으로부터 공경받는 덕망가였던 것 같다.

사마천의 《사기(史記)》에는 「관안열전(管晏列傳)」이 있다. 관중

(管仲)과 안영은 춘추시대의 제(齊)나라를 열국 중에서 가장 부유한 나라로 만든 경세가로 한편에 기술되어 있다. 그러나 사마천은 관중에 관해서는 주로 인격적인 결함을 토로하게 하고, 안영에 관해서는 인간적인 미덕을 부각시켜, 비록 시대를 달리한 경세가이지만, 인간적인 미덕을 갖춘 안영에게 높은 점수를 주고 있다.

그뿐만 아니라 사마천 자신은 안영의 마부가 되고 싶다고 할 만큼 안영을 흠모하고 있다. 《사기》와 《논어》에 표현된 안영의 인간적 미덕은 소설 《안자》 속에 모두 절절하게 표현되어 있다.

좀더 주의깊은 독자들은 《삼국지》의 제갈량을 통해서 또다른 모습의 안영을 만날 수 있을 것이다.

《삼국지》「촉(蜀)지」에는 '제갈량은 몸소 밭을 갈고, 즐겨 양보음(梁父吟)을 읊었다' 라고 전기가 시작되는데, 양보음은 공명의 고향 낭야(琅邪:지금의 산동성. 옛 제나라) 지방의 만가(挽歌)이다.

노래의 사연인즉, 제나라 경공(景公) 때의 세 호걸 공손접(公孫接)·전개강(田開彊)·고야자(古冶子)의 무덤을 보고 인생 무상을 슬퍼하는 내용이다. 그들은 제나라를 쥐었다 폈다하는 엄청난 장사들인데 자신의 힘만 믿고 재상 안영을 무시할 뿐만 아니라 세 사람이 도당을 결성하면 군주나 국가사직도 위태로워질 것이라고 판단한 안영은 경공과 계략을 세웠다.

세 사람이 있는 자리에 복숭아 두 개를 하사하고 '공을 세우지 않은 자는 복숭아를 먹어서는 안된다' 고 전했다. 계략인 줄 알면서도 무골(武骨)기가 넘치는 그들은 복숭아를 집기 시작했다. 공손접이 맨먼저였고 뒤따라 전개강도 자신의 공로를 자랑하며 복숭아를 집었다. 뒤처진 고야자는 자신의 공이 가장 크다고 주장하며 두 사람에게 복숭아를 내놓으라고 칼을 들이댔다. 두 사람은 고야자의 주장에 수긍하고 복숭아를 돌려주었으나 수치를 느끼고 그 자리에서 자결해 버린다. 이를 본 고야자도 '남한테 수치를 주고 득의(得意)하는 것은 의(義)에 어긋나며, 자신이 한 짓에 수치를 느끼면서 죽지 않는 것은 용(勇)에 어긋난다' 하고 복숭아를 그 자리에 두고 자결했다.

안자는 자신의 손을 쓰지도 않고 '복숭아 두 개로 세 장사를 죽이는(二桃殺三士)' 일에 성공한 것이다.

역자는 평소에 제갈량이 '양보음'을 자주 읊조린 것은 그 노래가 단순히 고향의 만가라서기보다, 혹은 인생 무상을 느껴서라기보다, 노래의 사연에 비친 안자의 세련된 책략을 흠모했기 때문이 아닐까 생각하곤 했다.

그렇다면 제갈량도 안자 숭배자였을 것이다.

소설 《안자》는 역사자료에 드러난 안약·안영의 행적을 소상하게 묘사하고 있다. 그러나 제갈량의 양보음에 비친 안영의 모습은 전혀 비치지 않는다.

춘추시대라는 난세 속에서 갖은 역경을 헤치며 일어서는 위대한 인간의 탄생을 그리는 이 아름다운 작품 속에서 그러한 삽화는 어쩌면 부질없는 객담이라고 생각했기 때문일까.

소설 《안자》의 문체는 힘차고 아름답다. 세부묘사에서는 춘추시대의 용어, 《춘추좌씨전》을 비롯한 고서의 표현을 과감하게 사용하고 있어서 독자는 생생한 현장감을 느낄 수가 있을 것이다. 그뿐만 아니라 안약·안영 부자의 주변인물도 모두 역사자료에 등장하는 인명들이다.

다만 안약의 정체는 작가가 후기에서 밝히고 있듯이 '숙이(叔夷)라는 인물이 안약이라면 어떨까' 라는 추량(推量) 위에 설정되어

있다. 굳이 가정이라 하지 않고 추량이라고 한 까닭은, 최근 금석문
(金石文) 해독이 활발하게 이루어져 중국고대사에 있어서 수많은
추량들이 사실로 밝혀지는 경우가 허다하기 때문이다.

숙이가 안약이라는 사실이 밝혀진다면 소설《안자》는 '7할이 역
사적 사실이고 3할이 창작'인 역사소설의 금자탑이 될 것이다.

역문이 서툴러 원작의 묘미를 다 전하지 못한 아쉬움이 크지만
소설《안자》을 읽고 난 독자들은 한결같이 이렇게 느낄 것이다.

오랜만에 좋은 글을 읽었구나.

1995년 8월

신 봉 승
김 하 중

■역자 약력■

신봉승

1933년 강릉 출생
강릉사범, 경희대 국문과와 동대학원 졸업
《현대문학》에 시, 문학평론으로 등단
한국방송대상, 한국펜문학상, 서울시문화상,
대한민국예술상 등 수상
현재 〈한국역사문학연구소〉를 개설하여
자료를 정리, 분석하며
텔레비전 시나리오, 대하소설 집필중
저서 : 시집 《초당동 소나무떼》, 《연산군 시집》
대하소설 《조선왕조 500년》(전48권),
《소설 한명회》(전7권) 등 다수

김하중

경북 상주 출생
서울대 문리대 중국문학과 졸업
여원 편집국장, 한국잡지기자협회 회장 역임
현재 한국문인협회 회원,
국제펜클럽한국본부 회원
역서 : 《금사연》, 《홍두봉》, 《아큐정신》 외 다수

•

晏子(안자) 下

•

지은이 / 미야기타니 마사미쓰
옮긴이 / 신봉승 · 김하중
펴낸이 / 박용정
펴낸곳 / 한국경제신문사
등록 / 제2-315(1967. 5. 15)
제1판 1쇄 인쇄 / 1995년 8월 15일
제1판 1쇄 발행 / 1995년 8월 20일
주소 / 서울특별시 중구 중림동 441
대표전화 / 360-4114
직통 / 313-8293 · 312-0063
FAX / 360-4552

•

✽ 파본이나 잘못된 책은 바꿔 드립니다.
ISBN 89-475-5016-7

•

값 6,500원